Y Llaw Wen

Alun Jones

Argraffiad cyntaf – 2004

ISBN 1 84323 441 6

Dymuna'r cyhoeddwyr gydnabod cymorth
Cyngor Llyfrau Cymru.

*Argraffwyd yng Nghymru gan
Wasg Gomer, Llandysul, Ceredigion SA44 4JL*

i

SIÔN YNYR

ac er cof am

GRUFFUDD PARRY
cymydog a chyfaill

1

Roedd rhywun yn busnesa.

Olion traed go fach oeddan nhw, yn browla i gyd. Yn y cefn, hyd y talcan, o gwmpas y bydái a chwt yr hers, ac yma ac acw hyd y lle gan gynnwys rhyw ddwylath o ymdrech ar yr ardd ffrynt. Roeddan nhw mor ddifygythiad fel nad oedd hyd yn oed Ast Fach wedi styrbio wrth eu gweld a'u ffroeni nhw.

Roedd gen i ddamcaniaeth. Pan fydd gen i beth felly, fel rheol mi fydd mor bell oddi wrth y gwir ag i'w gwneud yn ddigri, ond fydd hynny byth yn gwneud gwahaniaeth i'r nesa chwaith. Ro'n i wedi gweld hogan hollol ddiarth i mi hyd y fan ddwywaith ne' dair yn ystod y mis. Pwyso ar ganllaw'r bont roedd hi y tro cynta. Gwallt du'n gwneud wyneb gwelw'n welwach. Roedd wedi rhoi cip difynegiant arna i wrth i mi fynd heibio am adra yn yr hers. Yn y drych mi'i gwelwn hi'n dilyn fy hynt ac yn dal i wneud hynny nes i dro yn y lôn fach roi terfyn ar hynny. Am ryw reswm ro'n i'n dal i feddwl amdani'n bytiog, a dyna ro'n i'n 'i wneud pan y'i gwelis yr eildro. Roedd hi'n sefyll ar y Foel, ar ben y copa bychan a'i fymryn carreg felan. Roedd hi'n rhy bell i nabod wyneb, ond hi oedd hi. Mi fu yno drwy gydol y pnawn, yno'n llonydd yn yr oerni yn edrych tuag yma drwy'r adeg. Do'n i ddim wedi'i gweld hi'n pasio tuag yno ac mi gymris yn ganiataol mai o'r ochor arall, o gyfeiriad Cefnhesgen, yr oedd hi wedi dod. Do'n i ddim yn ei gwylio hi, dim ond cymryd cip bob hyn a hyn. Ond roedd y llonyddwch mor drawiadol fel bod cip yn mynd yn amlach ac yn amlach, a phob un yn cryfhau'r teimlad mai edrych ar y tŷ roedd hi ac nid ar yr olygfa. Aeth y teimlad mor gry nes imi roi'r sbenglas arni. O'r tŷ, debyg, nid o'r iard. Fyddwn i ddim digon o ffŵl i wneud hynny. Ond o'r tu mewn i ffenast llofft gefn doedd gan y sbenglas fawr ddim i'w gynnig heblaw am y llonyddwch a düwch y gwallt. Doedd hi ddim hyd yn oed yn cadarnhau mai hi oedd hi. Nid bod angen iddi. Mi fu hi yno nes i smwclaw fyrhau mwy fyth ar y dydd a bygwth cuddio'r Foel yn ei gwmwl. Mi ddiflannodd hithau rhwng dau gip.

Felly, pan ddechreuodd yr olion traed ymddangos, mi adawis iddyn nhw fod, yn enwedig gan nad oedd Ast Fach yn cynhyrfu. Fi oedd ar y Foel pan welis i'r hogan y trydydd tro. Roedd hi wedi ymddangos o'r coed, a cherddai'n araf i lawr y lôn. Ac wrth iddi ymddangos yn ddisymwth felly, cefais y teimlad rhyfedda fyw ei bod hi'n gwneud yn sicr 'mod i'n ei gweld hi. Roedd hi fel tasai hi'n dyheu cysylltiad. Aeth heibio i'r tŷ heb edrych tuag ato – wel, ni throdd ei phen i wneud hynny beth bynnag – a chollais olwg arni wrth i'r coed ei chuddio ar ôl y tro dan tŷ. Ar ôl pensynnu mymryn, mi es inna i lawr yn araf, a'r gwynt y tu ôl imi'n cyhoeddi cawod arall.

Mawrth hir a glawog oedd o hefyd. Roedd y torrwrs wedi dod i waelod y coed i drin ac i glirio gan adael digon o lanast ar eu holau a llenwi'r lôn hefo mwd i faeddu teiars ac ochrau'r hers a honno, fel roedd pethau'n mynnu bod, yn cael ei galw allan bron yn feunyddiol, gydag impiad y dail yn cadw at ei air. Cas beth ydi hers fudr.

Ro'n i wedi gweld yr olion di-ildio am y trydydd tro, ac yn dod adra yn y car yn meddwl amdanyn nhw a damio'r mwd bob yn ail. Roedd Ast Fach yn y cefn a'i thrwyn effro yn y ffenast. Felly y gwelis i nhw eto, yn fwy newydd na'r olion teiars ac yn ceimio ar hyd y lôn wrth osgoi'r mwd dyfnaf. Stopiais y car a'i ddiffodd ac edrych ar yr olion am eiliad drwy'r ffenast hanner agored. Roedd llinellau bychan igam-ogam y patrwm yn cael eu torri gan siâp bathodyn ar ganol y wadn a hwnnw fel ceg mewn cartŵn. Roedd o'n gliriach rŵan nag o gwmpas y tŷ. Dechreuodd Ast Fach stwyrian.

'Sa'n dawal.'

Tawelodd Ast Fach. Mi es inna i lawr a chau ar f'ôl gan adael Ast Fach ble'r oedd hi. Cerddais i fyny'r ffordd gan ddilyn yr olion, ac arafu wrth ddod i olwg y tŷ. Ar yr ochr chwith, mae'r coed yn darfod wrth gwt yr hers a'r tŷ a'r caea dan tŷ. Yr hen goed piga main 'ma ydyn nhw i gyd, heb sŵn gwanwyn ynddyn nhw. Maen nhw'n ailddechrau wedyn uwchben cae ucha i ganlyn y lôn ddidramwy ac ymlaen i fyny at ochr y mynydd lle mae'r lôn yn troi'n llwybr heibio i'r Foel a thros y Bwlch. Ar y dde, yr unig doriadau yn y coed ydi'r ddau neu dri thoriad tân da-i-ddim mewn gwynt. Edrychais o 'nghwmpas cyn cerdded ymlaen at y giât. Nid 'y nghwlwm dolan i oedd ar y cortyn. Mi es drwodd ac i lawr at y tŷ ac aros ar unwaith. Roedd sŵn nodau, nodau cywrain ffliwt. Mae'r tŷ a'i gefn at y lôn, ac roedd y sŵn yn dod heibio iddo, o'r ffrynt. Cerddais at y talcan ar ôl rhoi cip drwy ffenast gegin a distawodd y sŵn. Mi es ymlaen a chymryd cip drwy ffenast talcan sy'n goleuo gwaelod grisia. Roedd y diawl pydredd yn gwaethygu er nad oedd lawer o wahaniaeth am hynny. Roedd gen i ffenast newydd i'w rhoi yno pan gawn i ddiwrnod braf a digynhebrwng o wanwyn.

Ailddechreuodd y nodau, alaw dlos munud hwnnw heb fod yn sionc nac yn lleddf, alaw poeni dim am neb. Mi es inna heibio i'r talcan. Hi oedd hi hefyd. Roedd hi'n eistedd ar sil ffenast parlwr, yn chwarae'i ffliwt ac yn siglo mymryn ar ei phen ac yn edrych i lawr ryw ddwylath o flaen ei thraed. Go damia, do'n i ddim wedi meddwl ei dychryn, a'r olion traed a'r nodau cywrain yn deud nad oedd angen. Ond mi neidiodd hi ar ei thraed a thynnu'r ffliwt o'i cheg, er mai dim ond ennyd o ddychryn a ddaeth i'r llygaid duon. Ysgydwais inna fymryn ar fy mhen i gadarnhau bod popeth yn iawn.

Ond mynd ddaru hi. Roedd ganddi fag wrth ei thraed a rhoes y ffliwt ynddo a'i gau a'i roi dros ei hysgwydd. Aeth heibio i mi heb edrych arna i a mynd gyda'r talcan ac i fyny am y giât. Roedd chwiff o naws dawel gynhesol wrth iddi fynd heibio. Ifanc oedd hi, cwta ugain, hefo jîns llwyd yn dynn amdani a chôt ledr ddu a chap stabal yn hanner cuddio gwallt duach na'r gôt. Paid â mynd, ro'n i'n crefu arni, ond yn aros yn fy unfan rhag ofn i mi ddychryn rhagor arni. Caeodd y giât ar ei hôl heb edrych tuag ata i a mynd i fyny i'r lôn ac o'r golwg heibio i gwt yr hers.

Doedd dim arwydd o fath yn y byd ei bod hi wedi trio mynd i mewn i'r tŷ, mwy nag oedd 'na y troeon cynt. A'r nodau'n dal yn llond fy mhen, mi es yn ôl yn araf. Siŵr iawn bod arna i isio brysio, ond doedd o ddim yn beth i'w wneud. A wyddwn i ddim pam ro'n i mor sicr o hynny. Ella am nad oedd hi wedi troi i edrych yn ôl tuag ata i o gwbl wrth fynd mor ddi-frys o'r golwg, ella dyna pam. Doedd hyd yn oed 'y mod i wedi llwyddo i gael damcaniaeth gywir am unwaith yn fy oes ddim yn fy synnu chwaith. Agorais ei chwlwm dolan taclus ar gortyn y giât a mynd drwodd. Doedd dim golwg ohoni. Cyn pen dim roedd Ast Fach yn cyfarth yn wirion a diarth.

'Sa'n dawal, diawl!'

Tawelodd Ast Fach, nid am ei bod wedi 'nghlywed i chwaith. Tawelu sydyn oedd o hefyd. Byddai rhedeg i lawr y lôn yn beth gwirion, ond ro'n i fwya sydyn yn gl'uo am gysylltiad arall, neu eglurhad mwya tebyg, a dychwelais i lawr y lôn at y car ac Ast Fach yn dipyn cyflymach na chynt. Pan gyrhaeddais roedd Ast Fach yn gorweddian yn fodlon yn y cefn a doedd dim hanes o'r hogan. Roedd tipyn o waith gorchfygu ar yr awydd i fagio lawr y lôn.

Mi es heibio i'r tŷ a thrwy'r coed i fynd rownd y defaid. Defaid cyffredin, nid hanner mor swanc â'r dyrnaid prin yr oedd Dad yn arfer eu cadw erstalwm ac yn talu digon o'i siâr o'i gyflog am wneud hynny, er na fydden ni byth yn cael gwybod faint. Ond mi fetia i bod tri chae o'r rhain yn rhatach i'w cadw na'r hanner dwsin oedd gynno fo, yn enwedig y ffor' yr oedd o'n eu cadw nhw. Aeth Ast Fach i lawr a ffwrdd â hi ar ei hynt. Toc, roedd hi'n cyfarth o ben clawdd. Ond cododd y ddafad cyn i mi gyrraedd. Stwffiais eithinen arall i fwlch yn y clawdd cyn mynd yn ôl wrth fy mhwysau at y car a mynd i lawr lôn yn araf, ac Ast Fach yn trotian o 'mlaen. Tynnodd Ast Fach gortyn y giât hefo'i dannedd a'i gwthio ar agor. Parciais y car yn y cefn a dychwelyd i gau'r giât.

Mi fûm i'n syllu am hydoedd drwy ffenast gegin ar ôl mynd i'r tŷ. Ro'n i wedi gorfod tawelu Ast Fach eto am ei bod wedi ffroeni. Nid cyfarth oedd hi, ond swnian, swnian yn edliwgar arna i. Roedd hi hefo fi yn gegin rŵan, yn gorwedd ar ei mat a'i phen ar ei phawennau gwynion ac yn ciledrych arna i am fy mod mor llonydd wrth y ffenast. Mae hi fel cath am gadw'i phawennau'n lân. Toc, mi es allan, a hithau wrth fy sodlau. Mi es heibio i'r talcen ac i'r ffrynt. Chwiliais wrth ffenast parlwr, ond doedd yno ddim ond yr olion a chof am y nodau. Eisteddais ar y sil ffenast. Dim ond eistedd yno, yn methu dirnad sut o'n i mor sicr fod y peth mor fwriadol. Roedd rhywbeth cryfach na gwybod ei bod wedi bod yma am y pedwerydd tro fan leia. Ac roedd

11

rhywbeth cryfach na hi hefyd, oherwydd roeddwn i'n gallu meddwl am bethau eraill heblaw amdani hi a'i nodau newydd. Ro'n i'n dal i allu meddwl am Sali, a'r bywyd dichwalfa yr o'n i'n dal i allu'i fyw hefo hi yn fy myd bach penderfynol fy hun. Roedd Ast Fach yn dal i giledrych arna i bob hyn a hyn. Yn y diwedd, ar ôl eistedd yno'n ddisymud a diateb, symudais fy nghap i flaen fy nhalcan. Rhoddais siâp ffliwt yn fy ngheg a dechrau ei chwarae gan ysgwyd mymryn ar fy mhen ac edrych i lawr, ac Ast Fach yn sbio'n wirion arna i.

Yna dyma fi'n meddwl ella y deuai hi'n ei hôl 'taswn i'n rhoi cryman yn rardd ffrynt. Roedd adeg wedi bod pan oedd honno'n daclus, dim diolch i mi chwaith. Erbyn hyn roedd hi'n fwy o frwgaets a mieri na dim arall. Fyddai dim drwg tacluso, prun bynnag. Torri'r tyfiant gwyllt a thacluso mymryn ar lwyni Sali a gadael i'r ddau oen llywaeth orffen. Ar ôl y munudau meithion llonydd, ella y buasai fy mrys i'n mynd i nôl cryman hir a fforch i'r bydái i'w weld yn ddigri i rywun diarth. Ond rhyw natur fel'na sydd i 'mhenderfyniadau i bob amser. Ar ganol torri sylweddolais fod cyflwr yr ardd yn sarhad ar Sali. Damia fi. Sut na faswn i wedi ystyried hynny ynghynt? Nid bod hynny o bwys i neb yn y byd ond fi. Ond roedd o o bwys i mi. Gweithiais yn gyflymach a thorrais yr ardd i gyd a chribinio a chlirio ar f'ôl. Fedrai'r ardd ddim bod yn daclus ar y diwedd ar ôl y fath adael a byddai gofyn tyfiant newydd a thoriad neu ddau arall i gael trefn o unrhyw fath arni. Ond roedd posib mynd iddi ar ôl i mi orffen ac roedd toman reit uchel yn cae dan tŷ, i'w thanio neu i bydru yn ôl fel byddai'r tywydd.

Mi es i wneud bwyd, a rhoi matsian yn tân gegin ffrynt. Weithiau mi ddaw'r glaw heb yrru'i oglau o'i flaen ac mi ddaru hynny fel ro'n i'n plicio fy nhatws. Ymhen dim roedd sŵn gwynt uwchben y coed. Berwais y tatws a ffrio dau ŵy. Roedd tafellau o ham popty yn y ffrij. Pan gaeais y drws a throi at y bwr' roedd Ast Fach ar ben y gadar, yn chwyrnu ar y plât diarth.

'Sa lawr!'

Mwy o arthio nag oedd Ast Fach yn gyfarwydd ag o. Sgrialodd dan bwr'. Difarais inna y munud hwnnw siŵr Dduw a phlygu ati i roi mymryn o fwytha iddi. Cefais faddeuant dibetrus a daeth o'i chuddfan a swatio'n fodlon ar ei mat o flaen y stôf fawr.

Ar ôl dal i syllu drwy'r ffenast i'r gwyll a chlecian y glaw, rhoddais y bwyd i gyd ar fy mhlât i. Cymerais fforciad helaeth o salad cnau a garlleg a chabaits o dwbyn i fynd hefo fo. Bwytais yn araf, fy llygaid ar y plât arall a'r gyllell a fforc o'i boptu. Wedyn, ar ôl golchi llestri, mi es allan i ffrynt hefo'r lamp, i edrych ar sil ffenast parlwr yn y glaw.

2

Roedd hi'n crafu eto. Gan mai hi oedd yn gyfrifol am y rhan helaethaf o bob sgwrs roedd hi'n methu gwybod beth i'w wneud nesaf pan ddeuai honno i ben. Yna mi fyddai'n dechrau crafu. Braich y gadair rŵan, ei hofyrôl neilon weithiau. Roedd y ddau sŵn yr un mor annioddefol â'i gilydd.

'Sut mae Mel?'

Rhyw ruthro ddaru 'nghwestiwn i. Trodd Mam ei phen byddar.

'Y?'

'Sut mae Mel?' Yn arafach, ond yn berwi o brinder amynedd er 'y ngwaethaf.

'Mae o wedi cael Op. Y Prosset Gland, cofia.'

'O.'

'Pwy fasa'n meddwl, 'te?'

'Mm.'

'Ond mae'r Op yn sysécs. Mi ddaw rŵan.'

Bu llawdriniaeth fy nghefnder anniddorol yn foddion i stopio'r crafu hefyd am ychydig. Aeth hi rhagddi i ddisgrifio'r gwaeledd a'r driniaeth fel tasai hi yno, gan atalnodi pob dyfarniad am y canlyniadau hefo 'daw siŵr' neu 'bydd siŵr'. Unrhyw beth rhag distawrwydd. Ro'n inna'n gwylio gwallt du a gwrando ar nodau na fedrwn eu dwyn i gof.

Ymhen yr awr ddeddfol codais. Cododd hithau'n fyglyd, ei bochau crych bron gorffen pantio a'r gwallt brith di-hid yn prinhau. Edrychasom ein dau i lygaid y naill a'r llall am eiliad. Trodd hi ei llygaid draw i ddiolch am yr wyau a'r tatws. Mwmbliais inna 'iawn siŵr Dduw' wrth fynd at y drws.

'Paid â dŵad allan. Mae'n oer.'

'Gwynt yn gogladd diwrnod cynta gwanwyn, yno y bydd o tan diwrnod cynta'r ha. O un troad y rhod i'r llall.'

Dod ar fy ôl i ddaru hi, gan adael pob drws led y pen ar agor. Gofyn amdani, ond doedd neb haws â deud. Mwya rhesymol oedd y darbwyllo, mwya'n y byd roedd hi'n styfnigo ac yn gwneud yn hollol groes.

'Bâ-âi.'

'Wyddost ti mo'r gwahaniaeth rhwng annibyniaeth a styfnigrwydd.'

Ond chlywodd hi mo hynny. Ro'n i wedi mynd i'r hers cyn iddi fynd i rynnu mwy. Cenais y corn yn fyr cyn mynd.

A dyna hi drosodd am wythnos neu bythefnos arall, os na chodai rhywbeth. Rhai felly oedd yr ymweliadau bron i gyd. Anfynych oedd y rhai unswydd; manteisio ar gyfleoedd pan oedd rhywbeth arall yn galw oedd yr arferiad, ac roedd yr amser pan chwiliwn am esgus i gyfiawnhau hynny wedi hen fynd heibio. Yn y drych gwelais hi'n dal i 'ngwylio'n mynd, yn gorffyn bach tila'n anwybyddu'r oerni ac yn credu bod hwnnw felly'n ei hanwybyddu hithau. Mi es inna adra, gan gorddi fel pob amser yr hen brofiadau chwerwon yn fy meddwl a'u rhegi bob un yn ei dro er bod y chwerwedd at ei gilydd wedi hen fynd heibio. Os oedd o hefyd. Cedwais yr hers a mynd i newid, a mynd i fyny am dro.

Mae dwy gadair ar gopa bychan y Foel, un tua'r machlud a'r llall fwy i'r gogledd-ddwyrain. Mae'r un sydd tua'r machlud yn fwy cyffyrddus, a chraig y sedd yn fwy gwastad a'r cefn yn llyfnach. O'r ochr honno mae'r olygfa orau hefyd, dros Llyn Bach a Murddyn Eithin a'r goedlan a bryncynnau di-nod a ffermydd blêr nes cyrraedd y môr a'i dancars parhaus yn torri'r gorwel. O ochr y tŷ, mae'r borfa'n cyrraedd y copa bron, hynny o borfa sydd yno ar ôl bustych rhy drwm ar dir rhy wlyb a meddal. Dim ond imi beidio â gwisgo dillad tywyll mi fydda i'n mynd yn un â'r graig wrth eistedd yno, yn anweledig bron. Mi fedra i anadlu'r hen barhad a rhoi 'myd yn ei le oddi ar y talpyn ithfaen melyn rhwng mynydd a dyffryn heb i neb wybod 'mod i yno, boed yr ymweliad yn un pum munud neu oriau.

Pum munud, heb eistedd. Doedd meinwynt o'r gorllewin ddim yn annog stelcian, dim ond sefyll ar y copa yng ngŵydd y byd a 'nhrem yn barod am yr anghyfarwydd a 'nghlustiau'n hanner derbyn y synau anochel arferol. Y sŵn mwyaf tarfus ac annymunol i glust bell ydi sŵn ceir newydd distaw. Mae cloncian pendant injan ddisl yn llawer mwy derbyniol.

Ond sŵn neu beidio, mae'r ymweliadau â'r Foel wedi'u gweddnewid. Bum mlynedd yn ôl tynnwyd lluniau sychder haf o long awyr a daeth patrymau crynion hen hen anheddle drwodd ar ochr bella'r Foel, dri chan llath o'r copa o dan Murddyn Eithin. Mi ddaeth yno griw o archaeolegwyr ifanc i dyllu, yn glên am na fedren nhw fod ar frys, a chefais lawer sgwrs hefo nhw yn eu hwythnosau prin o grafu cywrain. Am nad ydi'r pridd yn bridd cadw ddaethon nhw ddim o hyd i esgyrn na chelfi, ar wahân i nodwydd garreg, ond mae olion y pedwar tŷ crwn dros dair mil a hanner o flynyddoedd oed, ac mae'r un arall diweddarach ar draws y ddau isaf bron cyn hyned. Roedd dwy ffens wedi bod yn amgylchynu'r tai i'w gwarchod rhag bwystfilod neu ddieithriaid neu gymdogion. Roedd olion ffos yn croesi'r safle i lawr o gyfeiriad y Foel, ond rhyw lefran gwta dair canrif oed ydi honno, o'r un cyfnod â Murddyn Eithin o bosib.

Ro'n i'n meddwl imi'i gweld hi wedyn, yn y Dre yr wythnos cynt. Heb y cap. Cip ar gôt ddu a gwallt duach wedi'u perffeithio gan bythefnos o bensynnu ac ella o obeithio. Mi frysiais ar ei hôl a chwilio pob stryd, a busnesa mewn siopau cyfarwydd a rhai diarth trwynsur, ond nid oedd olwg ohoni. Mi es rownd wedyn yn y car cyn gorfod cydnabod hynny.

Roedd symudiad sydyn ar lan Llyn Bach. Roedd yn rhy hwyr arna i'n ei weld i gael dim amgenach na chip. Craffais, yn teimlo 'nghorff yn effro ar amrantiad. Roedd rhywbeth wedi disgyn neu wedi'i daflu i'r llyn. Tasai wedi bod yn dywydd sbenglas mi fyddai honno'n hongian dan fy nghôt. Craffais drachefn, yn ansicr. Dechreuais gerdded, yn gam, i gael ongl arall. Dechreuais brysuro. Cyn pen dim ro'n i'n rhedeg nerth fy nhraed.

Roedd gen i ddau glawdd i'w croesi, ond am fy mod yn gwybod yn union ble i wneud hynny do'n i ddim yn rhedeg yn syth at y llyn. Ond mi'i gwelwn o o hyd, ac fel y dyneswn ro'n i'n fwy a mwy sicr o'r siâp yn y dŵr. Do'n i ddim yn ceisio chwalu f'ofn chwaith. Dim ond pan fydda i'n cario plentyn yr ydw i'n casáu yr hers, yn casáu pob un fodfedd ohoni a phob un diferyn o betrol ac oel sy'n tanio'r diawl peth. Dim ond dwywaith yr ydw i wedi gorfod ei wneud, diolch am hynny. Fis union ar ôl yr ail ro'n i'n mynd heibio i'r fynwent ac roedd y fam yn gorwedd ar draws y bedd yn gweiddi gweiddi crio. Fu ond y dim i mi werthu'r blydi hers yn y fan a'r lle.

Ar ôl y clawdd olaf roedd y breichiau bach ar led llonydd yn y llyn yn ddigamsyniol ac fel y daliwn i redeg fy ngorau a'r boen yn fy mrest yn dechrau fy mygu daeth y coesau a'r sanau gwynion i'r golwg, a gwegil pen melyn. Ro'n i'n ceisio gweiddi. Ni fedrai'r fechan fod yn fwy na blwydd neu ddwy oed. Bu bron imi â baglu ar fy hyd wrth i 'nhroed lynu yn y mwd ar y gwaelod iasoer. Wrth i'r dŵr fferru fy nghoesau mi ddois yn ymwybodol o symudiad o'r tu ôl imi, a throais ar fy union ac yno roedd hi'n sefyll wrth helygen yn edrych arna i ac nid ar y plentyn. Roedd chwinciad yn ddigon o amser i chwilio'n angerddol yn ei llygaid ac i fethu dallt y tawelwch ynddyn nhw wrth iddi edrych yn ôl arna i. Rhuthrais ymlaen at y plentyn, a gafael. Am eiliad fedrwn i ddim dirnad y cledi rhyfedd yr oedd fy mysedd yn ceisio bod yn dyner amdano. Dim ond ar ôl imi godi'r corff ysgafn a'i droi a gweld yr wyneb rhy dlws rhy grwn y sylweddolais mai babi dol oedd hi. Yr eiliad nesaf ro'n i wedi ymlâdd, a phrin lwyddo i droi yn fy unfan ddaru mi i chwilio'r llygaid ar y lan unwaith eto. Ond roedd hi wedi mynd.

Straffagliais yn ôl i'r lan a dŵr yn diferu o'r geg blastig i fyny fy llawes. Medrais ymlusgo at y goeden lle'r oedd hi wedi sefyll. Sefais inna a 'mhwys arni i geisio cael fy ngwynt ataf a chymedroli'r clecian poenus rhwng fy nghlustiau. Roedd lebal trionglog wrth linyn ffansi wedi'i glymu am goes y ddol a lebal pris bychan yn gam arno. Hawdd iawn oedd sylweddoli wedyn nad oedd hi gymaint ag yr o'n i wedi'i dybio. Odanaf roedd olion yr un sgidiau'n mynd i ganol y goedlan. Toc, mi es ar eu holau, ond buan iawn yr o'n i wedi'u colli. Roedd sŵn y sugno a'r walpian annymunol yn fy sgidiau fy hun yn goron ar anghysur digalon. Ro'n i'n ceisio prysuro drwy'r coed i'w gwneud hi ar hytraws tuag at lwybr y Foel a dillad sychion ac yn ysgwyd fy nghoesau gyda phob cam i geisio'u cynhesu. Cyrhaeddais y llwybr o'r diwedd a'i gweld hi'n cerdded yn araf ddifater ymhell odanaf. Roedd y cap ar ei phen. Hanner codais y ddol yn fy llaw lipa tuag ati fel pe bai i'w hatgoffa ei bod wedi mynd hebddi, ond ro'n i'n sicr bod fy osgo fel cyfarchiad na fedrai byth gyrraedd. Pan oedd hi gyferbyn â giât yr iard arhosodd a throi i edrych ar y tŷ. Yna trodd heb frys tuag ata i ac aros i edrych yn llonydd arna inna am eiliadau hirion. Tasai hi ddim ond yn codi'i llaw neu rywbeth. Ond doedd hi'n gwneud dim ond edrych. Ro'n inna'n dal i sefyll yn fy unfan. Daeth Ast Fach ati o rywle ac eistedd yn fodlon wrth ei thraed. Nid dyna oedd Ast Fach i fod i'w wneud o gwbl. Roedd yn groes i bob tewin o raen fu ynddi rioed. Roedd yn rhaid ei bod yn siarad hefo hi oherwydd roedd osgo gwrando ar Ast Fach. Cyn hir, ar ôl rhoi cip cyfrin arall arna i, trodd a cherdded i lawr y lôn. Cydgerddodd Ast Fach hefo hi am sbelan ac arafu cyn cyrraedd y tro ac aros i'w gwylio'n mynd o'r golwg. Roedd y lôn yn wahanol ar ôl iddi fynd, bron yn ddiarth. Roedd fy nhrowsus wedi lapio'i hun am fy nghoesau yn fy llonyddwch ond ni sylwais nes iddi fynd o'r golwg. Trodd Ast Fach yn ei hôl a thuthian tuag ata i. Pan welodd fi trodd y tuthian yn rhedeg ysgwyd cynffon. Cyrhaeddodd a snwffian y ddol oer yn fusneslyd cyn symud ei thrwyn i fy llaw arall i gael mwytha.

3

Aeth chwilio amdani bron yn drech na mi. Mae gen i ddawn neu wendid i adael i bob person a digwyddiad bylu mor gyflym â bo'r galw i ben pella'r cof neu anghofrwydd. Ond nid hi. Tasai hynny oherwydd serch neu chwant mi fyddwn yn dallt. Ac mi fyddwn yn dallt tasai oherwydd bod fy ngreddf yn ceisio gwrthweithio'r llanast hefo Sali, er bod y rhesymau oedd yn ddifaol anesboniadwy bryd hynny wedi hen ddod i'r amlwg. Wrth dynnu dillad socian a chrynu i fyny'r grisia i'r bàth i drio 'nadmar fy hun ym mhoethder dŵr y gawod uwch ei ben ro'n i, yng nghanol fy rhegfeydd, yn gwybod a hyd yn oed yn cydnabod wrtha fi fy hun nad oedd dim wedi'i berffeithio gan ddychymyg rhwng un cyfarfyddiad a'r llall. Roedd darganfod 'mod i'n meddwl am hynny a finna yn y fath gyflwr yn ddychryn braidd. Mi fethis yn lân â gwneud dim arall y diwrnod hwnnw ond eistedd o flaen tanllwyth gegin ffrynt a dal a dal i syllu ar fabi dol blastig nad oedd gan ei gwneuthurwr ddim ond yr un hen syniad stêl am brydferthwch. Honno yn fy llaw, pob math o feddyliau a syniadau di-drefn yn fy mhen truan, a dim mymryn o synnwyr na damcaniaeth.

19

Ond roedd hi wedi fy newis i, i rywbeth. Neu ddewis y tŷ. Duw a ŵyr. Âi'r hers allan ac yn ôl a minna'n cofio un dim am y siwrnai, a dim ond gydag ymdrech y deuai pytiau o'r sgyrsiau yn ôl. Ac ar ôl dod adra un noson ar ôl troi'r cloc y sylweddolais mewn ias mai tybio fy mod yn loetran roedd y plismon amheugar yn y car a arafodd wrth fynd heibio yn y Dre, a minna'n manteisio ar yr awr newydd i chwilio.

I fynd â fy amser ac i drio callio mi rois fy sylw ar llofft gefn. Nid slempan o baent rois i ar y waliau chwaith, ond dwy gôt ofalus ar ôl paratoi a llenwi mân graciau. Prynais garped a'i osod fy hun, carped llwyd a glas golau â llinellau du fel gwallt yma ac acw. Rhag ofn.

Ond roedd melyn ynddo hefyd. Fel gwallt Sali.

Ac ella nid rhag ofn chwaith.

Chwilio oedd pob ymweliad â'r Foel hefyd bellach. Roedd yn bnawn digon braf i eistedd, a'r sbenglas gobeithiol ar y graig wrth fy ochr. Cysgai ŵyn glân, pranciai eraill, ar y llain rhwng y goedlan ger y llyn a'r coed newydd a chariai aml i fref argyfyngus dros y coed tuag ata i. Ymhellach i lawr roedd y ffarmwr dyflwydd yn cychwyn o Gefnhesgen yn ei gar banc. Elfyn, fy hoff ymgymerwr, sy'n ei alw'n hynny a fo hefyd oedd yn deud mai'r banc bia'r car. Faswn i ddim amgenach y naill ffor' na'r llall. Rhyw unwaith ne' ddwy yr o'n i wedi'i weld o ers iddo ddod i Gefnhesgen, a chan ei fod o, yn ôl Elfyn, yn tueddu i gymdeithasu hefo pobol cyfloga mawr a finna'n tueddu i gymdeithasu hefo neb, dyn diarth fuodd o i mi o'r dechra. Codais fy sbenglas i ddilyn ei hynt. Dau frawd a chwaer oedd yr ola o deulu Cefnhesgen, a'r tri wedi mynd oddi yno un flwyddyn ar ôl y llall yn y moto gwyn a dychwelyd yn yr un du. Roedd digonedd o straeon crechwen peint yn llawn manylion fel cynnyrch camera wedi bod am y tri yn eu dydd, ond ni fedrai'r un manylwr fanylu ar eu sail. Gan fod Cefnhesgen am y terfyn â 'nhir i ro'n i'n gwneud dipyn hefo nhw ac yn gwybod drwy reddf nabod faint o goel i roi ar y straeon, ac yn gwybod drwy'r un reddf pa haws o'n i o ddeud hynny. Daethai yntau'r ffarmwr newydd yno ar eu holau gyda'i arbenigedd a'i bamffledi ar ymbelydredd. Elfyn oedd yn deud hynny hefyd. Cedwais y sbenglas ar y car i ddilyn ei hynt ar hyd y lôn ac yna o adwy i adwy cyn blino a rhoi'r gorau iddi.

Roedd hi yno. Fel rhithiad o'r ddaear. Safai rhwng y goedlan a'r llyn, yn llonydd fel o'r blaen. Yr un mor fwriadol. Nid oedd wadu mwyach. Nid oedd yn edrych arna i er ei bod yn gwybod. Roedd ganddi rywbeth yn ei llaw. Do'n i ddim ar feddwl troi fy sbenglas arni. Dim ond ffeithiau oedd gan honno i'w cynnig.

Mi fuon ni'n dau mor llonydd â'n gilydd am hydoedd. Ro'n i'n dal i syllu a hithau'n dal i astudio. Gallai'r hyn oedd ganddi yn ei llaw fod yn llyfr, neu rywbeth fel plât. Roedd pob eiliad yn cadarnhau'r cwbl, y sicrwydd a'r ansicrwydd, llawenydd, ofn. Roedd hi wedi gorffen chwarae mig, meddai'r llonyddwch. Pan sylweddolais fod y cwestiynau oedd wedi bod ar hanner eu ffurfio ers y dechrau wedi peidio â bod rhoddais y sbenglas am fy ngwddw a chodi ar fy nhraed yn ara deg. Arhosais felly am eiliad. Hyd yn oed rŵan fedrwn i ddim cadw'r lleill o fy meddwl, oedd wedi bod yma dair mil o flynyddoedd yn ôl yn codi o'r un graig yn eu tro. Roeddynt yn rhan o bob ymweliad. Roedd trigolion yr hen hen anheddle odanaf wedi bod yn hel eu meddyliau ar yr hen dopyn yma hefyd, a siawns nad oedden nhwtha wedi rhyfeddu fel finna ambell fin nos ar hanner lleuad yn un pen i'r awyr a hanner haul y pen arall. Os oedd mwy o goed a llai o raen ar hynny o dir oedd o'u cwmpas, roedd y mynyddoedd a'r pedwar môr a'r machlud yn dal i fod yn y golwg, ond bod y pell yn bellach. Ella bod y Foel yn gyrchfan o bwys iddyn nhw, yn lle i gael goruchafiaeth y naill ar y llall, yn lle i garu a chwffio a chynnal seremoni ac addoliad.

Ac yn gyrchfan creu neu ddatrys cyfrinachau. Dechreuais gamu i lawr y graig yn ofalus, fy llygaid arni hi o hyd. Dynesais yn araf unionsyth tuag ati. Roedd y ddau glawdd yn tarfu. Mi es dros y cyntaf dan ddamio'n dawel, a gafael yn warchodol am diwb y sbenglas wrth iddo glecian yn erbyn carreg. Croesais ar draws y cae, yn benderfynol nad oedd yr hud i'w dorri wrth y clawdd nesa. Erbyn imi gael at ben hwnnw ro'n i'n ddigon agos i lygaid gyfarfod yn ystyrlon. Dim ond am ennyd y bu hynny. Paratoais i ddod i lawr, yn ymwybodol o'r ymdrech. Roedd pob gewyn yn fy nghorff cam yn cael ei atal wrth iddi ddechrau cerdded yn ddi-frys at y llyn. Cododd fymryn ar y llaw oedd yn gafael am y teclyn a'i dal felly am eiliad cyn ei daflu i'r dŵr. Rhoes gip bychan arall arna i cyn troi a cherdded i'r coed.

'Des i ddim ar ei hôl. Mi ddois i lawr o ben y clawdd yn gwybod mai hwnnw oedd yn gyfrifol am yr hyn oedd wedi digwydd. Sut medrai neb fynd dros ben clawdd yn osgeiddig? Dynesais at y llyn. Fedrwn i ddim gweld beth bynnag oedd ynddo fo ac felly doedd y gobaith am ffliwc wrth sgota brigyn amdano ddim yn werth y drafferth. Ond doedd dim rhaid rhuthro. Tynnais am fy nhraed. Ymhen dim mi fyddwn yn dod o'r dŵr gan ddioddef traed fel traed yn yr hers. Rowliais fy nhrowsus a mentro'r dŵr. Roedd yn waeth na'r tro cynt am nad oedd brys. Daliais ati.

Broets o fath oedd o. Broets trwm, hen. Roedd rhywbeth heblaw chwilfrydedd yn mynd trwydda i wrth imi ysgwyd y dŵr oddi arno. Roedd carreg werdd fodfedd yn gron mewn metel, pres ella, a dau damaid fel dwy glust yn codi'n gerfiadau mân yn y pen. Crwn synnwyr y fawd oedd o hefyd, nid perffeithwaith peiriant. Uwchben y garreg roedd pen mawr, fel pen ci a diafol yn un, a dau gylch plaen yn lle llygaid yn ei wneud yn fwy cythreulig. Roedd y ddwy ffroen yn anarferol bell oddi wrth ei gilydd ac roedd hynny'n ychwanegu at gryfder y bygythiad. Roedd ei safn bron cymaint â gweddill yr wyneb a'r dannedd anferth yn barod. Gorffwysai dwy bawen ar bennau dau gorff dynol a phennau tebyg i eifr ganddynt, un yn gorniog, yng nghanol cerfiadau addurnol llenwi lle. Gafaelai dwylo'r gwryw braidd yn annaturiol ac anghelfydd yn ysgwyddau'r cymar, a'i bidyn rhy fawr yn barod at i fyny. Ar y gwaelod, roedd yr un darn o fetel wedi'i gerfio'n fanwl a sarff fel tasai hi'n dechrau codi'i phen o ganol y cerfiadau. Doedd dim ar ei gefn ond ambell sgriffiad. Trois o'n ôl. Ar un wedd roedd yn debyg i luniau a welswn o hen addurniadau Groegaidd. Ella mai dyna oedd o, neu ella gynnyrch stondin greiriau a dim arall.

Penderfynu mai hen oedd o ddaru mi. Fedrai'r arswyd llygad-dynnol ddim bod yn ffug. Dim ond rhywun oedd yn credu yn ei waith ac yn ei wrthrych fedrai fod wedi gwneud hwn. Dyna'r gwahaniaeth rhwng gwreiddiol a dynwarediad. Crafais y garreg werdd hefo 'ngewin. Ni wnaeth wahaniaeth yn y byd. Tynnais fy nghyllell o 'mhoced a chrafu'r garreg mewn lle di-nod uwchben yr asiad â'r metel. Ni wnaeth hynny wahaniaeth chwaith. Ro'n i'n syllu ar garreg beryl wedi'i gosod mewn sment oedd yn para canrifoedd.

Lleidr oedd hi. Trois fy mhen yn gyflym ffyrnig at y coed rhag ofn bod yno rywun i gadarnhau amheuaeth, rhag ofn ei bod hi yno'n gweld fy siom. Ond roedd y coed yn wag, a distaw. Am ennyd roedd y brefiadau wedi peidio. Rhoddais y broets ar y byrwellt a rhoi fy sanau cynnes o 'mhoced am fy nhraed anga. Dyna pam roedd y lebal pris ar y ddol o hyd, am nad oedd hi wedi trafferthu'i dynnu ar ôl ei dwyn. Roedd y ddol yn y cwpwrdd bach yn y llofft gefn, yn barod.

Cerddais drwy'r coed, fy mhen i lawr a'r broets yn llond fy mhoced. Wrth gerdded i lawr o'r Foel tuag ati, a hyd yn oed wrth iddi hi gerdded i'r coed ar ôl taflu'r broets i'r llyn, ro'n i'n dal i baratoi am gwmni yn y tŷ ac yn dal i wrthod cydnabod hynny. Roedd arna i ofn, prun bynnag. Roedd arna i ofn rhoi'r gorau i feddwl am Sali, a byw ein bywyd dichwalfa yng nghlydwch fy nychymyg bach a grât gegin ffrynt. Yna, wrth syllu ar y broets a'r lladrad, mi hitiodd gwegi fi. A fedrai o fod yn ddim ond gwegi ar ôl gobaith. Doeddwn i ddim am gydnabod y gobaith cynt. Roedd mor ddisymwth, ac roedd rhyw bethau bach annisgwyl fel sylweddoli na fyddai angen y ddol mwyach yn fy synnu. Nid pethau felly ddylai fod yn berthnasol.

Roedd oen mewn helbul wrth ffens, yn tynnu yn ei herbyn ac yn gwthio'i ben iddi bob yn ail. Mi es ato, ac yntau'n mynd yn fwy drwg ei ddioddef wrth imi ddynesu. Roedd terfyn weiran wedi mynd trwy'i wefl isaf, yn garchar poenus syml. Rhoddais fy llaw chwith am ei gorff, a'i deimlo'n gyhyrau ac yn nerfau i gyd odanaf. Rhyddheais y wefl hefo fy llaw arall. Roedd gwaed ar y weiran a mymryn ar y gwellt odani. Gadewais i'r oen fynd ar ôl gweld nad oedd fawr gwaeth a rhedodd fel y diawl i lawr y cae gan ddal i frefu'i boen a'i argyfwng. Tasai gwefl y broets yn gnawd un felly fyddai hi. Plygais y weiran yn daclus a diogel am un arall a sychu'r gwaed o 'mysedd yn y byrwellt. Yna, yn benderfynol, mi es adra ar f'union a symud tomen o frigau i gongol yr iard. Rhoddais fatsian ynddyn nhw cyn mynd i nôl y ddol a'i thaflu hithau i ganol y goelcerth fechan a gwylio'i phrydferthwch tila'n mynd i'w gilydd cyn troi'n fwg drewllyd difwynol, mor wahanol i fwg y coed.

4

Wythnos union wedyn oedd hi, a storm o'r gogledd wedi dod â chanol gaeaf yn ôl ac ailfyrhau'r dydd. Roedd fy niwrnod wedi'i dreulio i fynd â hen wraig i'w hangladd dialar yn nwyieithrwydd caregog mynwent yng ngwaelod y sir. Angladd reit ddifyr, gydag oerni mynwent yn beth newydd i'r galarwyr a gwlybaniaeth gwellt yn beth diarth i'w sgidiau. Roedd rhywbeth yn hoffus yn y dialedd direidus yn llygaid y gweinidog moel a gymerai'r gwasanaeth tindroellyd yn ei ddillad cynnes wrth weld y rhynnu o'i flaen, a rhyw olwg 'os nad ydach chi'n credu pam ddiawl dylwn i?' ar ei wyneb. Iesu! wyt ti'n iawn? gofynnodd un galarwr i'r llall yng nghefn y dyrfa wrth i hwnnw blygu'i ben pan aeth y gweinidog i weddi. Roedd y rhegfeydd wrth adael y bedd am y gorau i fod yn orffromllyd, a'r wên ar wyneb y gweinidog wrth ymesgusodi rhag mynychu'r brechdanau'n werth ei gweld.

Chwerw oedd paent newydd y llofft gefn, er fy mod yn dal i fynd iddi ryw ben bob dydd i sbecian a synfyfyrio. Ro'n i wedi rhyw fudr ystyried bwrw fy siom drwy fudo iddi er mwyn peintio fy lofft fy hun. Roedd y broets yn ddiogel, wedi'i guddio mewn coffor yn y llofft gefn. Ambell fin nos ro'n i'n dod ag o i lawr i syllu arno, a gadael iddo fynd yn fwy llygad-dynnol beunos. Os oedd hi wedi'i ddwyn o amgueddfa, ella mai da oedd hynny gan fod amgueddfeydd, fel amser ei hun, yn troi pob arswyd yn adloniant. Addo uffern oedd y broets, sut bynnag yr oedd o'n gwneud hynny'n wreiddiol, a faint bynnag oedd ei lwyddiant.

Wyddwn i ddim be i'w wneud ag o. Ro'n i'n gwrthod ystyried hynny bob tro y meddyliwn amdano. Ella mai adloniant oedd o wedi bod o'i ddechreuad, 'ran hynny, neu brotest. Welwn i ddim bai ar gerflunydd yn cael llond bol ar y bygythiadau diddiwedd i gadw cymdeithas yn ei lle. Gallai'r bwch gafr fod yn frenin mewn broets arall, a'r bwystfil yn haul neu'n dduw. Ro'n i'n gwenu'n braf fel y gweinidog moel wrth daflu blocyn arall ar y tân a gwylio'r gwreichion yn tasgu a diflannu.

Eisteddais yn ôl yng nghlydwch cyffyrddus gegin ffrynt i wrando ar yr amrywiadau yn sŵn y gwynt dros y coed. Roedd wedi pasio amser bwyd, ond do'n i ddim yn llwglyd gan 'mod i wedi cael yn rhesymol helaeth ar ôl y cynhebrwng. Roedd ar fin nosi a chodais cyn hir i gau'r llenni. Mi fydda i'n gwneud hynny nid i 'nghuddiad fy hun oddi wrth y byd ond i ychwanegu at glydwch gegin ffrynt. Dychwelais at y tân i wrando ar y gwynt. Mae hynny lawn cyn ddifyrred a llawn mor fuddiol â dim arall cyn amled â pheidio. Dydw i rioed wedi uniaethu sŵn gwynt â sŵn cwyno; cadarnhaol a chlust-dynnol ydi pob amrywiad yn y gwynt, byth yn undonog a diffaith fel cwyno hyd yn oed ar ei fwyaf cyson. Dydw i rioed wedi chwilio am y geiriau digalon pan mae cymylau tewion yn tywyllu neu'n gorchuddio'r mynydd chwaith. Mae lluniau llwm bardd ac artist yr un mor wir neu'r un mor gelwyddog â lliwiau plastig y cardiau post. Neu wyneb babi dol cyn toddi.

Ro'n i'n cael ambell bwl o wrthod fy siom, a byddai hiraeth am addewid yn dod yn ei le, ac weithiau obaith 'mod i'n camliwio pethau ac y byddai hi'n ôl hefo'i heglurhad unrhyw ddiwrnod. Fyddai'r pyliau hynny fyth yn para'n hir, ond roeddan nhw'n dod â mymryn o lewyrch i lwydni'r siom o gael fy nefnyddio heb bwt o eglurhad. Oherwydd dyna oedd o. Roedd siâp y gôt a'r gwallt du a'r llygaid duon yn 'cau'n glir â phylu.

Yna roedd Ast Fach yn swnian yn gegin, swnian sydyn, nid cyfarth pobol ddiarth ond swnian isio mwytha. Gwrandewais. Daliodd Ast Fach ati, a rhoi un cyfarthiad llawn gobaith yn ei ganol. Codais. Cuddiais y broets dan glustog a mynd drwodd. Roedd Ast Fach â'i phawennau ar drws allan. Tynnu'r lle i lawr ddylai hi fod yn ei wneud. Troes ei phen un waith ata i i ddeud wrtha i am styrio. Disgwyliais am y gnoc, ond ddaeth hi ddim. Rhoes Ast Fach un cyfarthiad arall, un â mwy o awdurdod gorchymyn ynddo fo y tro yma. Daliais i wrando. Dim ond Ast Fach oedd i'w chlywed. A'r gwynt.

Agorais y drws. Rhuthrodd Ast Fach.

'Sa lawr, diawl!'

Roedd hi yno wrth y stepan, yn sefyll yn llonydd, bag wrth ei thraed a bwndel o fabi ar ei braich. Babi byw, yn ysgwyd ei ben yn ei gap gweu melyn a gwyn cyn rhoi ei fawd i gyd yn ei geg a throi at ei bron a walpian sugno'r bawd bychan. Roedd Ast Fach wedi ufuddhau fel siot ac eisteddai o'i blaen a'i chynffon yn waldio'r rhiniog. Rhoddais ochr troed i'w gwthio o'r neilltu. Edrychais i'r llygaid duon. Cadarnhaodd hi. Cadarnheais inna. Plygais i godi'r bag trwm a mynd ag o i'r gegin. Yna ailfeddyliais a mynd ag o i gegin ffrynt. Wedi mwythiad aeth Ast Fach yn ôl ar mat gegin a'i thrwyn ar y stôf fawr a'i byd yn braf.

Daethom ein dau i gyfarfod â'n gilydd yn nrws gegin ffrynt. Ciliais i, a rhyw hanner estyn llaw iddi ddod drwodd. Daeth hithau, a rhoi cip bychan arna i wrth fynd heibio, heb wên, heb wg. Ro'n i wedi rhoi'r bag i lawr o flaen y soffa ac aeth hi i eistedd arni. Rhoes y babi i orwedd yn ei hymyl a phlygu i agor y bag. Dim ond am eiliad yr oedd y bawd wedi plesio, ac roedd y babi wedi'i dynnu o'i geg i ddechrau crio. Rhuthrais inna at y grât a rhoi proc i'r tân cyn taflu dau flocyn arall arno.

Y peth cyntaf a dynnodd hi o'r bag oedd ffliwt. Rhoes gip arall arna i, a'r tro yma roedd cysgod gwên ddiamheuol yn y cip. Llonnais inna. Tyrchodd hi eto yn y bag a thynnu potel babi yn llawn llefrith ohono. Agorodd y caead a rhoi teth o fag plastig bychan yn ei le. Rhoes y botel ar ei boch am ennyd cyn codi'r babi a rhoi'r deth yn ei geg. Daeth dwy law ryfeddol o fechan a rhyfeddol o dlws i afael fel gafael cranc yn y botel. A'r eiliad honno yr unig beth a fedrai fynd trwy fy meddwl oedd y cyferbyniad rhwng sŵn y sugno a sŵn y gwynt y tu allan.

Roedd y gwynt wedi gwneud ei gwallt yn flêr. Nid blêr chwaith. Gadawodd y botel i eiddilwch byw y gafael cranc am ennyd a rhoi llaw wen drwy'r gwallt du. Gafaelodd eilwaith yn y botel, ond gan edrych ar y fflamau'n dechrau profi'r blociau yn y grât. Gwnaeth ystum fel pe bai i gynnig y babi i mi, ond roedd fy nwylo'n crynu gormod. Do'n i rioed wedi gafael mewn un byw prun bynnag.

Roedd y cwestiynau blith draphlith. Ond ddeuai'r un ohonyn nhw allan. Prun bynnag, roedd golwg wedi blino braidd arni a doedd hynny ddim yn syndod. Roedd tawelwch Ast Fach cyn iddi gyrraedd yn cadarnhau mai wedi cerdded roedd hi. Roedd hynny yn filltir fan leiaf, a babi yn ei braich a bag trwm dros ei hysgwydd. Fedrwn i ddim credu chwaith ei bod wedi bwriadu iddi nosi cyn iddi gyrraedd, yn enwedig hefo'r coed yn tywyllu mwy fyth ar y lôn i fyny yma.

'Mae . . . mae . . . 'dei di ddim o'ma heno,' medda fi yn y diwedd, pan oedd hi'n amlwg bod yn rhaid i rywun ddeud rhywbeth.

Syllu i'r tân ddaru hi. Yna tynnodd y babi'n dynnach ati fymryn a rhoi cip arna i.

'Oes gen ti le?' gofynnodd.

Llais tawel, hudol, cywrain. Fel nodau ei ffliwt. Llais yn dibynnu ac yn gobeithio ac yn ymddiried, hyd yn oed mewn cyn lleied o eiriau.

Yna gwyddwn be i'w wneud. Roedd hi'n dal i syllu i'r tân wrth imi fynd drwy'r drws. Mi es i fyny'r grisia a'r rhai eraill culach a mwy serth yn y pen draw i'r atig. Mae'n debyg y byddai'r hen grud wedi mynd yn briciau tân ers blynyddoedd tawn i'n byw yn rhywle arall, di-goed, neu tasai gen i ddefnydd i'r atig. Ond yno roedd o, crud hen drefn, plaen, tlodaidd, yn ei gornel ers cyn i Sali a minna brynu'r lle. Cariais o'n ofalus i lawr y grisia serth ac i lawr wedyn i'r gegin. Rhoddais fymryn o ddisinffectant a sebon coch yn y ddesgil a'i llenwi hefo dŵr poeth. Sgwriais y crud, bob modfedd ohono. Tywalltais y dŵr, ac ail-lenwi'r ddesgil. Sgwriais y crud drachefn, ac Ast Fach yn fy ngwylio a'i thrwyn rhwng dwy bawen. Codais fawd arni. Gadewais y crud o flaen y stôf fawr i sychu. Doedd gen i'r un fatras i'w rhoi ynddo fo, ond roedd gen i blancedi glân yn y llofft. Mi fyddai un o'r rheini a chynfas o'i hamgylch yn gwneud am y tro ac mi fyddai'n ddigon diogel tasai'r babi'n troi ar ei fol.

Pan ddois i lawr a'r blanced a'r gynfas ar fy mraich roedd hi yn y gegin a'r babi yn y ddesgil ar bwr' yn gwenu lond ei geg ac yn colbio'r dŵr i bob man ac yn edrych i'w llygaid. Roedd hi wedi tynnu'i chôt ddu ac roedd wedi rhoi llian mawr melyn ar y stôf fawr i gynhesu. Tywalltodd ddŵr glân o botel lefrith ar ben y babi hapus cyn ei godi o'r ddesgil a gadael iddo ddiferu uwch ei phen am ennyd cyn ei sodro yn y llian a'i gario'n ôl i gegin ffrynt. Roedd hi'n flinedig, ond roedd hi'n dawel hapus. Am eiliad gwelais batrwm ei hwyneb yn wyneb y babi wrth iddo syllu'n ddyfn i'w llygaid. Mi es ar ei hôl. Roedd plastig cefn clwt-taflu wedi duo pen y blocyn ar y tân.

'Be 'di enw'r hogyn bach?'

'Mebyn.'

Edrych ar y tân roedd hi wrth ddeud. Yna roedd hi'n edrych ar y babi, ac yn deud ei enw wrtho fo ac wrtha i. Dim ond megis sibrwd. Daliodd ati i'w sychu'n ysgafn freuddwydiol a thynnu bawd benderfynol o'i geg er mwyn sychu o dan ei gesail. Fedrwn i ddim cael geiriau i 'nghwestiwn nesaf na'r lleill. Roedd ganddi hi ddillad glân i'r babi wrth ei hochr a dechreuodd eu rhoi amdano. Mi es i drwodd i'r cefn. Cariais y crud a'i fatras wneud i'r llofft gefn a chael cornel daclus iddo y tu ôl i'r drws. Roedd y llofft yn wych yn ei phaent newydd.

Mi es i wneud bwyd. Roedd gen i stecan oedd yn ddigon mawr i ddau ar binsh. Rhoddais hi yn y popty. Doedd dim prinder llysiau nac o amrywiaeth ohonyn nhw, felly doedd dim problem llenwi dau blât. Rhoes Ast Fach ddwy bawen ar ben bwr' ac ysgwyd ei chynffon ar y plât diarth a mynd yn ôl at y stôf fawr i orwedd. Cododd ei chlust. Roedd nodau ysgafn ffliwt yn dod o gegin ffrynt, alaw lesmeiriol i wneud i'r babi gysgu ac i bawb arall wrando'n fodlon ac i ddistewi pob cwestiwn. Pan oedd y bwyd yn barod gwrthodais y cynnig dieiriau i fynd â'r babi i fyny am fod arna i ofn, ond mi es o'i blaen a'r bag mawr yn fy nwylo i ddangos llofft gefn. Swatiodd y babi'n ddi-lol yn ei grud. Arhosodd hi i'w wylio am ychydig ac es inna i lawr i roi'r bwyd ar y platia.

Gefn nos deffroais. Deffro disymwth, llonydd. Sŵn bychan diarth y babi anniddig oedd yn gyfrifol. Yna, am ei bod yn bedwar o'r gloch bora, amser troi pob twmpath yn fynydd a phob anadl yn fwgan, daeth y cwestiynau. Roedd hi wedi dwyn y ddol. Roedd hi wedi dwyn y broets. Felly roedd hi wedi dwyn y babi. Ella mai wedi dychmygu ne' obeithio gweld patrwm ei hwyneb yn wyneb y babi wrth iddo syllu'n ddyfn i'w llygaid yr o'n i. Ac os oedd o yna, ella mai ffliwc oedd hynny. Byddai rhywun yn siŵr o ddarganfod ac unwaith y digwyddai hynny mi fyddai hi'n codi'i phac a'i ffliwt. Dim ond un y medrai'r nodau a'r llygaid duon ei hudo ar y tro a phan fyddai heddluoedd a phob awdurdod a chamera'n heidio yma mi fyddai hi wedi dengid heb adael dim o'i hôl ond y babi a fyddai neb yn fy nghoelio i o weld y paratoadau.

Yr un fath â'r adeg arall honno, er nad oedd a wnelo fi ddim â hynny, yn uniongyrchol beth bynnag. Hi, Mam, oedd wedi paratoi yr adeg honno. Ond roedd hi wedi ymateb i bethau wrth iddyn nhw ddigwydd ac nid cynt, fel ro'n i wedi'i wneud. Fedra i ddim cofio sut oedd y peth wedi dechrau, pwy oedd yn yr ysbyty i Mam fynd yno tua dwywaith yr wythnos. Ond sut bynnag oedd hi, roedd 'na ddyn yn y gwely 'gosa oedd wedi bod yn bur wael a'r enw Saesneg ar ei fadwch yn cyrraedd o un pen i'r llall a fersiwn Mam o'r enw'n lled-gynganeddu hefo fersiwn pawb arall. Roedd o'n ŵr gweddw neu'n hen lanc neu rywbeth unig, ond roedd o'n ofnadwy o ddymunol a chwrtais. A phan ddaeth pwy bynnag oedd yn yr ysbyty adra, ddarfyddodd ymweliadau Mam ddwywaith yr wythnos ddim. Doedd Dad yn deud dim ar wahân i ambell be 'ti'n 'i boitshan, d'wad? a llwyddo i ddeud hynny heb lawer o ddiddordeb, fel bydda fo. Rhyw ysbeidia rhwng defaid oeddan ni, Mam a Twmi a fi, iddo fo reit aml prun bynnag. Yna un pnawn roedd y tŷ'n lanach nag arfer a hithau wedi bod yn Dre ac wedi dod yn ôl yn llond ei haffla. Roedd 'na ddesgil newydd blastig a jwg mawr newydd plastig a mat bach i'w roi yn llofft. Roedd 'na ddesgil sebon newydd a matiau bwr' newydd, a'r rheini'n bethau na fu rioed acw o'r blaen. Mr Humphreys oedd am ddŵad yma am few days i gryfhau. Ac mi ddaeth. Mi gafodd fynd i'r llofft ffrynt, eu llofft nhw. Mi aethon nhw i'r llofft gefn ac mi aeth Twmi i'r atig. Roedd hi'n rhyfedd cael dyn diarth i aros. Gorweddian ar soffa o flaen tân fydda fo drwy'r dydd, i wella. Roedd y bwyd yn well ac yn llawer mwy ffurfiol nag arfer a'r cwpanau neis ar y bwr' yn wastadol. Pytiog oedd sgwrs Dad, er bod Mr Humphreys yn holi'n wastadol am egwyddorion defaid. Mi fyddai Dad yn siarad ddydd a nos hefo pawb arall a ddangosai'r diddordeb lleia. Ac roedd sgwrs gyffredinol Mr Humphreys yn llawer helaethach hefyd. Tra parodd o.

Gefn nos oedd hi; wel, gefn nos i mi. Tua deg i hanner awr wedi. Ella 'mod i wedi dechrau cysgu, neu ella mai darllen o'n i. Ond do'n i ddim yn ymwybodol o ffrae yn cael ei dechrau, dim ond yn dod i fyny o'r gegin ar ei chanol. Doedd 'na ddim gweiddi oherwydd newydd fynd i lofft ffrynt oedd Mr Humphreys. Ond roedd Mam yn crio. Roedd llais Dad yn hollol fflat a phenderfynol. Y cyferbyniad hwnnw oedd yn gwneud y peth mor drawiadol.

'Dw i'n mynd i sgwennu at Dot.'

'Paid, Glyn bach, plis paid.'

'Mi dduda i y cwbwl wrthi hi.'

'Dwi'n ymbil arnat ti.'

Anti Dot ydi Dot, chwaer Mam. Niwl tragwyddoldeb o ddynas, dim blydi clem. Does dim llawar yn ôl na landiodd hi yng nghynhebrwng ei brawd ei hun yn gwenu am y gwelach chi ac yn hannar bowio i bawb, a ffrog flodau mawr coch a phinc amdani. Roedd y blodau bron yn fwy na'r ffrog oherwydd dim ond at ei thin roedd honno'n cyrraedd. A sgidia sodla uchal coch a lipstig i fynd hefo nhw. A hithau dros ei deg a thrigian. A tasai Twmi flynyddoedd lawer ynghynt heb ildio i'r demtasiwn fawr o'i galw hi'n Anti Ffwl Stop yn ei hwyneb hi yn hytrach na chadw'r gyfrinach rhyngon ni'n dau fyddai o ddim wedi cael 'i hiro.

'Hwnna'n fa'ma ar 'i din trwy'r dydd ac yn cael y blydi lot, a finna'n slafio i ddŵad â phres i'r tŷ 'ma. A phawb yn 'y nghymryd i'n sbort.'

Roedd hi'n beichio crio.

'Mi gei di weld, mi dyffeia i di.'

Doedd ddiawl o bwys gan Dad am ei chrio hi. Doedd hwnnw ddim yn beth mor anarferol â hynny. Doedd o ddim yn beth cyffredin chwaith. Roedd sŵn llais Dad yn miniogi'n fwyfwy wrth ei glywed o. Ro'n i wedi cilagor y drws ers meitin i gael clywed yn iawn ac i wrando'n glustfain am sŵn o'r llofft ffrynt. Roedd yn amhosib nad oedd Mr Humphreys yn gwrando pob sill.

'Paid, Glyn bach, dw i'n ymbil arnat ti. Mi a' i ar 'y nglinia.'

Dwi'n cofio rhyfeddu. Byd emynau neu lyfrau'r fan lyfrgell oedd byd geiriau felly, nid ein byd ni. O'u clywed felly yn llais go iawn Mam yn y byd go iawn roedd difrifoldeb yr holl beth yn taro talcan a phwll stumog. Roedd peth fel hyn yn newydd sbon. Doedd hon ddim yn ffrae geiniog a dima.

'Mae'n hen bryd i Dot gael gwybod sut un wyt ti. Mi dyffeia i di.'

A pham honno? Pam honno mwy na'r ddau frawd? O leiaf roedd un o'r rheini'n gall. Am ei bod hi'n ddynas, ella. O fath.

'Dw i'n mynd ar 'y nglinia, Glyn bach.'

Arglwydd mawr.

'Os bydd hwnna yma pan ddo i adra nos fory mi fydda i'n mynd o'ma.'

'Fydd o ddim, Glyn bach. Fydd o ddim.'

Roedd traed Twmi'n dod i lawr grisia'r atig heb i sŵn y drws yn cael ei agor eu rhagflaenu, a minna'n gwthio drws fy llofft i bron yn gaead. Roedd Twmi'n mynd i lawr i'r gegin ac yn deud yn ddigon di-hid bod arno isio diod ac yn cael ei ddiawlio'n ôl i fyny'r grisia heb ddim. Mi agorais inna'r drws fel roedd Twmi'n tuthian hyd y landing.

'Fuost ti i lawr?'

'Do.'

'Be oedd Mam yn 'i wneud?'

'Sefyll o flaen tân a'i chefn at grisia.'

'Be oedd Dad yn 'i wneud?'

'Sgwennu llythyr.'

'O.'

Am ryw reswm roedd Twmi'n mynd i'r ysgol trannoeth a minna ddim; annwyd arna i mae'n debyg. Roedd Mr Humphreys wedi dod i lawr tua hanner awr wedi naw a golwg ddigon sobor arno fo.

'Mae arna i ofn bod yn rhaid i chi fynd heddiw, Mr Humphreys.'

Roedd golwg sobrach ar Mam.

Mi gychwynnon tua phum munud i ddeuddeg i ddal bỳs hannar. Cyn agor y drws, mi ysgydwodd Mr Humphreys law â mi a deud diolch. Ro'n i'n gobeithio y cawn i ryw buntan ganddo fo ond ches i ddim. Mi ysgydwodd Mr Humphreys law â Mam wedyn a dyma hi'n rhoi sws fechan iddo fo ar ei foch wrth ddeud 'sori na fedrach chi fod yma'n hirach'. Mi ddaru Mr Humphreys risio braidd wrth gael y sws. A phan ddaethon ni i Sgwâr Ucha roedd y bỳs tua phum munud yn hwyr siŵr Dduw, a phawb yn edrych arnon ni. Mi ysgydwodd Mr Humphreys law wedyn pan ddaeth y bỳs.

'Perthynas oedd o, Mrs Harries?'

'Ffrind.'

'O.'

Ac yn ôl â ni i'r tŷ, hi a'i phen yn uchel a minna wedi sylwi ar bopeth oedd ynghlwm â'r cwestiwn a'r ymateb wedyn. Mi fu hi'n gofyn 'ddaw o adra d'wad' drwy'r pnawn. Weithiau'n ateb hefo 'daw siŵr, 'deith o i unlla arall'. Mi baratodd sleifar o fwyd. Pan ddaeth Twmi adra o'r ysgol mi ofynnodd be ddiawl oedd ar eich pen chi ddynas a mi aeth hithau y tu ôl i drws pantri i grio. Mi gochodd Twmi at ei glustiau a chafwyd byth wedyn yr un arwydd o fodolaeth Mr Humphreys ar wahân i'r ddesgil a'r jwg a'r geriach eraill. Ond ches i rioed unrhyw reswm i beidio â bod yn argyhoeddedig, er gwaetha'r sws ac ymateb Meri Arvonia yn Sgwâr Ucha, mai un rheswm yn unig oedd i Mr Humphreys dreulio'i fymryn dyddiau acw, sef awydd Mam i fod yn nyrs. Mi wn i na chawn i neb arall drwy'r hollfyd i gytuno, ond roedd Mr Humphreys wedi cael Op ac roedd hi'n gwybod yn iawn be oedd Op am ei bod wedi cael un ei hun ac wedi treulio chwe mis neu ddwy flynedd yn sanatoriym.

Do, erbyn cofio, mi gafwyd arwydd o'i fodolaeth o. Rai misoedd yn ddiweddarach, yng nghanol y pentwr. Marc o Sir Fôn ar yr amlen a Mr Humphreys bychan a gosgeiddig o dan y Season's Greetings. Pwy ddiawl 'di hwn eto? gofynnodd Twmi. Gwg oedd yr unig ateb gafodd o. Dyna oedd y peth 'gosa at glustan.

A wel. Plygain effro ydi plygain effro.

Rŵan ro'n i'n gwrando ar y distawrwydd o'r llofft gefn. Rhywun hollol ddiarth a minna wedi paratoi ar ei chyfer fel hen aelwyd. Aelwyd tylwyth teg. Roedd y peth yn fy nychryn rŵan. Roedd hi wedi dod yma i 'mhluo i. Unwaith y byddai'r babi wedi cael ei frecwast mi fyddai hi a fo'n cael 'u sgubo dros y trothwy. Heb gega, heb weiddi, dim ond deud. Heb edrych i'r llygaid duon. Y gymwynas drosodd, diolch am nodau'r ffliwt, ta-ta.

Codais cyn chwech. Roedd drws llofft gefn yn gilagored ac agorais o'n lletach a rhoi cip i mewn. Roedd y ddau'n gorwedd yn dynn yn ei gilydd yn y gwely, yn cysgu'n sownd. Ond roedd y crud wedi bod ar iws hefyd, y dillad yn flêr a phant bychan lle bu'r pen. Caeais y drws a mynd i lawr, heb wegian. Gwnes frecwast i mi fy hun. Yn un peth ro'n i wedi dechrau dod i arfer bod heb gwmni. Ella. Ond mi fedrai tynnu'n groes fynd yn uffern ar y ddaear ar ddim.

Babi 'di babi. Geiriau eraill o'r dyddiau a fu, Dad ddiamynedd yn ymateb i ystadegau babi diweddara'r ardal. Mam yn gwylltio ac yn mynnu canlyn arni. A hi fyddai'r gyntaf i ddeud mai pobl 'di pobl.

Stwyriais. Ro'n i wedi bod yn synnu ar 'y mhlât am hir. Codais, a mynd i agor i'r ieir. Roedd y bore'n oer, y gwynt yn dal yn styfnig. Ond mi rown i blanced sbâr iddi hi i gadw'r babi'n gynnes. Ac ella y byddai'n cynhesu mymryn erbyn canol y bore. Rhoddais yr hen drosol yn erbyn drws y cwt ieir i'w gadw'n agored, a mynd i fyny i fynd rownd defaid. Cerdded heddiw, ac Ast Fach hapus fywiog yn dawnsio hyd y lle.

'Nid ar d'ôl di y dôn nhw.'

Anwybyddodd Ast Fach fi'n llwyr.

Pan ddois yn ôl, doedd yr un arwydd ei bod am gynhesu. Planced arall oedd yr ateb. Agorais y drws. Roedd hi'n cyrraedd gwaelod grisia, a'r babi ar ei braich, un llaw am ei gwddw a'r llall yn ddwrn bychan yn rhwbio'i drwyn. Daeth y ddau i'r gegin. Diflannodd pob cwestiwn.

5

Daeth y glec yn ôl ar ei hunion dros y coed ac wedyn ddwywaith neu dair yn bellach a gwannach. Ysgydwodd y llwynog ei din wrth geisio dianc. Hynny neu adwaith nerf a chyhyr wrth gael eu rhwygo. Roedd y gynffon wedi'i pharlysu ar hanner tro at i fyny a'i arswyd yn llenwi'r llygaid wrth i'w fethiant waethygu. Rhedais ar ei ôl a'r gwn yn fy llaw a gollwng un droed drom ar ei wddw a'i ladd.

Yna roedd hi yno, uwch ei ben, yn edrych i lawr arno, ar y llygaid diarswyd a'r gynffon hir a'r pen cam a'r tafod llonydd ar y pridd llwyd. Roedd hi'n ysgwyd ei phen yn araf, a'r gwallt du'n dilyn pob ystum, a phob symudiad yn gyhuddiad llawn siom. Pwyntiais faril y gwn mor ddifater a rhesymol ag y medrwn i at y llwynog.

'Lladd ieir.'

Do'n i fymryn elwach o dinc synhwyrol f'eglurhad. Sefais yno, yn 'y nheimlo fy hun yn mynd yn fwy diymadferth gyda phob eiliad hir. Roedd hi'n edrych arna i a 'ngwn a'r llwynog bob yn ail. Ro'n i'n benderfynol nad o'n i'n mynd i osgoi'r llygaid duon. Heriais a heriais, yn llonydd. Do'n i ddim yn ennill. Dim gobaith. Gwylltiais. Ysgydwais y gwn.

'Lladd y blydi iarods! Ffocsyn diawl!'

Roedd arna i isio colbio'r gwn a'r llwynog yn erbyn wal bydái ond ddaru mi ddim. Gadewais y gwn yn erbyn y wal a'r llwynog ble'r oedd o. A hithau ble'r oedd hi, er gwaetha'r dychryn newydd yn ei chorff. Trois oddi yno, a'i gwneud hi yn fy hyll i fyny i'r Foel, mewn dipyn llai o amser na'r chwarter awr neu ugain munud arferol, a'r munudau'n lliniaru dim ar y chwyrnu na'r diawlio. Eisteddais ar y copa, yn dynn fytheiriog, fy nghefn at y tŷ a 'nyrnau ar fy ngliniau, yn rhythu'n fileinig ar y llyn tywyll islaw. Ymhell draw roedd gyrr o fustych yn rhedeg at giât ym mhen draw cae, a dau blentyn i'w gweld yn hongian arni. Ro'n i bron yn siŵr 'mod i'n clywed eu lleisiau. Daeth galwad tebyg i bibydd y dorlan o gyfeiriad y llyn, un cyntaf y tymor os dyna oedd o.

'Mae gen ti waith dysgu petha.'

Mi fyddai rhywun yn taeru bod eco cyntaf y glec yn gryfach ac yn fwy terfynol na'r glec ei hun, fel tasai rhywbeth yn edliw mai dim ond y glec y medrwn i ei rheoli. Ro'n i wedi saethu llwynog un pnawn a rhyw betha diarth cadw'u hegwyddorion 'u hunain wedi 'ngweld i'n gwneud hynny ond job fach oedd rhoi chwech am chwech i'r rheini ar ôl gweld nad oedd eu hanwybyddu nhw'n tycio. Rydw i'n dal i glywed fy ngorchwerthin cras pan ddywedodd un ohonyn nhw yr âi hi i rywle arall tasai hi angen hers. Doedd dim disgwyl i'r rheini dderbyn unrhyw eglurhad a nhwtha heb yr un glust ond i'w lleisiau nhw'u hunain. Mi wn i'n well na nhw prun bynnag am y cynffonnau marw'n fy herio i greu mewn un oes rywbeth hanner mor gywrain â'r hyn y medra i 'i ddinistrio mewn un eiliad.

'Mae gen ti waith dallt, mi dyffeia i di.'

Pam na fedrwn ni ddeud hynny yn ei hwyneb hi? Daeth sŵn injan yn troi i'w heithaf o Gefnhesgen. Y ffarmwr newydd yn trwsio rhywbeth eto fyth. Roedd llawer mwy o drwsio nag o ddefnyddio yno. Be tawn i'n rhoi mwytha yn hytrach na baril i bob llwynog hyd y fan? Fyddai gen i na iâr nac oen. Pam nad oedd dallt arni hi? Fasai'n well ganddi fwyta wyau mwclis y siopau aceri? Pibydd y dorlan oedd o hefyd. Mi welwn y deryn yn ei hamro hi a gleidio bob yn ail ar draws y llyn. Mi wnâi damaid rhwng prydau i ryw lwynog. Pam na ddeuai hi yma i weld? Erbyn meddwl, doedd hi ddim wedi bod ar y Foel ers iddi ddod acw, neu do'n i ddim wedi'i gweld hi yno beth bynnag. Do'n i ddim wedi sôn wrthi am yr hen hen anheddle odana i nac am Murddyn Eithin. Ella'i bod wedi'u chwilio nhw pan oedd hi'n crwydro'r lle cyn dod acw. Os oedd hi, doedd hi ddim wedi sôn. Roedd hi wedi darganfod y broets yr o'n i'n mynnu ei gysylltu'n ddidystiolaeth a diwybodaeth â'r hen hen anheddle dan y glustog trannoeth iddi ddod acw ac wedi ei osod ar silff ben tân gegin ffrynt yng ngolwg hynny o fyd fyddai'n dymuno galw heibio. Do'n i ddim wedi gofyn iddi am hwnnw chwaith.

Roedd gen i gynhebrwng am hanner dydd. Mi fyddai'n rhaid imi fynd i molchi a newid. Mi ddywedwn wrthi am y pibydd a'r pellter rhwng ei nyth a'r llwynogod. Fyddai dim angen imi wylltio eto. Mi fedrwn ddod â hi at y llyn a deud wrthi am sleifio i weld y nyth ac mi wnâi hi hynny heb achosi i'r deryn sorri. Wedyn y byddai hi'n dallt gêm mor ddi-fudd oedd edliw. Codais. Ro'n i wedi dal arni'n hir braidd, a brysiais yn ôl. Doedd dim golwg ohoni, hi na'r babi. Ond roedd pethau'r bychan hyd y gegin. Rhoddais y teciall i ferwi cyn mynd i molchi imi gael panad a brechdan cyn cychwyn. Mi es i fyny. Roedd oglau newydd sbon pethau'r babi yn dal i daro a chadarnhau, oglau powdr gan mwyaf. Wedi newid i 'nillad hers mi es i bob ffenast i chwilio, ond welwn i mohoni hi na'r hogyn bach. Roedd y gwn yn dal wrth wal y bydái.

Bwyteais fy mymryn a chlirio ar f'ôl. Mi es allan i nôl y gwn a dod ag o'n ôl i'w gadw. Rhoddais glwt dros fy sgidiau glân. Ro'n i wedi agor cwt yr hers ers ben bore ac roedd ei thrwyn hi'n sgleinio fel newydd yng ngolau dwl y dydd. Ro'n i wedi concritio dau drac cul iddi rhwng y cwt a giât lôn ac roedd hynny'n help at ei chadw'n lân. Mi es i mewn. Synnais braidd o weld Ast Fach wedi rowlio i gysgu yn y gornel bellaf.

Roedd hi'n gorwedd yn daclus ar wastad ei chefn syber yng nghefn yr hers, heb unrhyw symudiad, hyd yn oed symudiad anadl. Yr hyn ddaru fy llorio i oedd gweld y babi yn ei breichiau, a dim ond symudiad bach llaw mewn cwsg i ddangos ei fod yn fyw. Trodd Ast Fach ei phen tawel i edrych arna i'n gwelwi. Mi glywn rywbeth rhwng anadl ac ebychiad yn fy ngenau. Cododd Ast Fach a dod ata i, yn gwybod nad oedd i stwffio yn erbyn fy nghoesau am fwytha a minna yn fy nillad hers.

Yna cododd hithau ei phen ac edrych arna i. Yn ddi-stŵr, cododd ar ei heistedd nes bod ei phen yn cyrraedd y to. Brysiais inna i agor y cefn.

'Paid â gwneud hynna. Paid byth â gwneud hynna.'

Dyna'r unig eiriau a ddeuai allan. Ac ella mai cymryd arni na fedrai ddod o'r hers hefo'r babi yn ei breichiau roedd hi, ond y munud yr oedd wedi'i throi ei hun roedd wedi sodro'r hogyn bach yn fy mreichiau i. Y tro cyntaf un imi afael ynddo fo. Suddodd y pen bychan cynnes yn ei gwsg bodlon ar unwaith i 'ngholer a than fy ngên, heb synhwyro anghynefindra carbwl y breichiau oedd yn ei ddal. Tra bûm i'n ceisio dirnad faint i afael heb ollwng na gwasgu daeth hi o'r hers, a gwên fechan sydyn yn cydnabod wrtha i na fyddai ffraeo am y llwynog. Yna roedd y babi wedi synhwyro'r ymdrech i'w ddal a rhoes freichiau bychan am fy ngwddw. Roedd o mor ddisymwth werthfawr, roedd fel eiliad gysegredig, a'r ewinedd bychan yng nghefn fy ngwddw'n mynegi dibyniaeth y byw bach arna i. Am eiliad ro'n i'n damio'r cynhebrwng. Ond mi ddeuai eiliadau eraill. Cymrodd hi'r babi oddi arna i ac esmwytho 'ngholer a fy siwt hers hefo'i llaw wen. Gwên fechan arall ac i ffwrdd â hi i agor giât lôn i mi. A phan o'n i'n mynd ar hyd y lôn ac ar fynd o'r golwg i'r coed dyma hi'n codi llaw arna i. Dim ond unwaith.

'Sut mae'r bobol ddiarth?'

Ro'n i wedi stopio o flaen tŷ Elfyn ac wedi mynd gryn hanner milltir wedyn cyn i hwnnw agor ei geg i ddeud dim ar wahân i ddamio'i gricmala wrth ddod i'r hers. Ond mi hitiodd y cwestiwn fi'n daclus. Y tro cyntaf un i neb ddeud na gofyn dim amdani. A wyddwn i ddim be i'w ateb.

'O lle doth hi?'

'Dŵad, 'sti.'

'Perthyn?'

'Nac 'di. Fel perthyn.'

Fedrwn i ddim deud na fedrwn i ddeud. Fedrwn i ddim deud pam oedd pob un cwestiwn mor rhesymol berthnasol rŵan ac yn hollol amherthnasol unwaith roedd y llygaid duon yn dod i'r golwg. Doedd dim i'w wneud ond dal arni fel hyn am y chwarter milltir oedd weddill cyn y byddai sylw Elfyn yn mynd ar ei gynhebrwng. Doedd f'atebion i ddim mymryn byrrach nag arfer prun bynnag.

'Pwy 'di hi, 'ta?'

'Fasat ti ddim yn 'i nabod hi.'

Gwingodd Elfyn wrth geisio gwneud ei hun yn fwy cyffyrddus, a rhegi. Rhegi brath ei boen neu'r ateb.

'Maen nhw wedi bod yn holi.'

A dyna amheuon a chwestiynau chwyslyd di-drefn a diateb plygeiniau yn eu holau'n un llwyth.

'Pwy, felly?' gofynnais yn llawer rhy gyflym siŵr Dduw.

'Hen deulu'r pastwn.'

A doedd y chwarter milltir ddim yn ddigon. Roedd y dyrfa fwyaf amryliw a welswn rioed mewn angladd wedi ymgasglu o flaen y bwthyn newydd llydan a'i ardd llyfr patrymau. Mae'n hawdd gwneud gardd mewn stryd ne' yng nghanol pentwr o dai eraill pan nad oes 'na gefndir iddi ffitio iddo fo. Roedd torchau wedi'u gosod bob ochr ar raean gwyn y llwybr rhwng y tŷ a'r lôn a rhyw greadur ifanc mewn siwt wen a chrys gwyn a thei gwyn ar ei gwrcwd uwch eu pennau'n nodi enwau mewn llyfr bychan. Pan welodd o'r hers yn cyrraedd dyma fo'n sefyll i edrych arnon ni'n stopio.

'Arglwydd mawr.'

Straffagliodd Elfyn allan. Roedd y creadur ifanc gwyn yn saliwtio'r hers, ei fraich dde allan a'i ddwrn wedi cau, a'i ben wedi gwyro fymryn i ddangos y gostyngeiddrwydd priodol. Trodd Elfyn yn ôl i edrych drwy'r ffenast a dyrchafu'i lygaid gryn dipyn yn uwch na'r saliwt. Doedd waeth gen i. Ella bod ffarwelio drwy saliwt anfilitaraidd yr un mor ddilys â'r defodau difeddwl arferol. Mi ddois allan a mynd i agor y cefn iddyn nhw lwytho chydig o'r torchau cyn dod â'r arch. Mi welwn y gwyn yn cerdded yn llawn pwrpas tuag ata i. Yna heb imi'u disgwyl roedd dwy fraich allan led y pen a dau ddwrn glân yn gorffwys ar fy sgwyddau.

'Chdi ydi dyn Brenda.'

Dim ond hynny. Pwysodd y ddeuddwrn fymryn yn

drymach ar fy sgwyddau i gadarnhau'r cyfarchiad. Roedd y llygaid gwyrddion yn anarferol fyw ac agos ata i, fel oes o adnabyddiaeth a chyd-ddeall. Yna roedd o'n troi ac yn cerdded yr un mor bwrpasol i gyrchu'r torchau.

Brenda oedd ei henw hi.

Ro'n i wedi bod yn meddwl o bryd i'w gilydd, rhyw hanner meddwl dioglyd, heb fynd i ystyried un fyddai'n ffitio. Doedd o ddim yn bwysig. Ond roedd cysylltiad. O'r diwedd, roedd cysylltiad rhyngddi hi a rhywun arall, rhyngddi hi a'r rhain, beth bynnag oeddan nhw. Edrychais gyda chwilfrydedd newydd ar y dyrfa wrth y drws. Roedd hi'n siglo i gyfeiliant cerddoriaeth o'r tu mewn. Un o'r rhain oedd tad yr hogyn bach, ella. Roedd y gwyn wedi gadael ei orchwyl hel enwau ac wedi mynd at y drws i siarad hefo Jim, y Person newydd sy'n giamstar ar roi gwên ffugamyneddgar ar wyneb wedi laru. Gyda diddordeb anorfod gadewais inna'r hers a dynesu. Roedd Jim yn ceisio egluro mai gwell fyddai cael gwasanaeth neu gerddoriaeth, neu un ar ôl y llall. Ar ôl ennyd o annirnadaeth, ennyd o ystyried dwys, ac ennyd ferrach o weledigaeth, rhyfeddodd y gwyn at ddisgleirdeb yr awgrym. Aeth i'r tŷ a darfu'r sŵn bron ar unwaith. Aeth Jim betrusgar ar ei ôl. Daeth Elfyn allan mewn diawl o dempar a'i wyneb o'n fflamgoch. Difyr ydi dyn llawn cricmala'n brysio ac yn bytheirio yr un pryd.

'Dowch rŵan! Dowch rŵan!'

Hysiodd y dyrfa drwy'r drws, a'i ddwylo allan fel petai'n corlannu. Troes ata i cyn eu cael i gyd i mewn. Ro'n i'n cael hwyl iawn am ben 'i wep o.

'Wyddost ti 'u bod nhw wedi gwerthu'r blydi troli?' Roedd ei lais bron mor uchel â sŵn y gerddoriaeth funud ynghynt. 'Mae'r blydi arch ar ganol llawr.'

'Ella'u bod nhw isio chwara tryc.'

43

Daeth geiriau agoriadol y gwasanaeth drwy'r drws, yn annelwig. Am wn i mai dyna oeddan nhw. Llais Jim oedd o. Drwy'r cyfan roedd rhyw furmur oedd bron yn unffurf yn dod o'r dyrfa, a hynny ro'n i'n ei weld ohoni'n dal i led siglo'n araf. Nid bod fy meddwl i ar hynny. Be oedd 'nelo hi â nhw? Ella mai'r gwyn oedd tad yr un bach. Chefais i ddim amser i ori ar hynny chwaith oherwydd mi fu'r gwasanaeth yn y tŷ'n anarferol fyr neu mi roddodd rhywun y gerddoriaeth i fynd ar ei draws drachefn. Daeth Jim allan, yn damio'n ochneidiol. Dychwelodd Elfyn rislyd i mewn.

'Gafaelwch dani! Damia unwaith, does 'na'm dal ar yr handlenni!'

Dyna'r drwg hefo eirch llosgi. Roedd sŵn straffaglio a chrafu a chlec yn erbyn pared. Yna roedd cefn ar osgo tynnu tarw'n llenwi'r cyntedd. Daeth arch wen yn blyciog gam drwy'r drws. Roedd dau rosyn gwyn arni. Mi driodd Elfyn ei orau i gael y carwyr i drefn, dri bob ochr. Roedd un yn bagio. Ar gyngor un o'r lleill trodd i wynebu'r un ffordd â'r gweddill, ond ni newidiodd law wrth wneud hynny. Felly daeth yr arch wen ar ei thaith ansad o'r tŷ i'r hers. Gwaharddodd y gŵr ifanc gwyn unrhyw flodyn ar yr arch ar wahân i'r ddau rosyn. Gosodwyd y torchau o boptu. Caeais y drws. Troais. Roedd y ddau ddwrn ar f'ysgwyddau unwaith yn rhagor.

'Mae Brenda yn llwyr yn dy ofal di.'

Yr un dwyster yn y llygaid gwyrdd.

Fedrwn i yn fy myw roi llawer o sylw i ddisgrifiadau a bytheiriadau Elfyn ar y ffordd i'r amlosgfa. Drwy'r ffenast gilagored mi glywn weithiau ddrymian trwm y gerddoriaeth o'r car y tu ôl inni. Roedd hi adra hefo'r babi bach, yn ei fwytho hefo'i dwylo gwyn a'i llygaid duon, ac roedd ei chyfrinach gan y rhain y tu ôl. Doedd waeth gen i os oeddan nhw'n dwyn trolïau eirch ac yn betha rhyfadd prun bynnag. Isio'r gyfrinach oedd arna i. Ro'n i'n dal i feddwl sut cawn i honno pan ddaethom i'r ciw yn yr amlosgfa.

'Rwyt ti'n dawal ar y diawl.'

Ni fu'n rhaid imi ateb Elfyn. Roedd Jim wedi dod o'i gar ac at y ffenast.

'Dwn i'm be uffar sydd o'n blaena ni yn fa'ma.'

Roedd pwyslais Person ar y rheg. Dim ond am eiliad y rhois i fy sylw ar hynny hefyd. Dal i feddwl ro'n i pan agorais ddrws cefn yr hers. Roedd troli'r amlosgfa yn barod amdanon ni ac mi gâi'r galarwyr siglog werthu honno hefyd o'm rhan i. Wrth iddyn nhw dynnu'r arch, a gafael ynddi yr un mor anghelfydd â chynt y gwelais yr enw Brenda o dan y ddau rosyn gwyn.

6

'Ond mi wn i be fysa'n 'y mendio i.'

'Gwyddost, siŵr Dduw. Rydan ni i gyd yn gwybod hynny.'

Chlywodd Mam mo f'ateb chwaith. Roedd hi'n crafu eto drwy anadl drom ei hasma a'i mymryn broncitis. Bendith fawr y myctod oedd ei fod yn gymaint o garchar. Pobol eraill oedd yn siopio iddi hi rŵan.

'Ydi Doctor wedi bod?'

'Roedd 'na le yma wedyn nos Wenar. Y petha tai 'na . . .'

'Ydi Doctor wedi bod?'

'Y?'

Cwestiwn i fygu ofn y distawrwydd anniddig oedd o prun bynnag.

'Fuodd Doctor?'

'I be?'

'Wel ia, gan dy fod yn gwybod yn well na'r cwbwl lot hefo'i gilydd.'

'Roedd 'na ddau polîs yma. Cwffio. Ne' drygs.'

'O.'

'Bechod 'u bod nhw'n dŵad ag enw drwg i'r lle 'ma.'

Roedd y peth yn annioddefol. Codais. Cododd hithau. Roedd hi'n llawer mwy llesg. Roedd y pantiau duon dan y llygaid yn waeth. Os nad fi oedd yn gobeithio hynny.

'Diolch am yr wya a'r tatws.'

Roedd hi wedi rhoi llun y briodas yn ôl ar y cwpwrdd. Dim ond wrth droi tua'r drws y gwelis i o. Sali'n gwenu o dan ei chap gwyn a minna'n ymdrechu i ddangos bod gen i unrhyw ddiddordeb mewn cael tynnu fy llun. Dyna un rheswm am wenau Sali. Ond roedd hi'n gwenu. Ac roedd y llun yn ôl, yn hawlio'r cwpwrdd fel cynt. Cefais gymaint o swadan fel na fedrwn wneud dim ond mynd. Caeais y drws arni rhag ofn iddi ddod allan. Ond roedd y drws yn cael ei agor fel ro'n i'n tanio'r car. Yr unig beth a welwn yn ei llygaid oedd yr ymdrech gyda'i myctod. Rhagrith fyddai tosturi. Ac i ffwrdd â fi.

Roedd tosturi hefyd. Roedd o yno'n llechu, ac yn picio i'r wyneb ar ôl i'r pwl anorfod o ddamio a bytheirio fynd drosodd, er i hwnnw bara'n llawer hwy y tro hwn. Yna, fel pob tro, mi ddiflannai'r tosturi drachefn gyda dechreuad pwl arall o ddamio. Am ryw reswm ro'n i bob amser wedi bod yn gwneud yr un camgymeriad drosodd a throsodd wrth chwilio am y cymhellion pan fyddai Mam yn gwneud un o'i thriciau. Mi fyddwn i'n chwilio am y cymhleth ac yn pentyrru mwy a mwy o gymhlethdodau nes mynd ar goll yng nghanol fy rhegfeydd fy hun. Roedd wedi cymryd hanner oes imi benderfynu ei bod yn rhy ddwl i fod yn gymhleth. Pam y cymrodd hi gyhyd, Duw a ŵyr, a'r holl arwyddion yn ei sgwrs hi, yn enwedig yn ei hymateb pan fyddai'n cael ei chornelu gyda'i chelwyddau neu'r siarad ar ei chyfer oedd yn rhan mor ganolog o bron bob sgwrs.

Chwiliais am yr ateb syml. Dim ond un oedd yn bosib. Roedd hi wedi dod i wybod am y llaw wen a'r llygaid duon ac wedi dod i'r un casgliad â phawb arall. Ac am nad oedd hi wedi gallu cadw'i mab iddi'i hun doedd neb arall am ei gael o chwaith. Felly dyma dynnu'r llun oedd wedi'i gadw'n fwriadol yn hytrach na'i daflu ar ben doman byd a'i roi'n ôl ar y cwpwrdd. Roedd llawn cymaint o edliw ag o greulondeb a hunanoldeb yn y peth.

'Yr hen ast hyll!'

Roedd yr 'hyll' yn gymaint o waedd nes llosgi 'nghorn gwddw.

'Rydw i'n 'i chasáu hi! Yr uffar ddynas uffar!'

Gadewais i hynny dreiddio am filltir a mwy.

'Nac 'dw i, 'neno'r Duw. Mae 'na ormod o waith dallt arni hi i hynny. Trio'i dallt hi ydw i.'

Aeth cryn dipyn o weddill y daith i geisio penderfynu oedd hynny'n gwneud imi deimlo'n well ai peidio.

'Cymlath ydi hi, felly, nid dwl.'

Fyddai waeth imi siarad hefo rhywun arall ddim. Tasai Twmi heb gymryd y goes yn bymtheg oed a bodloni ar un alwad ffôn bob rhyw fis fel cysylltiad ella y byddai hi wedi bod yn haws ei thrin. Ella 'na fyddai hi ddim wedi cymryd at y botel. Ella na faswn inna rŵan mor fodlon o weld carchar y myctod yn ei hamddifadu o'r rhyddid i bicio ar y bỳs i nôl ei photeli. Ac ella na faswn inna bryd hynny wedi priodi ar ôl saith mis yn f'ymdrech druan i fy hollti fy hun oddi wrth ei ffedog.

'Gor-ddeud 'ta gwir cas ydi hynna?'

Wyddwn i ddim. Ella hyn, tasai llall. Ella'i bod yn bryd imi chwilio am destun myfyrdod arall ar fy nhaith adra o dŷ Mam, yn lle rhygnu ar yr un peth y naill siwrnai ar ôl y llall. Ro'n i'n penderfynu gwneud hynny bob tro hefyd.

'Blydi dynas ddiawl.'

Nid dyna wnes i prun bynnag. Nid dengid oddi wrth 'i ffedog hunanol hi. Tasai hynny'n wir fyddai dim ots bod Sali a fi wedi chwalu.

Cyrhaeddais adra. Roedd rhywbeth yn ddiarth o hyd yn y dillad ar y lein. Doedd neb yno, ond doedd hynny ddim yn anarferol erbyn hyn. Ro'n i'n cael fy mhigo braidd gan fy rhyddhad o wybod nad oedd cysylltiad rhyngddi hi a phobl y cynhebrwng hwnnw. Gan fod yr hogan wedi bod yn benderfynol o farw adra do'n i ddim wedi gweld yr arch cyn y cynhebrwng, a fydd Elfyn byth yn rhoi enw i neb os nad ydi o'n eu nabod nhw. Ond ro'n i wedi gofyn iddi ar ôl dod adra hefyd. Dim ond ysgwyd ei phen ddaru hi, a chanu'n dawel bach i'r bychan. O flaen tanllwyth gyda'r nos drannoeth y ces i'r mymryn lleiaf o rywbeth newydd.

'Danial,' meddai hi wrth y babi gan bwyntio ata i. 'Elsa,' meddai hi wedyn a phwyntio ati'i hun. 'Mebyn,' meddai hi wedyn yn ddistaw a rhoi blaen ei bys gwyn ar y trwyn bychan.

Rŵan ro'n i'n dal i fod yn rhy derfysglyd i fynd i'r tŷ gwag. Wnawn i ddim ond diawlio nes crygu. Dychwelais i'r car. Roedd Sali wedi ailbriodi ac yn byw mewn hen reithordy sgwarog du chwe milltir i ffwrdd. Roedd ei phlentyn hi newydd gael ei dyflwydd. Mi fyddwn i'n galw heibio ar fy sgawt i gael sgwrs a phanad. Roedd y gŵr newydd braidd yn anniddig ei fyd am hynny, er nad oedd o fyth yn ei amlygu. Ond roedd Sali wedi deud yn ein gŵydd ni'n dau y tro cynta i mi'i gyfarfod o nad oedd raid i chwalu olygu casineb. Dim ond ei ddeud o'n syml felly.

Mi es yno. Roedd yr hogan fach yn chwarae wrth y drws cefn a phlygais i roi mymryn o fwythau ar ei phen. Edrychodd Sali'n wirion arna i.

'Wel wel!'

'Wel be?'

'Dyna'r tro cynta rioed i ti gymryd sylw o Meri.'

'Naci'n Duw.'

'Rwyt titha'n dŵad i arfar â magu.'

Atebais i ddim. Ro'n i'n rhy brysur yn gobeithio'i bod hi'n eiddigeddus. Am eiliad, hynny oedd yn bwysig, yn drech na'r ddefod o chwilio llygaid. Ond direidus oedd hi, siŵr Dduw. Daeth y gŵr newydd i mewn, a nodio. Dyna fyddai o'n ei wneud. Un dda oedd y nòd. Roedd hi'n gyfeillgar, ond eto'n ansicr, nòd un oedd wedi rhoi'r gorau i drio dallt. Ond o hyd yn ansicr.

'Mae hi'n hir yn c'nesu, Danial,' medda fo.

'Ydi, mae'n debyg.'

'Cl'wad bod acw lond tŷ.'

Roedd o mor falch o gael deud. Chwerthin am ben hynny ddaru mi, dim ond chwarddiad byr cynnil ar y bwr'.

'Mi ffoniodd dy fam,' meddai Sali.

'O.'

'Mi roddodd ddecpunt a chardyn i Meri ar ei phen-blwydd.'

'Do, m'wn.' Do siŵr Dduw. 'Mae hi'n fyglyd.'

'Ydi. Roedd 'i llais hi'n mynd yn fach ar ganol amball frawddag. Roedd 'i brest hi'n uwch na'i llais hi ar brydia.'

'Peth ofnadwy ydi myctod,' meddai'r gŵr newydd yn ddoeth.

'Mae hi'n dal i wybod be fysa'n 'i mendio hi,' medda finna'n fflat.

'Chwara teg iddi hi,' meddai'r gŵr newydd.

'Ia, debyg. Potal o sieri a photal o wisgi bob yn ail. Ar 'u talcan.'

'Mae o'n salwch . . .'

'A morio ar gefn 'i chlwydda wedyn. Y ffôn a'i thafod mor wynias â'i gilydd. Brifo cymaint â 'medra hi, chwalu cymaint â 'medra hi.'

Doedd neb am wneud sylw ar hynny.

'Hi ddaru ddeud am . . .'

Damia unwaith, do'n i ddim wedi arfar sôn am y llygaid duon a'r llaw wen wrth neb arall. Wyddwn i ddim sut i ofyn.

'Mi ddaru,' meddai Sali.

'Do siŵr Dduw.'

'Ond roeddan ni wedi cl'wad cyn hynny.'

'Wel iawn.'

'Wel ia,' cytunodd y gŵr newydd ar unwaith.

Canodd eu ffôn. Brysiodd y gŵr newydd drwodd i'w ateb.

'Mae hi wedi rhoi ein llun ni'n ôl,' medda finna wrth gael fy mhanad.

Mae 'na ffordd a ffordd o estyn panad i rywun. A phanad hen aelwyd fyddai Sali'n ei hestyn i mi. Dw i bron yn sicr fod y gŵr newydd wedi amau hynny hefyd.

Mi edrychodd yn syth i fy llygaid i. Mi edrychis inna'n ôl, heb drio osgoi, heb drio cuddio. Doedd yr hen ddealltwriaeth – ein bywyd ni – ddim wedi cilio, 'neno'r Duw. Doedd o ddim a dyna fo.

'Pa lun?' gofynnodd.

'Ar ganol y cwpwr. Yr un blydi tricia.'

50

Bu ennyd o ddistawrwydd. Fel rheol byddai Sali'n gwenu wrth fy ngweld yn astudio'r fisged fel newyddbeth ac yn ei throi bob ffordd cyn mentro cynnig cornel fechan ohoni rhwng fy nannedd. Mae hynny'n rhan o ddefod eu bwyta nhw. Ond doedd hi ddim am wenu rŵan.

'Mi wyddost amdani bellach,' meddai, bron yn ofnus.

Roedd ei hanadl wedi bod ar goll am ennyd.

'Tawn i wedi cael gwybod am yr yfad 'ma ynghynt mi faswn wedi rhoi stop arno fo ynghynt.'

'Nid problam syml fel'na ydi hi,' meddai Sali'n dawel drist.

'Mi rois i stop arno fo, 'ndo?' medda finna ar amrantiad.

'Do,' sibrydodd.

'Ar ôl iddi fynd yn rhy hwyr,' medda finna wedyn yn derfynol.

Deud wrthi nad oeddwn i rioed wedi derbyn y fath beth yr o'n i. Dw i ddim yn siŵr iawn i ba raddau roedd hi'n credu hynny.

'Doedd hi ddim wedi meddwi pan oedd hi'n deud y petha hynny amdana i,' meddai Sali, yr un mor ddistaw. 'Na phan oedd hi'n 'u deud nhw wrtha i.'

Swadan. Swadan waeth na'r llun.

'Ond yn dy gefn di y byddai hynny bob amsar,' meddai hithau wedyn.

Fedrwn i ddim ateb am na fedrwn feddwl.

Roedd y fechan wedi synhwyro sgwrs drymach nag arfer, a daeth i'r canol i wrando, gan eistedd ar y llawr rhyngon ni. Daeth y gŵr newydd yn ôl a'i chodi a'i sodro ar ei lin, ac edrych beth yn fuddugoliaethus arna i. Ashley oedd ei gynnig o ar enw iddi pan gafodd hi 'i geni. Codais inna. Fedrwn i wneud dim arall.

'Dyna chdi, yli.'

Stwffiais bapur decpunt yn flêr i'r dwrn bychan.

'Be haru ti . . .' dechreuodd Sali, wedi dychryn.

'Roedd hi'n ben-blwydd arni, 'toedd?' medda finna.

Mi es, heb ddeud rhagor. Fûm i rioed mor sicr nad dihangfa oddi wrth ffedog Mam oedd Sali.

7

Swadan. Swadan waeth na'r llun.

Ro'n i wedi dychryn gormod i ddiawlio wrth ddod o'r hen reithordy mawr hyll. Ddois i ddim o'no chwaith, fel dŵad. Fedrwn i ddim. Fedrwn i ddim meddwl am fynd adra i chwara dedwyddwch hefo Elsa a Mebyn. Roedd arhosfan o fath ryw chwarter milltir o'r rheithordy. Yno y bûm i.

Roedd y cwbwl mor ofer. Roedd trio dirnad, trio dallt, mor ddibwrpas, mor wag. Pam na fedrwn i setlo ar yr atab 'gosa at allan hefo Mam? Dim ond deud dydi hi ddim yn gall a'i gadael hi ar hynny i'r diawl. A minna wedi cymryd pethau mor ganiataol. Ar ôl y chwalu roedd fy amser i gyd yn cael ei dreulio'n trio'i ddallt. Doedd 'na ddim gweiddi wedi bod, doedd 'na ddim weips, doedd 'na ddim casáu. Doedd dim ond tristwch. Nid wedi laru arna i oedd Sali, nid methu 'niodda i oedd hi. Methu diodda 'niglemdra i, ella.

'A phryd mae Danial am briodi, Mrs Harries?'

'O, dydi o ddim. Am aros adra hefo fi mae o. Edrach ar ôl 'i fam.'

Yr 'O' ddaru fy nychryn i, honno yrrodd yr iasau i lawr 'y ngwegil i a 'nghefn i. Honno dw i'n 'i chofio byth.

Pam dylai hynny fod yn waeth na'r hyn oedd yn cael ei ddeud, wn i ddim. Ond fel'na ydw i, debyg. Do'n i ddim i fod i glywed. Ar stepan drws ffrynt oedd hi, yn straea hefo rhywun a honno'n malu am ryw briodas neu'i gilydd oedd newydd ddigwydd. Ond roedd Sali a minna wedi bod yn mynd hefo'n gilydd ers misoedd ac roedd hi a'r ddynas yr oedd hi'n bregliach hefo hi ar stepan drws yn gwybod hynny'n iawn. Be fedrwn i 'i wneud ond codi i'w gwneud hi am allan yn ddigon pell a mynd heibio i'r ddwy fel tasan nhw'n bryfaid? Fis yn ddiweddarach roedd Sali a fi wedi priodi.

'Mae dy lofft di'n barod, 'mach i.'

'Be?'

Ychydig flynyddoedd wedyn. Pnawn y gadael terfynol, a minna newydd orffen fy nghinio. Cinio yn nhŷ Mam, a hithau'n siarad yn glên a chyfrifol a di-stop am bopeth dan haul ond yr un peth oedd yn berthnasol. Roedd Sali wedi mynd, a'r gwahanu'n anochel. Finna'n difaru f'enaid 'mod i wedi mynd yno i fethu peidio gwrando ar y gwegi uffernol. Dim ond wedi picio yno ro'n i prun bynnag, heb syniad be ro'n i'n 'i wneud, wedi fy chwalu.

'Dy lofft di. Mae hi'n barod iti.'

Roedd y geiriau mor anghredadwy mi es i fyny. Roedd y nenfwd a'r sgertin a'r drws wedi'u peintio, roedd y parwydydd wedi'u papuro, roedd carped newydd ar y llawr. Roedd gwely newydd, roedd cwpwrdd newydd, roedd wardrob newydd.

Mi es allan. Ac allan y bûm i.

Mae'n debyg y cymrodd hi fisoedd iddi sylweddoli nad o'n i ddim am ddychwelyd. Os daru hi o gwbl. Ond taswn i isio fwya fuo rioed mi fyddai wedi bod yn amhosib, oherwydd cwta flwyddyn gymrodd hi i mi ddechrau sylweddoli be oedd wedi digwydd. Erbyn hynny roedd Sali wedi priodi'r gŵr newydd ar beth brys, nid brys babi, ond brys anghofio.

Dechrau Rhagfyr oedd hi. Ro'n i wedi galw ac wedi dychryn. Roedd Mam yn siarad a rhegi'n ddi-stop, yn diawlio rhyw bobol nad oedd 'nelo hi ddim â nhw, ac yn gwneud môr a mynydd o'r pethau mwyaf diddim. A hyn i gyd yn cael ei ailadrodd drosodd a throsodd, a brawddegau'n cael eu stopio ar eu canol a'u hailddechrau, a hithau'n plygu'i phen bron yn wastad â'r llawr ac yn pwyntio rhyw fys cam pathetig ei awdurdod yma a thraw hyd y carped. Y casgliad naturiol y dois i iddo fo yn fy nychryn oedd bod y byd llawn gelynion yr oedd hi dros ei phen ynddo bob hyn a hyn wedi'i thraflyncu'n llwyr o'r diwedd. Wrthi'n pendroni be i'w wneud yr o'n i pan ddaeth y ddynes drws nesa i mewn. Doedd honno'n cynhyrfu dim, dim ond porthi'n famol hefo'i ia, 'rhen Fusus, a drysu pethau'n waeth fyth. Cyn hir roedd y ffôn yn canu a Mam yn prancio i'r parlwr.

'Mi wyddost be sydd, gwyddost?' medda'r gymdoges yn ddidaro.

Fedrwn i wneud dim ond ysgwyd fy mhen.

'Mi enillodd botal sieri yn Noson Goffi'r Ysgol Feithrin neithiwr. Mae hi wedi bod ar y go drwy'r dydd.'

Ac felly buo hi. Ro'n inna'n gallu hanner chwerthin yn fy rhyddhad diniwed. Rydw i'n dal yn argyhoeddedig bod gen i le i gredu ar fy ffordd adra mai digwyddiad newydd sbon oedd o. Mi fyddai hi'n cymryd ei siâr pan ddôi poteli Dolig pan oeddan ni'n blant, a Dad fyddai'n penderfynu pryd i gadw'r botel tan nos drannoeth bob tro. Ac mi fyddai'n hwyl pan fyddai hi'n sylwi bod ambell lasiad yn fach o'i oed, wedi cael y jôc o ryw gartŵn Saesneg yn rhywle. Ond tasai hi ar y botel, roedd holl synnwyr fy mhen bach i'n deud y byddwn i wedi darganfod hynny erstalwm, ac, yn fwy amlwg, na fyddai hi ddim wedi meddwi mor llachar y diwrnod hwnnw.

Yn hwyrach y noson honno y dechreuodd y dadlennu. Deud yr hanes wrth Twmi ar y ffôn ro'n i. Ro'n i'n synhwyro rhyw annealltwriaeth yn ei ymateb o. Toc dyma fo'n rhoi ochenaid fach a deud nad oedd hyn yn beth newydd. Wyddat ti ddim? medda fo wedyn ar y canol, yn onest anghrediniol bod fy anwybodaeth yn bosib. A chefais hanes rhai o'r galwdau ffôn roedd hi'n eu gwneud a'r pethau roedd hi'n eu deud. Ers pa bryd? medda fi. Ers blynyddoedd, medda fo. Wrth bwy, gofynnais? Rhywun wrandawith, debyg, medda fynta. Tydi hi wedi'i phiclo yn'o fo, 'neno'r Arglwydd, medda fo wedyn. Ac wrth iddo fo ddal ati i siarad a finna ddal ati i ddychryn y dechreuis i sylweddoli, nid amau, mai dyma wraidd fy helynt i gyda Sali. A doedd neb, Sali na neb, wedi gollwng unrhyw gath o gwd o fath yn y byd.

Wyddwn i ddim. Wir Dduw, wyddwn i ddim. Fuo gen i rioed awydd na diddordeb i feddwl am bobl yn y modd yna prun bynnag, ydi hwn ar y botal, ydi hwn yn hela merched ne' hon yn hela dynion ne' hwn yn hela dynion. Be 'di'r ots gen i? Mae meindio 'musnas yn ddifyrrach gorchwyl o beth mwdradd. Hel straeon ydi'r cam cyntaf yn y grefft o addoli hysbysebion. Ond mi fethis argyhoeddi Twmi o hynny. Os nad o'n i'n gwybod, arna i roedd y bai medda fo. Mae rhywbeth yn ddifynadd yn Twmi rioed. Roedd hi'n amhosib nad o'n i'n gwybod, medda fo wedyn.

Nac oedd, 'neno'r Duw.

Dw i'n cofio'r chwys. Gydol y nos honno, drwy bob un eiliad ohoni, yn syfrdan adnewyddu arwyddocâd yr atgofion a'r profiadau a'r digwyddiadau dirifedi draphlith a rhegi neu riddfan yn dawel wlyb ddiymadferth wrth i ddarnau rif y gwlith ddisgyn i'w lleoedd didostur.

Mi es at Mam ben bore trannoeth. Bobol annwyl, doedd

hi ddim yn ffonio neb i ddeud petha amdanyn nhw na neb arall chwaith. Pobol yn deud clwydda amdani hi bob munud, yn 'i chymryd hi'n bric pwdin. A gwadu'n llwyr a phledio diniweidrwydd ddaru hi. A bobol annwyl doedd arni hi ddim angan help yr un doctor hefo problam yfad oedd ddim yn bod prun bynnag. A doedd yr hen botal sieri wirion 'no ddim mor neis, tasai hi'n mynd i hynny. Roedd o'n codi isio pych arnach chi. Dynwaredodd osgo chwydu deirgwaith neu bedair i ddangos mor drwyadl roedd hi'n nabod ac yn dallt llwyrymwrthodedd. Mi'i gadawis inna hi ar hynny heb gael fy argyhoeddi, er mewn rhyw fath o obaith diniwed difywyd. Ond fel y dois yn fwy a mwy pendant fy meddwl mai hyn oedd yn gyfrifol am fy helyntion i aeth fy ymweliadau'n bethau llawer mwy sychion. Do'n i ddim yn ffraeo efo hi, ond mi sylweddolodd 'mod i'n gwybod. A phan oedd ein llygaid ni'n cyfarfod yn straen yr ymweliadau, fedrwn i ddim gweld euogrwydd ynddyn nhw, dim ond diawledigrwydd herfeiddiol neu ddylni truenus.

Hi a'i blydi llofft. Ches i byth faddeuant. Nid 'mod i'i isio fo.

Ond roedd y cwbwl yn amherthnasol, prun bynnag. Y cwbwl i gyd. Doedd hi ddim wedi meddwi pan oedd hi'n deud y petha hynny. Na phan oedd hi'n 'u meddwl nhw. Doedd hi ddim wedi meddwi. Nid rwtsh dychymyg yn methu dal 'i ddiod oedd o. Casineb oedd o. Casineb trefnus, bwriadol. Yr unig beth oedd y medd-dod yn ei wneud yn ei dro mynych oedd rhoi mymryn mwy o liw ac onestrwydd arno fo.

Am y tro cynta ers Duw a ŵyr pryd, am y tro cynta er pan o'n i'n blentyn mae'n debyg, ro'n i'n crio.

Roedd cnoc fechan ar y ffenast wrth f'ochr.

Plygais i agor y drws chwith. Daeth Sali rownd ac i'r car. Eisteddodd yno'n dawel, yn gadael imi.

'Ro'n i'n gweld bai arnat ti am beidio gwybod,' meddai hi ymhen hir a hwyr.

'Ro'n i'n dy weld di'n legach di-ddim am nad oedd 'na neb yn deud wrthat ti,' meddai hi ymhen hir a hwyr wedyn.

'Roeddat ti i fod i wybod y petha 'ma.'

Prin glywed y geiriau o'n i.

Mi gliriodd fy llygaid yn ara deg.

'Mi chwalis inna hefyd. Ond rydan ni'n dau wedi . . . Picio i'r llofft wnes i a gweld y car yn fa'ma. Pan es i yno wedyn gynna mi welis dy fod di yma o hyd. Roedd arna i ofn bod . . .'

Y tro dwytha i ni fod mewn car hefo'n gilydd roedd tyndra wedi troi'n ddiflastod oer di-ddeud. Roedd popeth arall wedi troi'n dristwch. Y tro hwnnw, fel y tro yma, fedrwn i gael yr un gair allan.

Ella nad oedd angen. Roedd Sali wedi tawelu hefyd. Dim ond eistedd ein dau. Yr un meddyliau. Fedrai hi ddim bod fel arall.

Ymhen hir a hwyr agorodd y drws.

'Tisio reid adra?' medda fi.

'Na. Mae'n well i ti beidio.'

'Fydda i ddim chwinciad.'

'Mi ddoi di'n d'ôl i fa'ma. Ac yma y byddi di eto.'

Rhoes ei llaw ar fy mraich a gwasgu dyneraf fu erioed.

8

Roedd rhywun wedi bod yn prowla. Roedd olion traed hyd y lle ac Ast Fach yn gynddeiriog. Traed tipyn mwy na'r tro blaen.

Bellach doedd Elsa ddim yn fy llorio. Dedwyddwch heb straen oedd hi rŵan er bod y cwestiynau'n dal i ddiflannu unwaith roedd y drws wedi'i gau ar yr allan fawr. O lefydd eraill y deuai hynny o atebion oedd yn berthnasol. Tasai hi wedi dwyn y babi mi fyddai hanesion diddiwedd wedi bod ym mhobman am fabi wedi'i ddwyn. Doedd 'na'r un. Doedd stori Elfyn am yr holi roedd y plismyn wedi'i wneud ddim hanner mor ddramatig chwaith erbyn dallt, dim ond chwilfrydedd un plismon ar ganol sgwrs.

Ro'n i wedi gofyn iddi am hanes y broets hefyd. Dim ond gwenu ddaru hi.

Cafodd yr hers orchwyl annisgwyl. Roedd dyn ifanc gwyn y bwthyn newydd llydan wedi cyhoeddi wrth Elfyn mai dymuniad ei Frenda o oedd i lwch ei chorff gael ei wasgaru ymysg grug a brwyn a mân eithin y rhostir ar ben Waun Wen dair milltir bell iawn o'r ardd neis, ar ôl y cyfnod priodol o fod ar ddangos yn y parlwr. Ac am fod Brenda'n ddynas hersiau ac yn rhuthro allan bob tro'r o'n i'n mynd heibio, roedd y llwch i gael ei gludo yn yr hers o'r parlwr i'r seremoni. Ro'n i'n damio'n sych. Mi geith dalu'n dda, meddai Elfyn.

Roedd tyrfa eto wrth y tŷ. Roedd i Jim hefyd ei ran yn y gweithgareddau, a thoc daeth allan, wedi'i ddiberfeddu gan bwyadau'r drymiau. Ro'n i wedi aros yn yr hers. Mi ddois allan i agor y cefn i'r gwyn syber roi'r gist fechan wen yn nhwll y ffrâm yr oedd Elfyn wedi gorfod ei gwneud i'w chadw'n llonydd yn yr hers. Un sgwâr oedd hi, chydig mwy na bocs sgidia. Mi geith dalu am y ffrâm hefyd, meddai Elfyn. Daeth y ddau ddwrn ar fy sgwyddau eto fyth.

'Gofala di am Brenda.'

'Iawn, boi.'

Doedd dim ots rŵan.

'Nid cnebrwn ydi hwn,' meddai Jim cyn mynd i'w gar.

Do'n i ddim yn ei ddallt o ar y pryd, nes iddo gychwyn ei gar a mynd fel tasai arno fo ofn i rywun ei weld.

'Mi neidith y peth 'na o'r ffrâm,' meddai Elfyn, heb gynnwrf. 'Fydd dim angan 'i chwalu o, dim ond 'i hwfrio fo.'

Arafais fymryn, a gadael i'r Person fynd o'r golwg o'n blaenau.

'Be 'di dy hanas di?' gofynnodd Elfyn ymhen ychydig.

'Fawr ddim.'

'Sut mae'r hogan, a'r babi?'

'Iawn.'

'Be 'di'u hanas nhw?'

'Fawr ddim.'

'Dwyt ti ddim wedi gofyn, naddo?'

Ar ei ben. Ond doedd fawr o bwys am hynny chwaith erbyn hyn. Tasa fo wedi deud hynny dim ond wythnos ynghynt, yng nghynhebrwng yr hogan, mi fyddwn i wedi rhisio. Roedd y rheswm am y trawsnewidiad yn debycach o 'mhoeni i rŵan.

'Naddo,' medda fi'n ddiffrwt ymhen ychydig. 'Ond ddallti di ddim pam.'

''Tydi hi'n hen stori.'

'Ydi, honno sy gen ti.'

'Y?'

Roedd yn braf peidio â bod yn gaeth i swyn.

'Be 'di'i henw hi 'ta?' gofynnodd o'n sydyn groesholgar, yn gwybod na châi eglurhad.

59

'Elsa.'

'O. A'r babi?'

'Mebyn.'

'Be uffar? Dydi hwnnw ddim yn enw . . .'

'Mae o 'sti.'

'Ydi, os ydi hi'n deud.'

Doedd fymryn o wahaniaeth gen i am dinc ei lais o. Nid am Elsa ro'n i'n meddwl.

Roedd gwynt eitha main uwch Waun Wen, a niwlen dampiog yn isel uwchben. Mi barciwyd yr hanner dwsin ceir ar dir caled o boptu'r ffordd gul ger pont fechan gron.

'Pont porthmyn,' medda fi, 'ran myrrath.

'Rheini'n gyrru petha callach na ni,' meddai Elfyn.

'Chdi gytunodd.'

'Nid dyna o'n i'n 'i feddwl, y diawl.'

Yr hers oedd yn gwneud yr olygfa'n anarferol. Fel arall gallai fod yn bicnic. Roedd y gwyn wedi mynd i sefyll ar ganllaw'r bont. Roedd o i'w weld yn falch ei fod yn gallu gwneud hynny heb siglo, a rhyw olwg un ohonon ni ar ei wyneb o. Pwyntiodd at damaid o godiad tir rhyw ugain llath o'r lôn.

'Fan'cw.'

Fo oedd yn cario'r gist. Gwnaeth hynny'n frasgamog drwy'r tir socian, ei urddas yn cael sgegiad o bryd i'w gilydd wrth i'w draed lanio mewn pyllau rhwng twmpathau grug. Wedi cyrraedd, a throi i aros am y gweddill, trosglwyddodd y gist i Elfyn. Roedd wedi'i benodi o i chwalu, fel ymgymerwr cyfrifol. Fy mwriad i oedd aros o'r golwg yn yr hers ond roedd y gwyn wedi mynnu 'mod inna hefyd yn mynd hefo nhw fel dyn Brenda.

'Dowch at eich gilydd, os gwelwch yn dda.'

Roedd Jim yn ceisio'i orau i gadw at ei lais cnebrwn.

Eisoes roedd y niwlen oedd yn prysur gau amdanon ni wedi ffurfio'n ddiferion bychain crynion sgleiniog ar ei wallt. Nodiodd Elfyn i ddeud wrtho am beidio â bod yn hir a nodiodd yntau'n ôl i ddeud mai pader oedd hynny. Darllenodd salm. Porthodd y gwyn, yn amlwg yn clywed y geiriau am y tro cynta rioed, ac yn cytuno'n llwyr â phob un.

Cyflwynodd Jim y llwch i'w wasgaru. Camodd Elfyn ymlaen. Agorodd y caead bychan. A dyma nhw'n closio, yn ei lygadu o a'r gist bob yn ail, yn ymestyn eu gyddfau am na fedren nhw gael cip yn ddigon buan. Roedd Elfyn ar ddechrau tywallt. Ond dyma fo'n stopio'n stond.

'Gwatsiwch ych llgada, wir Dduw. Mae hwn yn uffar am losgi.'

Gwasgarodd y llwch, fel bwyd ieir o fwced. Cadwodd Jim ei lygaid yn ddigon pell o fy llygaid i. Aeth gronynnau o lwch i ganlyn y gwynt. Disgynnodd y rhan fwyaf yn dwmpathau bychan di-ffurf yma ac acw, yn amdo diarth i'r grug gwlyb, a phawb yn dal i ddynesu'n reddfol gyda llygaid llawn chwilfrydedd syn yn ceisio dirnad pob llychyn.

'Wel dyna ni 'ta.'

Caeodd Elfyn y gist. Bendithiodd Jim ni a'i heglu hi am ei gar. Daeth y gwyn ymlaen a sefyll wrth ochr Elfyn. Rhoddodd saliwt a deud yr un gair Brenda un waith yn fuddugoliaethus derfynol. Cymrodd y gist oddi arno.

'Rydw i am dyfu rhosyn yn hwn. Allan o flaen 'tŷ.'

'Ia, gwna di hynny. Doro dwll yn 'i waelod o iddo fo ddraenio.'

Diolchodd y gwyn o waelod ei galon am gyngor mor ymarferol ddoeth, a'n gorchymyn ni'n dau i ddod yn ôl i'r tŷ am wledd. Gwrthododd Elfyn yn frwd. Ciliodd yn raddol, a minna hefo fo, a gadael y dyrfa ble'r oedd hi.

Roedd yn ddiwrnod picio. Gollyngais Elfyn fytheiriog. Tynnodd yntau'r ffrâm o gefn yr hers dan ddiawlio'n ffrî. Es inna ar fy hynt a pharcio o flaen y tŷ ar ôl troi'n ôl. Tynnais yr wyau o dan sêt yr hers.

'Cnebrwn pwy oedd gen ti heddiw, 'mach i?'

Fedrwn i ddim ateb, dim ond landio rywsut rywsut ar y gadair. Dim ond cip oedd hi wedi'i rhoi arna i cyn troi'i llygaid yn ôl at y grât. Rŵan wrth syllu arni am y tro cynta ers newyddion Sali – Duw a ŵyr, ella am y tro cynta yn fy oes – fedrwn i wneud dim arall. Doedd hi ddim wedi meddwi pan oedd hi'n 'u deud nhw. Doedd hi ddim wedi meddwi. Arglwydd mawr.

Ar ganol y sgwrs unochrog cododd ei phen yn sydyn a throi ata i. Arwydd o newyddion fel rheol.

'Oeddat ti'n nabod Dic Llain Rhent?'

'Be?'

'Dic Llain Rhent. Oeddat ti'n 'i nabod o, Danial?'

Ei brawd hi'i hun, 'neno'r Duw.

'Wel ydw debyg!'

'Mae o wedi marw. Sydyn 'te?'

'Be?'

'Yr anjeina 'ma, chi.'

'Arglwydd mawr! Pa bryd?'

'O. Be 'di heddiw? Dydd Merchar, ia Danial? Ym – dydd Mawrth dwytha. 'Ta dydd Llun d'wad?'

'Be?'

Hyd yn oed iddi hi, roedd hyn tu hwnt.

'Ia. Dydd Llun ne' dydd Mawrth.'

'Mae o 'di gladdu, felly?'

'Be, 'mach i?'

'Mae'r cnebrwn wedi bod, felly?'

'Nac'di. Dydd Iau.'

'Fory?'

'Ia. Fory.'

'I be maen nhw'n 'i gadw fo mor hir?'

'Gormod o bobol yn marw. Does 'na ddim digon o eirch. Sobor 'yfyd, 'te Danial?'

'Iesu gwyn.'

'Anjeina hârt, chi.'

Codais a mynd at y ffôn. Cefais drwodd at 'y nghyfnither. Dydd Sul oedd o wedi marw ac roedd y cynhebrwng i fod heddiw ond bod y gweinidog yn methu dod am fod ganddo fo ddau fel roedd hi. Sut mae hi? gofynnodd. Fel y disgwyliat ti, medda fi. Wela i di fory.

'Does dim isio i ti fynd i'r cnebrwn, 'sti,' meddai Mam. 'Cnebrwn ffwr â hi fydd o. Jyst 'i roid o yn y fynwant a dyna fo. Rhai felly ydyn nhw.'

Ar ôl popeth roedd hi'n dal i allu fy synnu. Am ryw reswm roedd hi wedi rhoi 'i chas ar Yncl Dic ers blynyddoedd os nad erioed, ac ynta y calla a'r clenia o ddigon ohonyn nhw'u pedwar. Nid bod ganddo fo lawar o gystadleuaeth. Ond doedd o ddim digon da, yn gymaint felly fel na welodd hi unrhyw angen i egluro pam wrth neb. Ynta yn ei ddiymhongarwch swil yn gwybod hynny, ac yn poeni weithia.

Des i ddim i'r draffarth o ofyn iddi oedd hi am ddod i'r cynhebrwng.

Pan ddois i adra, roedd Elsa'n canu'i ffliwt drist yn y gegin ffrynt, a'r babi ac Ast Fach yn gwrando arni. Mi es i fyny i newid. Erbyn hyn doedd dim gwahaniaeth y naill ffordd na'r llall a oedd cysylltiad rhwng Elsa a'r bobl yng nghynhebrwng Brenda, am fwy nag un rheswm.

Roedd Ast Fach yn cyfarth, ac yna roedd sŵn car. Mi ddois o'r llofft ac at ffenast ben grisia. Roedd y car yn dod i

63

lawr at y tŷ a'r giât wedi'i chau y tu ôl iddo fo. Peth rhyfedd na fyddai Ast Fach wedi clywed ynghynt. Ella nad oedd hi wedi dechrau dod dros ei llesmair. Do'n i ddim yn nabod y car; anaml y bydda i yn 'u nabod nhw. Ond Sali oedd hi. Rhuthrais yn ôl i'r llofft i orffen newid.

Paid â chnocio. Tyrd i mewn ar d'union.

Y peth mwyaf angerddol imi 'i ddeud rioed, fy nwy law wedi'u cau'n dynn am fy jersi ddiogi. 'Paid â chnocio,' medda fi wedyn, yn poeni dim a glywai neb ai peidio.

Rhyw fath o gyfaddawd ddigwyddodd. Agor a chnocio a gweiddi ar draws ei gilydd. A dod i mewn cyn i neb gael cyfle i'w hateb. Roedd hynny'n gwneud y tro'n iawn. I lawr â fi ar frys.

Roedd hi'n sefyll wrth ddrws gegin ffrynt. Roedd Sali'n sefyll yn fan'no. Roedd hi'n ôl. Trodd ataf. Dim ond codi aeliau cynnil 'wel dyma fi' ddaru hi. Ro'n i ym mhob man, ar wasgar hyd y lle. Ni sy'n ennill? gofynnodd fy llygaid iddi. Cododd fymryn ar yr aeliau drachefn a mynd o 'mlaen i'r gegin. Gwenodd ar Elsa. Plygodd i roi ei bys ar drwyn y babi. Trodd yn ôl ata i. Adennill, ymbiliais wedyn.

'Sali, 'y ngwraig,' medda fi wrth Elsa.

Doedd dim posib deud dim arall. Ond roedd Sali'n chwilio'r wyneb newydd i weld a o'n i wedi sôn amdani hi. Do, meddai fy llygaid i wrthi. Arhosais. Roedd ganddi'r cyfle i arddel y gŵr newydd.

'Clompyn o hogyn iach,' ddywedodd hi.

Nid dyna ddwedodd Mam. Daeth y peth yn ôl mor ddisymwth fyw. Rhyw nos Sul oedd hi, a ninna'n sefyll ein pedwar o flaen coets yn ymyl drws pasej. Roedd babi tri mis i'r diwrnod yn y goets, babi rhyw bobl oedd wedi picio acw i'w ddangos. Gweinidog oedd y dyn, oedd newydd symud i rywle fel Sir Gaerfyrddin neu Benfro bell. Dydw i ddim yn cofio be oedd y cysylltiad. Roedd manion felly wedi boddi yn chwerthin Mam. Roedd hi'n chwerthin am ben y babi am ei bod wedi penderfynu, Duw a ŵyr ar ba sail, bod ei freichiau a'i goesau'n rhy hir. Roedd Twmi a minna'n sbio'n wirion arni hi a'r babi bob yn ail. Roedd Dad wedi cochi at ei glustiau ac yn rhwbio chwys poeth oddi ar ei wegil. Roedd y gweinidog a'i wraig ar goll yn llwyr, yn edrych a gwrando'n gecrwth arni'n piffian chwerthin a deud 'bechod 'te' a 'dydi o ddim ots siŵr' bob yn ail â'i gilydd. A chwerthin y buo hi ar ôl i'r teulu syfrdan adael am byth a Dad yn damio'n anobeithiol ac ofer yn ei gadair.

Ac wrth imi gofio mi hitiodd fi, fel mae'r pethau 'ma o bryd i'w gilydd. Tybed oedd hi wedi dechrau mynd ar y botel bryd hynny? Tybed ai hynny oedd yn gyfrifol am y piffian? Tybed ai hynny oedd yn gyfrifol am ddegau ar ddegau o bethau eraill a gâi eu deud neu eu gwneud? Ond roedd llais trist Sali'n deud nad oedd hi wedi meddwi pan oedd hi'n gwasgaru'i gwenwyn gwaethaf un i'r pedwar gwynt yn llond fy mhen. Roedd o'n llond fy mhen drwy'r adeg. Ac yna roedd y cymdogion a phawb yn deud faint oedd Sali wedi'i ddioddef. Ar ôl iddi fynd yn rhy hwyr. A doedd yr un ohonyn nhw wedi sôn am fedd-dod.

Rŵan roedd yn amlwg bod Elsa'n anniddig. Gafael yn dynn yn ei ffliwt roedd hi i ddechrau. Mwythodd drwyn Ast Fach wedyn. Yna aeth i nôl y babi, a'i ddal wrth ei bron, a'i llaw ar ei ben. Roedd Sali wedi eistedd ac erbyn hyn roedd yn edrych bron yn ddireidus arna i. Ro'n i'n dechrau meddwl pethau peryg, pethau hyfryd beryg – naci, tyngedfennol beryg – a dyma fi'n sylweddoli nad oedd arna i ofn gwneud hynny. Yna ro'n i'n clywed sŵn y crafu, yn gweld yr ymdrech ddiddiwedd yn erbyn y myctod yn y llygaid euog ac yn 'y ngweld fy hun yn deud wrthyn nhw ei bod hi wedi colli. A hyd yn oed tawn i'n gwybod y byddai cyhoeddi hynny'n creu'r anadl olaf ynddi mi fyddwn yn dal i'w wneud. Ac nid er mwyn dial chwaith.

'Ydi Danial yn helpu hefo'r babi?' gofynnodd Sali.

'Ydi,' meddai Elsa ofnus.

'Mae Albi'n gwneud pob dim i Meri,' meddai Sali wedyn ar ei hunion.

Nid 'i frolio fo'r wyt ti, medda finna.

'Mae o'n dda iawn hefo hi,' meddai Sali.

Sali, medda finna wedyn.

Wedyn mi fuo 'na ysbaid o siarad gwaglyd ac Elsa'n ateb yn anniddig a chyfrannu dim ohoni'i hun. Ro'n i'n chwilio am ddiben yr ymweliad, yn gwrthod y breuddwydion. Tasai ganddi neges mi fyddai wedi'i deud hi bellach. Mi wn i, medda fi'n syth i'w llygaid toc. Naci, meddai hi. Mi wn i, medda fi wedyn. Sa draw, meddai hi'n ôl. Na wnaf, medda finna, yn bendant. Rhy hwyr, meddai hithau. Tasat ti'n credu hynny fasat ti ddim mor drist, medda finna. Ac mi'i lloris i hi.

Ond roedd hi'n chwerthin.

'Pasio ro'n i,' meddai wrth godi.

Pasio i ble?

'Dwyt ti ddim yn morwyna iddo fo,' meddai hi wrth Elsa. 'Thriniodd o rioed neb felly.'

Gwenu'n nerfus wnaeth Elsa. Ond roedd Mam wedi mynnu dod i'r canol eto, lewas benderfynol, i fygu pawb a phopeth. Y llestri'n clecian ar sinc gegin fach. Yr un ohonyn nhw isio dim ond morwyn, meddai hi drosodd a throsodd wrth y chi anweledig oedd yn bresennol ym mhob storm, Dad na Twmi na fi. Dad yn myllio yn y diwedd ac yn mynd at ddrws gegin fach a deud heb weiddi be ddiawl haru ti ddynas? Y cyhuddiad yn cael ei ail a'i drydydd gyhoeddi. Yntau'n deud mi faswn i'n meddwl 'mod i'n gwneud digon o fy siâr wrth fod allan ym mhob blydi tywydd o saith yn bora tan bump. Hithau'n taeru'r du yn wyn wedyn – naci, taeru'r dydd yn wyn y byddai hi'n ei wneud bob amser – nad oedd hi wedi deud y fath beth ac yn dechrau storm waeth am ei fod o a phawb yn deud clwydda amdani hi bob munud. Yntau'n rhoi'r gorau iddi a dod yn ôl i'w gadair ac ysgwyd ei ben a deud 'Iesu bach' hanner wrtho'i hun.

Roedd Sali'n mynd heibio i mi at y drws cefn. Mi es ar ei hôl. Ni chododd Elsa. Stwffiais sgidiau am fy nhraed a mynd allan heb eu cau. Safodd Sali wrth ddrws y car, a rhyw osgo cyndyn o fynd iddo fo arni. Ro'n inna'n gobeithio 'mod i'n gwybod pam.

'Watsia fynd i ddŵr poeth,' meddai hi.

'Nid hefo Elsa yr a' i.'

A mi lwyddis i i gael hynny allan heb iddo fo swnio'n glyfar nac yn herfeiddiol.

'Mae 'na rwbath yn rhyfadd yma,' meddai hi'n syth wedyn, yn hollol ddifrifol.

Roedd yr olion prowla newydd wedi bod yn rhyw neidio'n ôl i fy meddwl i o bryd i'w gilydd. Roedd profiadau pobol eraill wedi hen wneud i mi ofalu bod pob dim fedrid ei gloi wedi'i gloi, pa bwrpas bynnag sydd i gloeau y dyddiau yma. Ond fedrai'r amheuaeth bod 'nelo'r prowla diweddara rywbeth ag Elsa ddim peidio â bod yn flaenllaw. Ac wrth wrando ar Sali a gorfoleddu am bod ots ganddi hi dyma fi'n meddwl ar amrantiad tybed ai olion traed y gŵr newydd oedd y prowla, yn y gobaith bod ganddo fo 'i resymau. Bob tro y bydda i'n meddwl pethau ar amrantiad mi fydda i'n hollol anghywir wrth gwrs, ond dydi hynny byth yn gwneud unrhyw wahaniaeth ar y pryd. Roedd Sali wedi dod ata i yn un swydd i ddeud y dieiriau. Ac nid ar amrantiad yr o'n i'n gwybod hynny.

'Does dim rhaid iddi fod, nac oes?' medda fi, yn hollol benderfynol.

Roedd hi'n ceisio bod yn hunanfeddiannol.

'Wyddost ti be ddudodd Albi ar ôl iti fynd?'

Thwylli di neb wrth ddŵad â hwnnw i'r sgwrs, medda fi wrth y teiars.

'Doedd o ddim yn siŵr iawn ydi o'n beth call i ti ddŵad acw mor amal.'

Roedd arna i isio deud bod y gŵr newydd yn awdurdod ar yr hyn sydd gall, ond mi fyddai'n swnio fel nad oedd 'na ddim ond eiddigedd yn fy nghnoi i. Ac ella mai gwir oedd hynny.

'"Dydi o ddim yn dŵad yn amal, nac 'di?" medda finna.'

Doedd fymryn o wahaniaeth ganddi hi nad o'n i'n deud dim, dim ond edrych arni hi.

'"Mae o'n beth annaturiol", medda fo wedyn, yn gwingo i gyd.'

'Creadur.'

Roedd yn rhaid i mi ddeud rwbath.

'Mae'r peth wedi bod yn corddi y tu mewn iddo fo erstalwm,' meddai Sali, yn anwybyddu fy sylw tlawd. '"Fedri di ddim meddwl dim drwg amdano fo, na fedri?" medda fo wedyn ar ôl magu plwc. "Fuodd gen i rioed achos i wneud hynny", medda finna.'

Roedd hi'n ceisio deud y pethau yma'n ddi-hid.

'Wyt ti am ddŵad yn d'ôl?'

'Be?' meddai hi, wedi dychryn. Os oedd hi hefyd.

Doedd waeth imi ofyn ar fy mhen ddim, mwy na phoitsian.

9

Ar ôl hynny y gwnes i Furddyn Eithin yn lle cysegredig. Mi ddaw ambell bwl o adael i'r ymweliadau â'r Foel fynd dros ben llestri, cynifer weithiau â phump mewn diwrnod. Ar ôl i Sali fynd o 'cw y diwrnod hwnnw y dechreuodd y pwl gwaethaf fu rioed. Mi es yno'n syth, mi ddois i lawr, mi es yn ôl, mi ddois i lawr, mi es yn ôl, yn gwingo ac yn c'noni ac yn cerdded. Mi landis ym Murddyn Eithin fel roedd hi'n dechrau tywyllu. Fedrwn i ddim meddwl am fynd i mewn iddo fo cynt am fod yno damaid wrth yr aelwyd sy'n fyrwellt gwastad glân o un pen i'r flwyddyn i'r llall, a llwybr bychan cam rhwng y cerrig cwymp i gyrraedd ato. Llecyn Sali a minna ydi hwnnw wedi bod ers y dyddiau difyr, a do'n i ddim wedi bod ar ei gyfyl ers y dyddiau hynny. Gwiriondeb ydi crefu am y felan. Y noson honno mi fûm i'n rhythu arno fo nes iddi fynd yn dywyll bitsh.

Drannoeth, wedi noson rhy effro ar ôl swper braidd yn dynn a'r babi fel tasa fo'n sylweddoli hynny ac yn crio gydol yr adeg, mi es yn ôl, a mynd ar f'union i Furddyn Eithin heb ymweld â'r Foel yn gynta. Ar ôl sefyll ar ein llecyn am ychydig yn ymdrechu'n daer i beidio â chysylltu gobaith â gwiriondeb tynnais fy nghôt ac eistedd arni yn y bore tawel cysgodol. Mae'r simdde ynddo o hyd, yn fawr ac yn gam a glaw canrif a rhagor wedi llnau pob mymryn o huddyg oddi ar y cerrig ceimion. Ac mae'r guddfan yn dal i fod yno. Fedr hi ddim bod yn un dim arall, yn enwedig o gofio'r nofelau antur a gâi eu hyfed drosodd a throsodd o flaen y tân ac yn y llofft erstalwm. Twll rhyw droedfedd o led a naw modfedd o ddwfn a rhyw wyth o uchder ydi o, i mewn yn y simdde chwe throedfedd uwchben yr aelwyd. Mi fuon ni'n dau'n dyfalu pyliau be fu'n cael eu cuddio yno, pa drysorau tlawd, pa gyfrinachau. Yn y dyddiau difyr oedd hynny, rhwng caru a phicnic.

Roedd rhywun wedi bod yno. Roedd y ffin ddilinell rhwng gwellt ac aelwyd wedi'i sathru o dan y simdde a mymryn o'r pridd coch di-faeth wedi dod i'r wyneb. Do'n i ddim wedi'i weld o yn nhywyllwch y noson cynt. Codais y munud hwnnw. Roedd y gwellt yn rhy gyndyn i gadw olion traed pendant am hir a dim ond olion sathru oedd i'w gweld ar wahân i'r mymryn pridd. Chwiliais am ragor o olion, i mewn ac allan. Ella mai ôl esgid lai na f'un i oedd y pant bychan annelwig ar hynny o lwybr oedd ar ôl cyn cyrraedd y drws. Ond roedd olion o dan y sil ffenast bella, yr un y buon ni'n eistedd arni droeon di-ri, yn gwneud dim ond bod yno.

Roedd sŵn o Gefnhesgen. Difetha popeth oedd ystyried y posibilrwydd call mai'r ffarmwr newydd oedd wedi bod yma wrth gwrs. Mi'i gwelwn o'n ffidlan hyd yr iard. Am fod ei sŵn o'n tarfu codais a mynd yn ôl, yn gwybod ar amrantiad yr hyn yr o'n i'n mynd i'w weld. Rhyw ddecllath cyn i'r lôn droi'n llwybr mae 'na le troi'n ôl i geir. Dydi o ddim yn beth anarferol i geir basio i fyny heibio 'cw, weithiau'n ddieithriaid ar goll, weithiau'n hanner dieithriaid yn benderfynol o gael gwybod sut mae lôn yn cyrraedd ei therfyn, weithiau'n gariadon. Ond roedd 'na olion teiars newydd yno a doedd dim haws na'u dilyn nhw i lawr y lôn a'u gweld nhw'n troi i'r iard yn y giât. Roedd Sali wedi deud y gwir. Pasio roedd hi. Dychwelais ar frys i Furddyn Eithin, fy mhen druan yn llawn o bosibiliadau'r hen nofelau antur hynny nad oedd eu tudalennau olaf byth yn mynd yn stêl. Rhoddais fy llaw i fyny'r hen simdde a chrafu pob modfedd o garreg arw'r guddfan fach. Ond doedd Sali wedi gadael dim ym Murddyn Eithin ond ôl ei thraed a'i meddyliau hanner cudd.

Mi es allan i eistedd ar yr hen sil ffenast, ac yno y bûm i

am hanner awr daclus, yn byw yn beryglus iawn. A doedd dim sŵn o Gefnhesgen i darfu.

O'r diwedd mi ddois adra yn gyndyn. Roedd gen i gynhebrwng i fynd iddo fo, heb yr hers. Mi es, ond chydig iawn o sylw fedris i 'i roi arno fo na dim arall. A mi fyddai Yncl Dic wedi dallt yn iawn.

Dychwelais. Roedd Elsa yn yr iard. Ro'n i'n dal fel cnonyn. Newidiais, a mynd yn ôl allan, yn dal heb syniad be i'w wneud hefo fi fy hun na neb arall. Mi es i edrych oedd oel yr hers yn iawn. Ran myrrath siŵr Dduw. Fuodd o rioed nad oedd o'n iawn. Doedd dim angen imi llnau'r hers am fod Elsa'n mynnu gwneud hynny bob tro ar ôl iddi fod allan. Tynnais y pric oel a'i roi'n ôl ac anghofio y munud hwnnw o'n i wedi edrych arno fo ai peidio.

Sgrech sydyn gan Elsa wnaeth imi droi. Ro'n i wedi sylwi ar Ast Fach yn sleifio i gyfeiriad twll iâr, a phan drois ar y sgrech fanno roedd hi'n tuthian tuag aton ni a llygoden fawr yn ei cheg a honno'n gwingo a gwichian am ei heinioes nes i Ast Fach roi taw arni.

'Da 'mach i.'

Wyddwn i ddim be ddeuai nesaf. Arhosais ennyd. Doedd hi ddim am fynd i edrych ar y llygoden fel y gwnaethai ar y llwynog.

'Dygymod, 'ta dewis be ddyla gael 'i warchod wyt ti?' gofynnais.

Cwestiwn ysgafn oedd o, nid edliwgar. Pan na chefais ateb, trois ati, a sobri. Roedd hi'n sâl gan ofn.

'Cladda hi yn 'coed,' arthiais ar Ast Fach. 'Dos!'

Dychrynnodd Ast Fach am 'i bywyd. Cododd y corff a'r pawennau plyg a mynd ag o dros y clawdd fel siot ac am y coed.

'Hen nialwch,' medda fi, yn ansicr.

Nid ofn oedd o, ond arswyd. Do'n i rioed wedi'i weld ar neb o'r blaen.

'Does dim isio i ti ddychryn 'sti,' medda fi mor dyner ag y medrwn i. Ar y funud fedrwn i feddwl am un dim gwell i'w ddeud. Roedd hi mor llonydd glaerwyn. Yna roedd hi wedi llewygu. Dim ond disgyn yn dawel ddi-stŵr i'r ddaear.

Rhuthrais ati. Plygais a tharo 'mhen-glin yn hegar ar garreg. Rhegais y boen ingol sydyn. Ond doedd hi ddim yn clywed hynny. Codais ei phen i orffwys ar fy nghlun. Ro'n i'n teimlo'i chorff yn eiddil. Do'n i ddim wedi meddwl amdani felly o gwbl.

'Pwy ddiawl brifodd di?' medda fi, yn gweld dim ond camdriniaeth ddigreithiau yn ei hwyneb disymud.

Yna roedd llais uwch 'y mhen.

'Mi ddaw ati'i hun yn y man.'

Y ffarmwr newydd oedd o, yr hen uffar bach sleifgar. Do'n i ddim wedi'i weld o na'i glywed o'n dod. Rhwng hynny a phob dim arall, pob ofn cudd, ro'n i yr eiliad honno isio credu yr un fath ag Elfyn amdano fo, 'i fod o mor ffurfiol a syber nes bod pawb sydd ddim yr un fath ag o'n teimlo'u hunain yn cael eu startsio bob tro mae o'n siarad. Doedd dim ots yr eiliad honno bod Elfyn yn gallu cymryd yn erbyn pobol am y rhesyma difyrra. Mi driniodd o un y gwnaeth o arch i'w wraig o fel baw rhyw bum mlynedd yn ôl am ddim rheswm ond ei fod o'n ei atgoffa fo o Kruschev. Dydi Elfyn dim yn hoff o unbeniaid.

Ond dim ond am eiliad y daru'r dyfodiad slei a'r pwysigrwydd cywir a'r datganiad sicr fy nychryn i. Yr hyn yr oedd ei lais o'n ei ddeud wrtha i yn ddigamsyniol oedd ei fod o'n nabod Elsa. Nid nabod llewyg oedd o. Ond pan edrychis i arno fo hefo hynny o anghroeso y medrwn i ei grynhoi mi welis nad oedd o'n cymryd dim sylw ohoni hi nac ohona inna. Dillad y babi yn siglo'n ysbeidiol yn yr awel oedd yn mynd â'i fryd o.

'Be sy 'nelo chdi â hi?'

Mi welais ar unwaith fod fy llais yn ei frifo fo. Trodd ei sylw oddi ar y dillad ac edrych arna i. Roedd golwg chwilio am ffrindia yn ei lygaid o.

'Dim ond cysylltiad proffesiynol,' medda fo, yn chwalu'i obeithion. 'Anuniongyrchol,' medda fo wedyn, yr un mor ddi-glem.

'Be felly?'

'Pan o'n i'n rhyw bwt o Brif Weithredwr . . .'

'Llwdwn y bendro!'

'. . . ar y Cyngor, mi gafodd hi le acw o dan gynllun y Llywodraeth ar gyfer cleifion. Wel,' petrusodd, 'seiciatryddol. Fel hyfforddai.'

'Choelia i mohonot ti'r bwbach.'

Os na chlywodd o, mi welodd o. Ond roedd Elsa'n dod ati'i hun. Er 'mod i'n g'luo am ei wybodaeth o, mi rois i fy sylw i gyd iddi hi, a'i eiriau o'n prinhau a distewi wrth iddo sylweddoli nad oedd clust iddyn nhw. Cododd Elsa fymryn ar ei phen, gafaelodd yn fy mraich a'r gafael hwnnw'n cryfhau wrth iddi dadebru a dechrau sylweddoli pethau. Mi fu hi'n pwyso'n ddibynnol felly arna i am sbelan, pwyso naturiol fel hen arfer. Roedd ei llygaid llonydd yn syllu'n drist ar fy llawes. Yna rhoddodd gip ar y ffarmwr newydd. Welis i rioed gip mor ddifynegiant. Ella nad oedd hi'n ei nabod o, neu ei bod hi heb ddod ati'i hun yn iawn, neu ella'i bod hi'n ei nabod o ac yn poeni'r un hadan am hynny. Do'n i ronyn nes i'r lan. Tra bûm i'n meddwl prun oedd y mwyaf tebygol roedd hi wedi codi a gollwng ei gafael ar fy mraich ac wedi cychwyn i lawr at y tŷ, heb edrych arna i na'r amharwr yn f'ymyl. Mi aeth yn ara deg a'i phen i lawr a'i

73

dwy law wen bron yn ddisymud wrth ei hochr. Hynny oedd yn ei gwneud hi mor ddiymadferth. Caeodd y drws ar ei hôl ac aeth ei chyfrinach yn annioddefol. Ac wrth ei gweld felly y penderfynis i nad oedd arna i isio'r un dafn o wybodaeth gan y ffarmwr. Ei stori hi oedd arna i 'i hisio. Mi drois yn ffyrnig ddialgar ato fo. Roedd o'n llygadu'r drws a rhywbeth annymunol lond ei lygaid. Ond ella mai fi oedd isio credu hynny.

'Allan o dy gynefin.'

Chymrodd o'r un sylw. Ne' chymrodd o ddim arno. Arhosodd yno fel plismon wrth f'ochr i, a rhyw olwg ddisgwylgar arno fo. Mi drois oddi wrtho fo a'i gwneud hi am y tŷ. Ac mi ddaeth y diawl ar f'ôl i. Ond mi gaeis i'r drws arno fo.

Roedd Elsa yn y gegin ffrynt, yn gafael yn dynn yn Mebyn.

'Be sy 'nelo chdi â hwnna?' medda fi.

Dim ond rhyw gwestiynau fel gymri di fwy o frechdan yr o'n i'n eu gofyn iddi hi. Cododd 'i llygaid oddi ar y babi ac edrych arna i. Roedd yr ofn ynddyn nhw mor brydferth. Fawr ryfedd bod arteithwyr yn mwynhau cymaint ar eu gwaith. Mi foddis i gath un tro heb ei rhoi mewn sach. Roedd hi'n wael, a'i bol wedi chwyddo dani. Dim ond prin fedru cerdded oedd hi. Ond mi ymladdodd o dan fy nwylo i yn y gasgen fel tasa hi'r iacha a welodd y byd erioed. Finna mewn panig sydyn am 'y mod i wedi cymryd yn ganiataol y bydda hi'n ymostwng yn wanllyd i'w thynged. A phan ar ôl dau funud cyfa o lonyddwch y tynnis i hi'n ddiferol o'r gasgen mi ges fy llorio'n llwyr gan ei llygaid hi, yn fawr ac yn brydferth a phob arwydd o glefyd fel tasa fo wedi'i olchi'n lân ohonyn nhw. Ac mor edliwgar. Fu 'cw rioed gath wedyn.

Ond ymbil oedd llygaid Elsa. Mi steddis i gyferbyn â hi.

'Be sydd?' medda fi wedyn.

74

Doedd hi ddim yn ateb. Ond roedd ei llygaid hi'n llenwi. Mi fuon ni felly am hir, yn eistedd gyferbyn â'n gilydd, hi'n wylo'n ddi-sŵn heb drio sychu'i dagrau na gostwng ei llygaid, finna'n edrych arni hi, ofn symud, ofn gofyn. Roedd y babi'n ddistaw bach yn ei breichiau, yn edrych fel finna ar y llygaid diymadferth. Toc, cododd fys bychan i chwarae â'r dagrau o gwmpas ei gên. Gwasgodd hithau o'n dynnach ati a'r dagrau'n mynd yn waeth. Codais inna a mynd i eistedd wrth ei hochr ar y soffa. Doedd gen i ddim syniad be fyddai'n digwydd ond mi rois 'y mraich amdani. Swatio ata i ddaru hi. Ac felly y buon ni tan ymhell i'r pnawn, yn eistedd yn llonydd ddistaw ein tri, a'r babi bodlon yn mynnu creu darlun o deulu bach dedwydd. Ro'n i'n trio deud wrtho fo nad felly roedd hi, nad felly roedd hi i fod chwaith. Ond do'n i ddim haws.

Mebyn benderfynodd ein symud ni. Daeth yn amser bwyd arno fo. Codais i fynd i wneud tamaid i ni'n dau a daeth Elsa ar f'ôl i wneud bwyd y bychan, gan ei adael i grio ar y soffa. Roedd wedi dechrau bwrw, a hwnnw'n law ffyrnig yn y gwynt. Mi rois ddau ŵy i ferwi. Roedd Elsa wedi dod i sefyll wrth fy ochr i g'nesu bwyd y babi. Roedd olion y dagrau'n gwelwi mwy arni.

'Paid â gofyn ryw hen gwestiyna,' meddai hi.

Ro'n i'n mynd 'fath ag Elfyn. Roedd y syniad bod cysylltiad rhyngddi hi a ffarmwr Cefnhesgen yn 'y ngwylltio i.

'Rwyt ti'n nabod hwnna, 'twyt?' medda fi ymhen mymryn.

Cymrodd dipyn o amser i nodio.

Yna mi ddychrynnis gymaint fel na fedrwn i wneud dim ond gofyn ar fy mhen.

'Hwnna ydi tad yr hogyn bach?'

'Naci,' sibrydodd a dechrau crio wedyn.

10

Mi gafodd Ast Fach y blaen arnyn nhw, diolch am hynny. Roeddan nhw acw ar 'i gleuad hi bore trannoeth. Roedd un wrthi'n tynnu gordd o gefn y car ond rhoes hi'n ôl pan welodd o fi'n agor y drws, a rhyw olwg be wna i rŵan arno fo, a'r eiliad honno wrth i'n llygaid ni'n dau gyfarfod y daru i mi lawn sylweddoli 'mod i wedi bod yn 'u disgwyl nhw o'r dechra.

Wyth ddaeth, mewn tri char. Dim ond prin gael y drws yn gorad ddaru mi nad oedd un yn chwifio papur ac yn gweiddi 'warant' yn 'y wyneb i. Roedd Ast Fach yn mynd yn lloerig yn y cwt. Mi nabodis i un, Simon, Arolygydd o'r Dre y bydda i'n gwneud tipyn hefo fo o dro i dro pan fydd y marwolaethau sydyn 'ma'n dod ar ei wartha fo. Roedd y lleill i gyd yn rhuthro heibio i mi i'r tŷ a'r rhan fwya'n carlamu i fyny'r grisia heb hyd yn oed osgo chwilio amdanyn nhw fel tasan nhw wedi bod yma rioed. Yng nghanol sŵn terfynol y traed a chlecian grisia dan straen roedd sgrechian annaearol Elsa'n llond y tŷ ac Ast Fach yn gorffwyllo. Roedd o'n sŵn i sobreiddio, sgrechian yn gymysg ag ochneidiau o boen a siom, fel gwaethaf hirddisgwyliedig. Roedd o'n codi ofn arna i, a hynny am 'y mod i'n gwybod yn 'y nghrombil nad oedd o'n annioddefol, faint bynnag y dymunwn i gredu'n wahanol. Yna roedd 'na un yn rhedeg yn ôl i lawr grisia a phlismones yn dod yn arafach ar ei ôl a'r babi yn ei breichiau, yn gwingo ac yn crio a'r dyrnau bach yn chwifio i ddim. Aeth y blismones hefo fo i gefn un o'r ceir ac i ffwrdd â nhw yn effeithlon swta. Roedd straffaglio dychrynllyd ar y grisia, a sŵn ofnadwy Elsa'n dod yn nes ac yn nes a finna'n mynd yn fwy a mwy diymadferth nes 'mod i'n dechrau gweiddi fy hun. Nid ei llusgo hi roeddan nhw ond ceisio'i dal yn ôl. Rhuthrodd heibio i mi a'r ddwy law wen o'i blaen fel taswn i heb fod a phlismon a phlismones yn methu'i hatal. Aeth allan yn ei choban denau a'i thraed noeth. Triodd redeg ar ôl y car oedd yn mynd o'r golwg y tu ôl i gwt yr hers a'r un sgrech yn llenwi'r allan oer a'r breichiau oedd erbyn hyn â mwy o le i'w hatal yn llwyddo'n well a finna yn fanno'r un mor llipa'n arswydo wrth weld yr awdurdod ynddyn nhw. Fuon nhw ddim chwinciad yn ei chael i gefn y car, a dau blismon arall, un hefo'i bag a'i dillad yn hanner hongian ohono yn mynd i'r tu blaen, a'r car yn cychwyn, yr un mor fuddugoliaethus ddi-droi â'r llall. A finna'n ddiddim ddiymadferth yn gwybod nad oedd hi wedi edrych un waith ata i.

Dau oedd ar ôl, Simon ac un ifanc diarth. Mi glywn Simon yn deud wrth y llall am fynd i chwilio am rwbath wela fo'n eiddo i Elsa. Ro'n i'n sefyll wrth y drws o hyd. Yr olwg olaf ges i arni oedd yr ymdrech i'w llonyddu yng nghefn y car, ac argyfwng y llaw wen uwch ei phen. Daeth Simon i'r drws ata i.

'Os oedd raid i chi fynd â nhw pam na fasach chi'n mynd â nhw hefo'i gilydd?'

'Rho daw ar y blydi ci 'na.'

Ddaru mi ddim.

'Mi wyddost y medrwn ni dy gael di am roi lloches iddi hi?'

'Mae hynny'n drosedd, mae'n debyg.'

'Ydi, amball dro. Fel gwyddost ti'n burion,' medda fo wedyn.

'Mi fasa dau ohonoch chi a chnoc ar y drws wedi bod yn hen ddigon.' Ro'n i'n rhy siomedig i fod yn chwerw.

'A dyna ddangos na wyddost ti ddim o'i hanas hi. Dyna

pam nad wyt titha ar dy ffor' i mewn hefyd. Rho daw ar y ci 'na, bendith Dduw i ti, a thyrd i mewn.'

'Sa'n dawal,' medda fi, yn ddienaid.

'Rarglwydd! gwaedda arno fo.'

Ond roedd Ast Fach wedi tawelu. Am eiliad. Dechreuodd grio wedyn. Mi es i agor iddi. Daeth allan yn ddigalon a mynd i snwffian y car a mynd i'r tŷ ac i'r llofft ac i lawr yn ei hôl a ffwrdd â hi i'w chwt. Ac yno y buo hi. Fanno y baswn inna hefyd. Dyna pam yr es i'n syth i wneud tamaid o frecwast.

'Mi gymrwn ninna banad,' meddai Simon.

Aeth drwodd i gegin ffrynt cyn aros am ateb. Mi es ar ei ôl o. Am eiliad fedrwn i ddim cofio achos y boen yn fy mhen-glin, poen dwfn oedd yn mynd i bara am hir. Fel ro'n i'n dechrau myllio oherwydd hynny bron cymaint â'r hyn oedd yn digwydd mi sylweddolis fod Simon wedi hen arfer â phobol yn mynd yn gandryll hefo fo, fel roedd o'i hun wedi deud droeon, 'ran hynny. Wnâi'r un bygythiad gynhyrfu dim arno fo, dim ond gwneud y bygythiwr yn ffŵl. Felly arhosais yn y drws yn dawel, yn ei wylio fo.

Doedd o ddim am fynd drwy'r lle. Cododd glustog neu ddwy ac edrych danyn nhw, ac aeth at y silff ben tân. Mi ddamis inna dan 'y ngwynt. Roedd y broets arni, Elsa wedi'i osod rhwng dau ganhwyllbren. Roedd hi wedi gwirioni ar y rheini am mai dyna'r tro cyntaf iddi weld rhai oedd wedi'u gwneud o bren ac nid o fetelau rhad mewn crwyn ffug. Ro'n i wedi gofyn eilwaith iddi o ble cafodd hi'r broets. Fi cafodd o ddwedodd hi.

Roedd y plismon ifanc yn dod i lawr grisia. Daeth aton ni i'r gegin ffrynt, a jersi wen a jîns du dros ei fraich. Troes Simon, a'r broets yn ei law.

'Y cwbwl?' gofynnodd, wrth edrych ar y dillad.

78

'Ia.'

'Oedd gynni hi rwbath arall?' medda fo wrtha i.

'Dim ond be oedd gynni hi yn 'i bag,' medda finna.

'Dos â'r rheina i'r car 'ta,' medda fo wrth y llall.

'Mae hwn yn berwi,' meddai'r un ifanc wrth fynd i'r cefn. Ond mi'i clywn o'n diffodd swits y teciall cyn mynd allan ac arhosais ble'r o'n i. Roedd Simon yn edrych ar y broets. Cododd 'i aeliau a gwenu'n gynnil arno fo cyn ei roi'n ôl. Roedd y ffliwt ar y silff-ben-tân hefyd. Cododd hi a'i hastudio. Dim ond Elsa oedd wedi gafael ynddi o'r blaen. Mi glywn y nodau a Mebyn yn sgrechian mewn un car a hithau'n sgrechian mewn car arall. Trodd Simon ata i.

'Fasai'n ddim gwell i ti ddechra dy stori?' medda fo.

'Ddois i ddim i dy dŷ di hefo gordd.'

Dim ond codi'i aeliau ddaru o i hynny hefyd. Daliodd i astudio'r ffliwt. Mi benderfynis inna na ddwedwn i mai hi oedd pia hi.

'Yn fwriadol ne'n anfwriadol,' medda fo bron yn ddidaro, a'r ffliwt yn rhyw hanner pwyntio ata i, 'mi wnest beth llawn cyn wirionad.'

'Be, wedi'i ddwyn o mae hi?' medda finna'n gyflym ffrwcslyd, yn bradychu'r ofnau gwreiddiol.

'O, na, 'i babi hi ydi o. Ond rwyt ti'n ffŵl.'

Doedd 'na ddim yn gas nac yn wawdlyd yn 'i lais o. Ond roedd cael y cadarnhad yn brifo yr un fath, a'r syniad o gael copsan mor gyhoeddus hefyd. Mi es i'r gegin. Byddai uwd yn hawlio digon o'i ddogn o sylw i mi gymryd arna canolbwyntio arno fo. Roedd Simon wedi dod ar f'ôl i ac wedi eistedd ar stôl i 'ngwylio, a'r ffliwt yn ei law o hyd. Rhoddais ddŵr a llefrith yn y sosban a'r pinsiad lleia rioed o halan cyn tywallt yr uwd a throi mwy nag roedd ei angen arno. Roedd yntau'n sylweddoli hynny hefyd, siŵr Dduw.

79

Mi welwn i ar yr hanner gwên ar ei wyneb o. Daeth y llall yn ei ôl, a sefyll wrth y bwr'. Nodiodd Simon arno i eistedd.

'Gwyndaf ydi o,' meddai Simon.

'Helô,' meddai yntau'n swil i gyd.

'Oedd raid gwneud y fath ddrama?' medda finna.

'Oedd,' meddai Simon.

'Wel oedd, debyg,' medda finna, yn chwilio am fy sbeit. ''Toedd hi'n mynd i'w ladd o, 'toedd?'

Rhoddais droad arall ffyrnig ar yr uwd. Dim ond 'y ngwylio i ddaru nhw.

'Nid fo fyddai'r cynta,' meddai Simon, yn edrych i fyw 'y llygaid i.

Fedrwn i wneud dim ond rhythu arno fo.

'Wyddost ti ddim o'i hanas hi, na wyddost?' meddai yntau'n ddigyffro.

Nid dyna oedd yn berthnasol, ond doedd dim egluro ar hynny.

'Mae'r problema yna rioed,' medda fo'n dawel, 'ers pan oedd hi'n llafnas, a chyn hynny hefyd. Mi gafodd hi fabi'n ddeunaw oed, hogan fach. Mi'i canfuwyd hi mewn bag ar doman byd bedwar mis yn ddiweddarach.'

Daeth awgrym o glec fechan ddi-hid yr uwd yn dechrau berwi yn y sosban. Babi dol ar ei hwyneb yn y llyn a'r llygaid hud difynegiant yn 'y ngwylio i'n rhuthro. Y ffliwt yn suo'r babi i gysgu, yn fy suo inna i ddistawrwydd. A geiriau yr o'n i'n dychryn rhagddyn nhw rhag ofn nad oeddan nhw'n annisgwyl. Fel dyn euog, rhoddais dro arall ar yr uwd a'i droi i lawr i ffrwtian. Ro'n i'n teimlo'r cryndod yn dod. Ro'n i'n gwylltio ac yn chwerwi am 'y mod i'n gwybod nad oedd y peth yn sioc. A hynny nid yn gymaint oherwydd f'amheuon i, ond am fod Sali wedi deud, a mae hi ar y nêl bob amser. Fel dyn euog, rhoddais y teciall i ailferwi i wneud panad. Yr holl amser yr oeddan ni wedi bod mewn cytgord nad oedd angen geiriau na sgwrs i'w gynnal. A dyma hwn a'i straeon yn dod ar wib.

'Mi gafodd 'i hail fabi yn y carchar,' medda fo wedyn yn dawel a thrist a didrugaredd. 'Ond gan fod 'i phroblema hi cyn waethad ag erioed mi fuo'n rhaid mynd â fo oddi arni. Gwaethygu petha ddaru hynny, siŵr Dduw, ond doedd 'na ddim dewis.'

'Sut gwyddoch chi?' medda fi'n ffiaidd.

Mi wnaeth ryw ystum hefo'r ffliwt, dyna'r cwbl. Llenwais inna'r tebot.

'Mi gafodd 'i rhyddhau llynadd i hostel.' Canlyn arni oedd hynny o ateb yr o'n i am ei gael. 'Mi gymrodd y goes fis Awst pan ddaru nhw ddechra ama 'i bod hi'n disgwyl eto. Mi gawson ni orchymyn llys pnawn ddoe pan gawson ni gadarnhad mai hi oedd hi.'

'Rydach chi wedi bod yn gwylio'r lle 'ma felly,' medda finna.

'Naddo,' medda fo ar 'i ben.

'Pam na landioch chi yma pnawn ddoe 'ta, os ydi hi mor beryg?'

Doedd o ddim am ateb hynny chwaith. Ella'i fod o'n teimlo bod 'y llais i'n rhy groesholgar. Tywalltais yr uwd i'r bowlen hefo help llwy – roedd o fel lafa o dew – a rhoi lwmpyn bach o fenyn ar ei ben o. Rhoddais eu panad iddyn nhw. Roedd y fenga'n llygadu'r uwd fel tasa fo ar lwgu.

'Gest ti frecwast?'

Mi gochodd.

'Mae'r hen blant acw'n rhoi uwd ar fechdan,' meddai Simon, fynta hefyd yn llygadu.

'Croeso i ti wneud peth os wyt ti'n llwglyd,' medda fi

wrth y fenga. 'Ddaru Elsa ddim lladd 'i babi,' medda fi'n derfynol wedyn cyn iddo fo gael unrhyw gyfle i ymateb.

Edrychodd y ddau ar ei gilydd am eiliad.

'Nid Elsa ydi'i henw hi,' meddai Simon.

'Ia rŵan,' medda fi, yn gryg ond ar f'union.

Roedd y cwbl yn dymchwel. 'Daeth o ddim i ddadlau.

'Elsa be 'ta?' medda fo.

'Dim ond Elsa,' medda finna'n llywaeth.

'Hm.'

Doedd o ddim am ymhelaethu. Mi styfnigis inna. Mi sylweddolis 'mod i'n bwyta fy uwd yn llawer cyflymach nag arfer. Roedd Simon yn chwarae hefo'r ffliwt. Roedd o fel tasa fo ffansi rhoi cynnig arni.

'Rwyt ti'n gobeithio, mae'n debyg,' medda fo'n ara toc, gan ddal i astudio'r ffliwt, 'os gwnei di beidio deud mai hi pia hon, y daw hi'n 'i hôl i'w nôl hi.'

Chymris i ddim arna 'i glywed o. Gadawodd yntau lonydd imi.

'Be sy'n mynd i ddigwydd rŵan?' medda fi.

'Cheith hi ddim cadw'r babi.'

Pa haws o'n i â dadlau. Doedd yntau ddim yn trio bod yn greulon â'i eiriau.

'A gan 'i bod hi wedi torri amoda'i pharôl, ella bydd yn rhaid iddi fynd i mewn yn 'i hôl.'

'Fydd fan'no ddim yn lle iddi hi os ewch chi â'r babi oddi arni.'

Ddaru o ddim ateb hynny, dim ond rhoi'r ffliwt ar y bwr'.

'Oedd 'na rwbath rhyngoch chi?' medda fo.

Mi ysgydwis 'y mhen.

'Na,' meddai'r fenga, 'mae'r ddau wely yn y . . .'

Mi stopiodd yn stond. A mi gochodd wedyn 'ta.

'Arglwydd mawr,' medda finna.

Fuon nhw ddim yn hir wedyn. Mi gaeis inna'r drws ar 'u hola nhw fel roeddan nhw'n mynd dros y trothwy. Roedd y ffliwt ar y bwr' o hyd. Mi es ati, a'i chodi. Mi ges nodyn llawn gwynt ohoni. Do'n i ddim wedi meddwl am roi cynnig arni cyn hynny. Ond roedd y drws yn agor eto. Daliodd Simon ei law allan. Rhoddais inna'r ffliwt iddo.

'Hyn sydd ora, Danial,' medda fo'n hollol sobr.

'Ddaru hi mo'i lladd hi,' medda fi.

Aeth. Erbyn iddo fynd i lawr i gau giât lôn ar ei ôl roedd Ast Fach wedi ailddechrau cyfarth. Ro'n i wedi hen golli sŵn y car cyn iddi roi'r gorau iddi. Roedd hi'n annioddefol acw wedyn. Mi fûm i'n gori ar y distawrwydd annirnad am sbelan, yn trio byw 'i bywyd hi, mynd trwy'r hyn roedd hi'n mynd drwyddo fo, yn gorfod gwrando ar yr arbenigedd caredig cwrtais di-ildio'n deud wrthi bod Mebyn bach wedi diflannu o'i bywyd hi am byth. Doedd gen i'r un syniad be oedd yn digwydd iddi, be roeddan nhw'n ei wneud iddi, oedd y ddwy law wen yn llonydd mewn llewyg, oeddan nhw'n chwyrlïo mewn gwallgofrwydd. Gwallgofi faswn inna hefyd. Dyma fi'n trio ystyried wedyn tybed oedd iddi hi golli Mebyn bach rywbeth yn debyg i mi golli Sali. Dydw i ddim wedi colli Sali, medda fi. Dyma fi'n 'y namio fy hun wedyn am fod yn hunanol. Roedd Ast Fach wedi dod i'r drws i swnian. Mi agoris iddi, ac yn y gegin drist y buon ni wedyn drwy'r bore.

Wnes i ddim cinio. Mi es allan. Mi es i gopa bychan y Foel, a gweld dim. Eistedd, cael diawl o boen yn 'y mhenglin, codi, stwnsian. Yna mi'i clywn o. A mi sylweddolis. Roedd o'n dod yn un swydd i 'nghyfarfod i ar gefn ei foto-beic pedair olwyn, yn bownsian fel hen arfer dros safle'r hen anheddle a'i fwg yn hofran ar ei ôl. Mi barciodd yn nhop ei gae ucha a dringo'n ddi-siâp dros y clawdd, a cherdded yn dalog tuag ata i yn ei welis gwyrdd sgleiniog, yn ddyflwydd o ffarmwr glân fel ei foto beic.

'Chdi!'

Daeth o fewn cam i mi cyn ateb. Roedd ganddo fo amlen fawr lwyd yn ei law, a gafaelai ynddi fel clarc.

'Rydw i'n dallt bod petha wedi'u datrys erbyn hyn,' medda fo, yn llawer mwy hunanfeddiannol na fi.

'Chdi, y diawl.'

'Er gwell.'

Roedd o mor bendant ddiymddiheuriad, mor siŵr ohono'i hun.

'Deud dy stori 'ta,' medda fi, wedi 'nhrechu. Doedd dim llawer o waith trechu arna i.

'Mi fuo hi'n gweithio acw am gyfnod, fel yr o'n i'n deud ddoe, ond mi roddodd y gora iddi ymhen rhyw ychydig fisoedd. Doeddan ni ddim yn gwybod mai beichiog oedd hi.'

Mi wyddwn i be oedd o'i le. Doedd dim asiad rhwng ei lais caboledig o a'r Foel. Ond fedra fo fyth sylweddoli hynny.

'Mi ddaeth yn ei hôl i fy swyddfa i ryw bnawn ymhen misoedd wedyn i ofyn am ei gwaith yn ôl. Mi wnes i drio deud wrthi mai dim ond yr Adran Bersonél fedrai drefnu hynny, ond doedd hi ddim fel tasai hi'n gwrando, dim ond yn gofyn ac yn ailofyn yr un peth. Yn y cyntedd wrth ddrws fy swyddfa oeddan ni a'r peth nesaf oedd dau blismon yn dŵad tuag aton ni. Mi ruthrodd i mewn i fy swyddfa i a mi welodd siswrn ar fy nesg. Mi afaelodd ynddo fo ac mi fu'n bygwth am dair awr gyfa.'

'Dy fygwth di?'

Er gwaetha'r cwbwl, bron nad o'n i'n gwenu.

'Na. Hi'i hun.'

Do'n i ddim yn gwenu.

'Châi neb arall ddod i mewn.'

Roedd o fel tasa fo'n ystyried am ennyd, yn ail-fyw.

'Mae'n debyg eu bod nhw wedi deud wrthoch chi pam ddaru hi hynny. Y babi cynta.'

Mi nodis.

'Oedd hi'n sôn amdano fo?'

'Pam?'

'Oedd hi'n sôn amdani'i hun, am 'i gorffennol, neu'i theulu?'

Rhyw ychwanegiad yn swnio'n ddi-hid oedd y dwytha.

'Pam?'

Codi'i sgwydda ddaru o.

'Mae pawb yn dymuno'i helpu hi. Pawb ond hi'i hun, yn anffortunus. Mae'r meddwl yn – wel, dydi hi ddim yn abl i wahaniaethu rhwng gwir a gau yn aml. Heb sôn am y peryglon eraill.'

'Nid dyna 'mhrofiad i hefo hi,' medda fi mor swta ag y medrwn i.

'Ydach chi'n perthyn?' gofynnodd yn sydyn.

'Na.'

Roedd hwnnw'n awgrymog. Doedd dim ots gen i.

'Doedd ganddi ddim llawer o groeso i'w ddangos i ymwelwyr yn y carchar,' medda fo gan ddilyn fy llygaid i ac edrych ar furiau diymgeledd Murddyn Eithin. 'Dim, a deud y gwir. Roedd hi'n gwrthod pob help, pob therapi.'

Erbyn hyn roedd o'n rhyw bendroni uwchben ei amlen.

'Er hynny, mi ddalis i drio dilyn ei hynt hi. Mi wyddwn inna ei bod yn disgwyl ei – ei thrydydd plentyn. Ond wyddwn i ddim tan ddoe ei bod hi acw.'

Roedd o wedi cochi, a daliai i edrych yn ansicr ar ei amlen.

'Mae'n ddrwg gen i am hyn,' medda fo'n dawel.

A mwya sydyn mi welis i ei fod o'n deud hynny'n ddiffuant. A mi stopis gasáu y diawl y munud hwnnw.

'Wyddwn i ddim am y petha 'ma,' medda finna, yn bendant nad o'n i'n ei ddeud o'n ymddiheurol nac i 'nghyfiawnhau fy hun.

'Mi fûm i'n ystyried am hir iawn pnawn ddoe,' medda fo, 'ond mae'n amlwg nad oedd gen i'r un dewis.'

'Ddaru Elsa ddim lladd 'i babi,' medda fi.

'Margaret.'

'Y?'

'Margaret.'

'Dydi hwnnw ddim yn ffitio,' medda fi toc. Wn i ddim glywodd o.

'Mae'n siŵr na wyddoch chi am hyn chwaith,' medda fo.

Agorodd yr amlen, a thynnu waled blastig glir ohoni. Edrychodd arni am ennyd cyn ei rhoi i mi. Toriad papur newydd oedd o. Roedd aelod seneddol yn codi helynt am fod rhywun wedi achwyn am hogan ddienw yng ngharchar yn geni plentyn a hithau mewn cyffion, er bod y gwareiddiad i fod wedi rhoi'r gorau i'r arfer hwnnw ers rhai blynyddoedd. Roedd gan yr awdurdodau a Swyddfa Gartref y Llywodraeth ychydig mwy neu ychydig llai o gydymdeimlad na fyddai ganddyn nhw i hwch. Roedd y brwsh oedd yn sgubo dan y mat yn sôn yn annelwig am ymchwiliad mewnol.

'Tasai hyn wedi digwydd yn China neu Irac – yn enwedig Irac,' medda fo heb drio bod yn wawdlyd nac yn glyfar, 'mi fyddai gan Amnest Rhyngwladol lond tudalennau o hysbysebion i'n hatgoffa ni.'

'Be – be ddudist ti oedd d'enw di hefyd?'

'Meirion.'

'O, ia. Ia siŵr.'

'Ond mae'n rhaid i chi gofio mai er gwell mae'r hyn ddigwyddodd heddiw. Y ffaith amdani ydi – peidiwch â 'nghamddallt i, ond mi fedar cyffion weithia arbad rhywbeth mwy annynol fyth, hyd yn oed ar arddyrnau hogan ifanc yn esgor.'

Arglwydd mawr.

'Ddaru Elsa ddim lladd 'i babi.'

'Mr Harries,' medda fo, yn batrwm o resymoldeb aeddfed, 'Margaret. Ac mi wnaeth.'

Mi'i gwylis i o'n mynd at ei foto-beic. Mi aeth i lawr y caeau'n syth ac ara. Yna mi ddiflannodd o 'ngolwg i. Mi es inna'n ôl am adra.

'Naddo.'

11

Welson nhw mohona i, drwy drugaredd. Roedd Ast Fach wedi rhoi digon o rybudd imi, a sleifiais gyda'r coed yn hytrach na dod i lawr lôn. Roedd 'na ddau gar a'u trwynau at i fyny wrth y giât, ac Ast Fach yn ymgynddeiriogi am yr eildro yr un diwrnod. Chawson nhw ddim mynd ar gyfyl y giât ganddi hi chwaith, dim ond tynnu'u lluniau o'r lôn.

'Da 'mach i.'

Mi es i'r coed tra oeddan nhw'n pasio i droi yn eu holau. Mi ddaru nhw stopio eilwaith ar eu ffordd i lawr ac roedd Ast Fach yn barod amdanyn nhw wedyn hefyd.

'Da 'mach i.'

Rhoddais fwytha i'w thrwyn gwlyb galarus hi cyn mynd i'r tŷ. Tawel sobor oedd hwnnw.

'Naddo,' medda fi wedyn.

Ffoniodd amryw yn ystod y pnawn ond rhoddais y ffôn i lawr arnyn nhw i gyd ond Elfyn. Chdi dwmodd y dŵr, 'ngwas i, oedd gan hwnnw i'w ddeud. Mae'n debyg mai fo oedd y calla. Nid bod hynny'n fy ngwneud i deimlo fymryn yn llai da i ddim chwaith. Ond mi ddaeth 'na syniad wrth iddo fo ddeud ei bwt.

'Dw i am gael twrna iddi,' medda fi.

'Wyt ti?'

'Ydw.'

Ddaru o ddim dadlau, er bod ei oslef o'n gwahodd hynny. Bron nad o'n i'n gofyn iddo fo prun oedd y gora ond eu diawlio nhw i gyd y bydd o am eu bod nhw'n cymryd oes i dalu am gnebryna hefo pres pobol eraill.

'Well i ti'u ffonio nhw rhag ofn 'u bod nhw wedi cael un iddi hi,' medda fo.

'Ia, ella.'

Tua chwarter awr gymris i i ystyried hynny. Fedris i rioed ddiodda pethau fel hyn, rhyw drefnu a swnian a rhyw gybôl. Ond cefais drwodd at Simon.

'Mae dy gymydog di wedi cael y blaen arnat ti,' medda fo. 'Mae hi wedi cael twrna ers ben bora.'

Do'n i ddim yn meddwl am y ffarmwr – am Meirion – fel cymydog.

'Be sy'n digwydd?' medda fi.

'Mae'r babi wedi cael ei roi i ofal y Cyngor.'

'Lle mae Elsa?'

'Mae Margaret,' medda fo â phwys fel haearn smwddio, 'yma o hyd.' Roedd o i'w glywed yn petruso wedyn cyn canlyn arni. 'Mae'r doctor wedi gorfod rhoi petha i'w thawelu hi.'

'Be uffar ydach chi'n 'i neud iddi?'

'Mae arna inna isio'i gweld hi'n cael chwara teg hefyd,
Danial.'

''I llenwi hi hefo rhyw blydi cemega.'

'Mae 'na un peth arall hefyd. Mae hi'n ffitio'r disgrifiada
rydan ni wedi'u cael o hogan sydd wedi bod yn dwyn o rai
o siopa'r Dre 'ma. Petha fel dillad babi, gwaetha'r modd,
Danial. Mae arna i ofn y bydd yn rhaid i ni'i holi hi am
hynny hefyd.'

A gwelwn fwg hyll y babi dol yn anharddu'r awyr ac yn
drewi'r lle. Caeais fy ngheg.

'Ddaru ti ddim meddwl gofyn iddi am y petha yma,
mae'n siŵr.'

'Naddo.'

'Oedd hi'n talu am 'i lle?'

'Roeddan ni'n gwneud bob dim hyd y lle 'ma hefo'n
gilydd ac ar draws ein gilydd. Roedd hi'n agor i'r ieir.
Roedd hi'n 'u bwydo nhw. Mae'r hers fel newydd ar ei hôl
hi.'

Roedd gen i lawer mwy i'w roi ar y rhestr ond roedd yr
olygfa ohoni hi a'r babi a'i bag ar y stepan drws a'r nos o'i
hamgylch yn fy nhrechu i.

'Pam dyla hi dalu, prun bynnag?'

Be welwn i ond rhuthro didostur a di-feind?

'Oedd 'i sgrechiada hi ddim digon o dâl gynnoch chi?'

A pha bwys oedd o gen i bod 'y meddwl a 'nghwestiwn i
mor hurt â'i gilydd?

'Ddaru Elsa ddim lladd 'i babi.'

Doedd hynny ddim.

'Go brin y bydd y siopa'n dŵad ag achos yn 'i herbyn hi
chwaith,' medda Simon yn wyliadwrus i gyd, 'pan ddalltan
nhw'r cefndir. Os hi sydd wedi gwneud, wrth gwrs.'

'Be fydd yn digwydd i Mebyn?'

'Y babi? Mi fydd yn cael 'i fabwysiadu. Mi ddaw'r llythyra fesul sachad.'

'Mi cymra i o,' medda fi fel fflach.

'O, Duw annwl Dad, Danial bach.'

'Mi cymra i o,' medda fi wedyn. Ond ella na chlywodd o mohono i yr eildro.

Babis clwt fydd yn rhedeg at eu mam, ond nid dyna fy rheswm i dros fynd i'w gweld ddiwedd y pnawn. Gan mai mewn mylltod y bydda i'n dod o'no bron yn ddi-feth mae'n beth gwirion mynd yno mewn tempar dda dim ond i'w ddifetha fo. Roedd hi wedi troi'i chadair yn sgwâr o flaen y teledu, arwydd digamsyniol ei bod hi ar ei gwaethaf.

'Yr hen bitsh iddi hi 'yfyd.'

Hefo hi'i hun roedd hi'n siarad. Am wn i. Am bod ei llais hi mor ddistaw roedd hi'n gwybod y medrai daeru'r du'n wyn nad oedd hi wedi deud dim tawn i'n mynd i'r afael â hi. A tawn i'n gwneud hynny a chodi ffrae mi fyddai'n brywela'n ddiddiwedd am y peth ar ôl imi fynd gan lusgo pob gelyn yn nes fyth at safnau Satan. Ac roedd y rhan fwya o'r rheini'n dod o deulu Dad.

Roedd gan Dad dri brawd, un na welis o mohono gan ei fod o wedi'i ladd yn y Rhyfel a dau arall yr o'n i'n ffrindia calon hefo nhw. Pan ddeuen nhw draw yn eu tro mi fyddai llond y tŷ o groeso a llond y tŷ o chwerthin a gallai'r ewyllys da bara am wythnosau ar ôl yr ymweliad tan y ddrycin nesaf. Ond roedd 'na ddau arall yn nheulu Dad hefyd, Elfed a Glenys, efeilliaid oedd fel Twmi wedi cymryd y goes gynta byth ag y gallon nhw am mai plant Dad o'i briodas gyntaf oeddan nhw. Ac ni ddichon dim da ddod o hynny nac ohonyn nhw. Er 'mod i'n ffrindia calon hefo nhwtha hefyd o'r dechra, mi gymrodd flynyddoedd i mi sylweddoli'n llawn nad oeddan nhw'n wiberod daear yn treulio'u holl amser yn dyfeisio celwyddau am Mam, ac yn bwysicach fyth nad oeddan nhw'n is-bobol am mai plant Glyn Pen Cwmwd o'i briodas gyntaf oeddan nhw.

Glyn Pen Cwmwd oedd Dad pan fyddai tempar ddrwg arni. Roedd Taid a Nain Pen Cwmwd wedi marw ymhell cyn i mi gael fy ngeni. Mi gymrodd fwy o flynyddoedd fyth imi sylweddoli fod Pen Cwmwd yn enw bach swynol, taclus. Drwy 'mhlentyndod ro'n i wedi 'nghyflyru i gredu na ellid cael enw mwy diraddiol a slymllyd pe chwilid yr holl ddaear. Mi fyddwn yn cochi at fodia 'nhraed bob tro y clywn o, yn enwedig os oedd o'n dod ar ffurf hogyn Glyn Pen Cwmwd. A hi oedd yn gyfrifol am hynny. Roedd holl ddirmyg ofnadwy y tlawd tuag at y tlotach yn y ffordd yr oedd hi'n poeri'r enw o'i genau. Ar yr un gwynt mi fyddai'n dyrchafu ac anwylo Llain Rhent, lle'r oedd hi wedi'i magu. Pan fyddwn i'n mynd i fan'no, ro'n i i fod i beidio â gweld yr hacrwch a'r caledi oedd yn rhan mor annatod o'r lle ac o'r cymeriadau oedd yn trigo ynddo fo.

Glenys oedd dani hi rŵan, eto fyth. Nid bod Glenys wedi gwneud dim iddi rioed am wn i. Ond roedd hi a chwaer Dad, hen ferch fusgrell gam, wedi rhannu'r gorchwyl o fod yn brifelynion am flynyddoedd helaeth. Daethai mymryn o agendor pan fu'r chwaer farw o gansar y fron ddau fis o flaen Dad, a Mam yn taeru wedyn hefyd mai isio mwytha roedd hi. Mi ddewisodd hi Janice, gwraig Twmi, yn ei lle a daeth yn amlwg ar unwaith ei bod hi wedi bod ar y rhestr fer am flynyddoedd. Rŵan roedd ei cheg hi'n gam ac yn greulon a finna'n 'i chasáu hi. Yn f'arafwch arferol mi gymrodd funudau hirion imi sylweddoli mai postyn i'w daro oedd Glenys hefyd heddiw; wedi gweld y Newyddion roedd hi a'n hanes ni wedi'i blastro ar hwnnw. Elsa oedd dani, siŵr Dduw. Am wn i, hefyd. Drwg y ddamcaniaeth yna oedd na fyddai'r gwenwyn ddim mor filain bersonol i bobl nad oedd hi'n eu nabod fel rheol.

'Yr hen sguthan fudur. Yr hwran iddi 'yfyd.'

Penderfynu be fydd ar y Newyddion y bydd hi. Mae'n gweld y llun ac yn gwau'i stori'i hun o'i gwmpas o. Mae'r stori wedyn yn ddengair deddf a Duw a helpo'r neb sy'n ei hamau. Mi fyddai Dad yn myllio'n llonydd pan fyddai hi'n gwylio rhaglenni meddygol. Yn un peth mi fyddai'n sôn am y rhaglen am ddyddiau ymlaen llaw, a phan ddeuai ar y sgrîn o'r diwedd mi fyddai'n troi'r sŵn i lawr i'r gwaelod ac yn rhoi ei sylwebaeth ei hun ar bob gweithred ac Op.

Gadael iddi regi a damio ddaru mi. Doedd 'na'r un llun o Dad wedi bod ar gyfyl y lle o'r dechrau un, na'r un o'i deulu o heblaw am Anti Thelma, rhyw fodryb sbenglas na welis i rioed mohoni ond mewn llun, ond oedd yn siwrans anhepgor rhag y cyhuddiad o gasáu pob un wan jac o'r teulu. Mi fyddai ei chanmoliaeth hi o'r Anti Thelma'n ymylu ar y gorffwyll, yn enwedig pan fyddai pawb arall o'r teulu wedi pechu. Ond roedd llun ein priodas ni wedi cael ei symud i wneud lle i lun arall, hi a'i brawd arall, y Bron-Barchedig James, un o'r pregethwyr cynorthwyol mwya ysblennydd a diffaith a droediodd ddaear y cread erioed.

'I be ddiawl y rhoist ti hwn yn fan'na?'

Chlywodd hi ddim, siŵr. Nid o'i cheg hi y cawn i ateb prun bynnag. A sylweddolais ar amrantiad. Nid Glenys nac Elsa oedd dani, ond fi. Dyma fi'n dechrau chwerthin, a chwerthin y bûm i, a hithau'n cymryd dim sylw, dim ond rhythu ar y teledu a damio. Fi oedd yn dod ag amarch i'r teulu ac roedd y Bron-Barchedig wedi'i lusgo o'i ebargofiant i atgoffa'r byd a finna o'r glendid a fu. Mewn darlith mae'n debyg y clywodd o am bobl o gyfnodau braidd yn bell yn ôl iddo fo'u dirnad yn cau ffenestri'u cartrefi bychan hefo cerrig i arbed talu treth olau, ac o hynny y cafodd o'r weledigaeth a barodd am bob pregeth wedyn tra buo fo, sef y medrwch chi roi treth ar y golau ond nid ar y Goleuni. Ac o ddiogelwch hunangyfiawn ei bwlpud cynorthwyol roedd datganiadau a chondemniadau rif y gwlith yn cael eu harllwys nid o Sul i Sul ond o Sabath i Sabath. Ar yr arwydd cyntaf o groesholi mi fyddai'n neidio dros ei ben i guddfan ei dremolo. A fedrodd neb erioed gynnal dadl â thremolo na dal pen rheswm ag o. Hen lanc oedd y Bron-Barchedig, yn byw yn Llain Rhent hefo Nain. Roedd o'n giamblar ar gadw tŷ gwydr a thyfu tomatos a'u gwerthu nhw i'w fam. Faswn i (hyd yn oed) ddim yn gwneud hynny. Ac mi fyddai Nain Llain Rhent yn ofnadwy o ofalus tomatos pwy oedd yn cael eu rhoi ar ba frechdana. Doedd ei merch ddim wedi dilyn ei brawd yn hynny o beth. Mi rannai Mam ei thamaid olaf, ei rannu mor hael ag y gwasgarai ei gwenwyn. Rhannwch hwn rhwng y plant, medda'r B-B wrth fynd o'cw ryw dro. A dyma fo'n estyn tomato craciog o'i boced, a'i wyneb a'i fol yn chwyddo gan haelioni. Y peth nesa oedd Twmi'n rowlio chwerthin. Y peth nesa oedd Twmi'n cael 'i hiro.

Mi'i gadewais i hi'n ceimio'i cheg o flaen ei theledu ac yntau'n sgwario'n holletholedig o'i ffrâm. Roedd hi ynddi gymaint fel 'mod i bron yn sicr na sylwodd arna i'n mynd. Mae Bonhoeffer yn deud hyn ac mae Aristotle yn tueddu i gytuno hefo fo, meddai'r Bron-Barchedig o'r darlun llonydd. Ond, ychwanegodd ar ôl y briodol saib, fel hyn dw i'n 'i gweld hi. Mi lanwodd honno bregethau dirifedi hefyd. Be 'di rhyw ddyddiad geni bach ne' ddau rhwng mêts? Ella 'i bod hi'n chwith ar d'ôl di, medda fi wrth y darlun.

Gyda'r nos, a'r tŷ'n sobreiddiol o wag, roedd sŵn car, ac Ast Fach yn dawel. Roedd arna inna ofn gobeithio. Ond Ast

Fach oedd yn iawn. Daeth Sali i mewn, a ddaru hi ddim cnocio chwaith. Daeth drwodd ac eistedd ar y soffa. Yn union fel ein dyddiau ni.

'Wyt ti'n dŵad drosti?' meddai hi ar ôl rhyw gip sydyn o'i hamgylch a chip sydyn arna i.

'Nac 'dw. Ddaru mi mo'r ymdrech leia un i'w helpu hi.'

'Do'n tad. Am wythnosa.'

Doedd hithau ddim yn iawn chwaith.

'Be sy'n bod arnat ti?' medda fi.

'Chdi,' meddai hi ar 'i hunion.

Mi mentris inna hi ar f'union.

'Tasat ti wedi bod mor barod i ddeud ar dy ben pan oedd gofyn iti wneud hynny mi fyddai petha wedi bod yn wahanol.'

'Albi gafodd y gwyllt pan ddudis i 'mod i'n dod yma.'

Y gŵr newydd yn cael gwyllt. Roedd y syniad yn un difyr.

'Tasa gen ti rwbath i boeni, faswn i ddim yn deud wrthat ti'r diawl gwirion, medda finna.'

'A ddaru hynny mo'i argyhoeddi ynta chwaith.'

'Rwyt ti'n gwneud ati i gael dy siomi, 'twyt?'

Gwneud ei gorau i hanner brifo. 'Dâi hi ddim yn ffrae, ond rhois y gorau iddi am eiliad.

'Ond mi chwerthis i'n braf pan welis i chdi ddim ar y telifision,' meddai hi.

'Mi'u gwelis i nhw.'

'Welist ti'r Newyddion?'

'Naddo, 'neno'r Duw.'

'Ddaru perchennog y tŷ ddim dod allan i gael ei holi gynnon ni, medda fo. Ddaru o mo dy gyhuddo di o ffrio holl blant y llawr i swpar, ond dyna oeddan ni i fod i'w gredu. Mi fetia i 'i fod o yn 'u gwylio nhw o'r coed ac yn cael uffar o sbort, medda fi wrth Albi.'

'Do'n i ddim yn cael sbort.'

'Na.'

'Dyna pam y doist ti yma.'

Ddaru hi ddim ateb. Yna mi'u gwelis i nhw, a chymris i ddim arna fel arall chwaith. Roedd hi wedi rhoi'n modrwya ni yn ôl ar 'i bys. Y llaw dde, ond doedd ffeuan o bwys am hynny. Roedd y ddwy yno.

'Paid â gwneud petha'n waeth,' meddai hi'n dawel.

'Fedra i ddim difaru petha na wyddwn i ddim amdanyn nhw,' medda fi.

Dim ond edrych i'r tân ddaru hi.

'Mae hynna'n swnio fel 'mod i'n rhoi'r bai arnat ti,' medda fi wedyn.

Dal i edrych i'r tân.

'Ond mi fedra i ddifaru bod yn gymaint o legach. Ella. Os llegach ydi rhywun sy'n cymryd – ne gael – 'i lorio'n llwyr.'

'Ddudist ti ddim byd.'

'Naddo. Dim ond chwalu.'

'O ddechra'r helynt i bapura'r ysgariad, ddudist ti'r un gair.'

'Dim ond wrtha fi fy hun. Mi fûm i'n meddwl bob tro ro'n i'n mynd i tŷ Mam mai'r rheswm roedd hi'n edrach i bobman ond tuag ata i oedd nad oedd arni hi isio i mi weld 'i llygaid euog hi. Ond y pwynt ydi nad ydyn nhw'n euog.'

A mi es ati i ddeud wrthi am f'ymsonau ailadroddus ar fy ffordd adra o dŷ Mam, oedd hi'n rhag-weld ac yn cynllunio, doedd hi ddim, oedd o'n wendid cynhenid, doedd o ddim, oedd ganddi hi reolaeth ar ei meddylia, doedd ganddi ddim, oedd, nac oedd, oedd, nac oedd, hyd y pen 'gosa at dragwyddoldeb.

'Dip dip sgai blŵ, myn diawl.'

A chododd Sali'i phen. Ac roedd y wên fechan yn cael ei gwneud drwy'r dagrau cynilaf fu erioed, y dagrau mwyaf gobeithiol a welais erioed. Gwenais. Gwên fechan syml ein dyddiau ni. Ac yna, ryfeddod y rhyfeddodau, daeth Sali oddi ar y soffa ac eistedd ar y mat o flaen y tân. Yn union fel ein dyddiau ni.

12

Oedd, roedd y lle 'cw'n rhyfedd ar ôl i Sali fynd, ac roedd y gwacter yn ormesol. Roedd fy meddwl i arnyn nhw i gyd, hi ac Elsa a Mebyn bach. Rŵan, yn fy nghadair yn syllu ar y mat o flaen y tân lle'r oedd Sali newydd fod yn ailbrofi mymryn o'n dyddiau ni yn ei sgwrs dawel a'i synfyfyrio trist, rŵan oedd sioc y bore'n dechrau hitio. Rŵan o'n i'n gallu amgyffred yr hyn oedd wedi digwydd, yr annhegwch, y creulondeb. Mi awn i'r Dre ben bore i ddeud yn iawn wrth Simon sut driniaeth yr oedd y bychan wedi'i gael gan ei fam tra buon nhw yma. Mi'i gwahoddwn o ac unrhyw feddyg neu seiciatrydd neu hollwybodusyn arall y pen yma i'r haul i archwilio'r babi am yr arwydd lleiaf un o gamdriniaeth, yn gorfforol neu fel arall. Mi gawn Elsa a Mebyn yn ôl at ei gilydd.

Yn gymysg â'r meddyliau dewr yma roedd pethau eraill. Ro'n i'n prysur f'argyhoeddi fy hun fod dipyn o dyndra rhwng Sali a'r gŵr newydd, ac mai am ddim ond mymryn o'r tyndra hwnnw yr o'n i'n gyfrifol. Gobeithio am ei fodolaeth ro'n i cynt. Nid bod Sali wedi deud dim ar ei phen chwaith. Yr olwg bell drist yn ei llygaid hi oedd yn cadarnhau. A'r modrwyau. A'r pytiau geiriau achlysurol wrth i mi egluro, o'r diwedd, yn glir ond yn anunion-gyrchol, pam na fedrwn i dynnu'r lle i lawr hefo hi.

Ro'n i'n eistedd o flaen y tân, yn darllen. Rhyw dri mis ar ôl i Twmi gymryd y goes oedd hi, a finna'n gweld ei golli o. Wedi iddo fo fynd roedd Mam mewn tempar wastadol, a phawb dan ei weips. Yn enwedig Twmi. Teulu Dad oedd o erbyn hyn.

'Rêl Glyn Pen Cwmwd, myn diawl! Rêl blydi teulu Pen Cwmwd!'

Dw i'n cofio mai papur newydd o'n i'n ei ddarllen oherwydd dw i'n cofio cuddiad y tu ôl iddo fo a diolch amdano fo. Roedd Dad wedi gofyn iddi wneud rhywbeth neu'i gilydd. Roedd 'na duedd felly ynddo fo, pethau fel 'g'na swpar' ne 'g'na banad'. Ella mai oes felly oedd hi. Pan fyddwn i'n mynd i chwarae i dai eraill mi fyddai gorchmynion cyffelyb ynddyn nhwtha hefyd. Ond ta waeth, mi aeth yn ddiawl o storm, a hynny heb bwt o rybudd na rhagymadrodd. Daeth y cawodydd arferol o wneud dim ond slafio o fore tan nos, Sul, gŵyl a gwaith, ac yn is 'i pharch na neb am hynny a'r blydi Glenys 'na'n gwneud dim ond ista ar 'i thin drwy'r dydd, byth yn llnau na gwneud bwyd a'i gŵr hi'n tendio arni fel tasai hi'n frenhinas. Daeth y cawodydd eraill arferol o fod Dad yn treulio mwy o'i amsar ac yn gwario mwy o'i bres ar y blydi defaid nag arnon ni, ac yna, dros y lle,

'Rwyt ti wedi lladd un wraig! Dwyt ti ddim yn mynd i'n lladd inna hefyd!'

Codi mwy ar y papur ddaru mi, a darllen geiriau a chlywed sŵn Dad yn codi a gweld ei ben o'n dod i'r golwg dros ymyl y papur, a golwg un yn cofio galar yn dod ar ei wyneb o. Dim ond am eiliad y parodd hynny nad oedd golwg bron yn wallgo'n ei disodli. Rhannol newydd oedd y peth i mi. Y ffaith amdani oedd 'y mod i wedi clywed y cyhuddiad o'r blaen, a hynny droeon. Ond bob tro yn ei gefn o. Doedd 'na ddim cymhariaeth y tro yma. Welis i rioed mo Dad wedi cynhyrfu gymaint. Mi drois y papur i lawr fymryn a'i godi'n ôl y munud hwnnw. Roedd dyrnau Dad yn dynn wrth ei ochr. Ro'n inna'n dal i ddarllen geiriau, yn astudio siâp coma ac yn gwrando ar fy nghalon yn curo ac yn sylweddoli nad o'n i rioed wedi sylwi'n fanwl ar farc cwestiwn mewn print o'r blaen, ei fod o mor wahanol i hanner cylch a chynffon syml ein marciau cwestiwn ni yn ein llyfrau sgwennu.

'Deud hynna eto a mi hira i chdi!'

'Wrthi o fora tan nos, myn diawl!'

'Mi ddylwn i dy hiro di 'yfyd!'

'Honna'n gwneud dim o fora tan nos a minna wrthi ar hyd y dydd! 'Y nhrin i fel blac, myn diawl i hefyd. Fel blydi nigar, myn diawl!'

'A tasa – tasa Danial ddim yma mi wnawn i 'yfyd!'

Dim ond wrth ddeud hynny yr oedd ei lais o wedi codi, yn hollol wahanol iddi hi. Ac am funud, ro'n inna wedi dychryn am 'y mywyd. Mi fyddai 'na gyffyrddiadau corfforol gweladwy prin rhyngddyn nhw. Mi fyddai hi, ambell dro, yn eistedd ar ei lin o, ac yn mwytho'i wallt neu'i fraich o. Ac mi fyddai Twmi a minna'n gwenu'n slei ar ein gilydd a'r chwarae'n mynd fymryn bach yn fwy dedwydd. A phan fyddan nhw'n mynd am dro, mi fyddai hynny fraich ym mraich. Pan ddisgynnodd ffenast gegin fach ar ei bysedd hi wrth i'r cortyn dorri roedd Dad yno fel bwlat yn 'i chodi hi, a mi fu am hir yn mwytho'i bysedd hi iddyn nhw ddod atyn 'u hunain. Doedd 'na rioed awgrym o gyffyrddiadau casineb wedi bod rhyngddyn nhw, dim ond geiriau. Ella mai dyna pam ro'n i'n gwybod yn 'y nghrombil mai bygythiad mewn cynnwrf oedd hwn. Ond doedd hynny'n ei wneud o fawr gwell ar y funud.

Aeth hi drwodd i'r cefn.

'Mi fyddan nhw wedi 'ngyrru finna i'r bedd 'yfyd, myn diawl!'

Daeth yntau'n ei ôl i'w gadair. Erbyn hyn roedd o'n goch at 'i wegil, fel bydda fo.

Hefo fo'i hun roedd o'n siarad. Am wn i.

'Roedd hi'n well dynas na chdi.' Ac yna, fwy fyth dan ei wynt. 'Y butan.'

Codais ar ôl ysbaid weddus a mynd i fyny i llofft heb edrych ar neb. Mi es i'r ffenast heb roi'r gola, ac edrych allan i'r tywyllwch, fel ro'n i mor hoff o'i wneud yn enwedig ar ôl i Twmi fynd. Mi fyddwn yn gwylio ambell bwt o olau'n wincian drwy ganghennau pell bob yn ail â dilyn golau ceir yma a thraw. Wedi cael ei lladd gan lorri oedd gwraig gyntaf Dad. Croesi lôn oedd hi. Doedd dim bai ar ddreifar y lorri. Flynyddoedd wedyn, mewn priodas hefo Sali, y ces i wybod mai mynd yn sâl ar ganol y lôn ddaru hi, a methu mynd yn ei blaen yn ddigon buan oherwydd rhyw gymhlethdod sydyn am fod rhywbeth wedi digwydd i'r babi yn ei chroth. Ond yno, yn nhywyllwch y ffenast, a'r goleuadau pell yn ymddangos yn ddi-hid o bob ffrae ac anhapusrwydd, y dywedis i na fyddwn i fyth yn ffraeo hefo 'ngwraig i. A mi ddeisyfis ar Twmi i ddod i fy nôl i.

Y stori yna ddwedis i wrth Sali y noson honno, y tro cynta rioed imi'i deud wrth neb.

'Mi gest blentyndod anhapus,' meddai hi toc, yn synfyfyrio ar y tân, fel byddai hi.

'Duw naddo,' medda finna ar f'union.

'Dy straeon di.'

'Dim ond rheini sy'n . . .'

Dyna ganlyniad y chwalu, debyg. Ar ei ôl o, dim ond y pethau cas a'r bron-orffwyll a fedrai lenwi meddwl, ddydd ar ôl dydd, nos ar ôl nos ddidostur. Roedd yr atgofion eraill wedi mynd yn rhy greulon.

'Dim ond pan oeddan nhw'n digwydd roeddan nhw'n cyfri, tasai'n mynd i hynny,' canlynais arni. 'Roedd 'na beth mwdradd o hwyl i'w gael hefo hi hefyd cyn amlad â pheidio. Ella bod y weips yn ddyddiol bron ond roedd rhywun yn cledu iddyn nhw. Dim ond wedyn y daethon nhw'n berthnasol.'

Roedd Sali'n dal i syllu i'r tân.

'Dw i'n meddwl amdani hi ac am y petha 'ma oherwydd be ddigwyddodd. Ella bod Dad yn fwy hunanol hefo'i bres nag yr oedd hi hefo'i phersonoliaeth, ond mae o wedi marw. A tasa fo'n fyw, fydda fo ddim wedi . . . Wyt ti am ddod i ista ata i?' gofynnais yn sydyn.

Ysgwyd ei phen ddaru hi, a'r olwg bell drist yn ei llygaid hi yn codi pob gobaith yno i i'r entrychion. Dyna pam roedd y wên ar f'wyneb i'n lletach nag y bu ers blynyddoedd pan ffoniodd y gŵr newydd i ofyn oedd hi acw o hyd.

13

Cefais fy ngalw allan ben bore trannoeth. Gwyndaf, y plismon oedd acw y bore cynt, gafodd y gorchwyl o ddod hefo fi.

'Y job gasa ohonyn nhw i gyd,' medda fo'n llawn angerdd. Roedd o'n mynd trwy'r ffurflenni post mortem oedd ganddo ar ei lin. 'Mae'r rhein wedi'u llunio gan bobol ddi-hid ar gyfer pobol ddi-hid. Does gynnyn nhw'r un syniad be 'di galar heb sôn am alar sydyn.'

'Be 'di hanas Elsa?' medda fi.

'Rydach chi'n dallt nad Elsa ydi'i henw hi, 'tydach?'

'Be 'di'i hanas hi?'

'Mae hi mewn diawl o stad. Mi aethon nhw â hi i Ward Elen neithiwr.'

'Hwnnw'n swnio'n well enw na seilam, debyg.'

'Siŵr o fod. Ond mi fydd gynni hi well gobaith o gael rhywun i wneud rwbath i'w mendio hi.'

Do'n i ddim yn drwglicio hwn.

'Rwyt ti'n deud y gwir am yr hen bapura 'na hefyd,' medda fi, yn nodio at 'i lin o.

'Does arna i ddim isio gweld y corff 'na.'

'Iawn.'

'Nid bod arna i 'u hofn nhw.' Roedd o ar frys i ddeud er nad oedd unrhyw dinc ymddiheurol yn ei lais. 'Ond mae'n debyg mai fel hyn yn union y buo fy chwaer farw. Ac mae'r ddwy yr un oed.'

'O?'

'Fi gynigiodd ddod hefo chi,' medda fo, wedi synhwyro 'nghwestiwn i. 'Dydi osgoi petha'n dda i ddim. Ond does arna i ddim isio'i gweld hi chwaith.'

'Mi fedra i 'i chodi hi fy hun os bydd angan.'

'Mi fydd yr hogia yno o hyd prun bynnag.'

Bu'n dawel am ysbaid. Doedd arna inna ddim isio'i holi o.

'Fi ddoth o hyd i Iona, ben bora fel hyn. Roedd hi wedi marw ers tair neu bedair awr. Roedd pawb arall acw'n ddiymadferth. Ond ro'n i'n hollol hunanfeddiannol. Fi ffoniodd y Doctor, fi ffoniodd yr ymgymerwr wedyn i drefnu i fynd â hi i ffwr'. Roedd y Doctor wedi rhoi'r gynfas wely dros ei hwyneb hi ond mi'i tynnis i hi'n ôl. Mi olchis y cyfog oddi ar ei hwyneb hi ac eistedd wrth erchwyn y gwely'n syllu arni a chnesu'i llaw hi ac aros efo hi fel tawn i'n cadw gwylnos. Roedd y lle'n llawn plismyn ond mi ges i lonydd gynnyn nhw. Ro'n i'n hollol iawn. Nes doth yr hers. Honno gorffennodd hi. Pam mae sŵn hers ar raean yn wahanol i sŵn bob car arall? Roedd o y bora hwnnw, beth bynnag, mor derfynol o drwm a syber.'

Ella 'i fod o'n iawn. Dydi rhywun byth yn dygymod â gweld rhywun ifanc a methu gwneud dim ond eu rhoi yn yr arch frown a chau arnyn nhw. Mae o'n deimlad mor ofer, bob tro yr un fath. Dwy ar bymtheg oed oedd hon. Roedd ganddi wallt melyn fel Sali. Cefais help i fynd â hi gan ewythr iddi, hwnnw'n mynnu gwneud er bod y plismyn erill wedi cynnig. Roedd Gwyndaf wedi mynd i ganol y crio yn y gegin. Yn ôl yr hyn yr ydan ni'n 'i ddallt rŵan, meddai'r ewythr, un glasiad o sieri, dau neu dri glasiad o win, ac un dablet. Doedd gan neb amcan 'i bod hi'n cymryd drygia, medda fo wedyn ar ôl troi'i gefn ata i i sychu deigryn. Sychodd un arall wrth i mi gau drws yr hers ac aeth yn ôl i'r tŷ. Eisteddais inna yn yr hers i aros am Gwyndaf.

'Arglwydd mawr.'

Ro'n i wedi plygu 'mhen. Mae cofio am y noson uffernol honno'n dal i fy sgrytian i. Y poteli gwin a sieri a wisgi'n cael eu tywallt fesul dwy i lawr sinc, gwerth degau o bunnau ohonyn nhw. A hithau wrth f'ochr i'n sgrechian ac yn udo ac yn trio rhuthro iddyn nhw. Ac un o'r pethau gwaethaf ynglŷn ag o oedd ei chlywed hi'n gwichian ymddiheuro ac yn deud wna i fyth eto, Danial bach, mewn rhyw lais babi oedd yn ymylu ar wallgofrwydd. Mae bod mam yn deud peth fel'na wrth ei mab, hyd yn oed mewn llais call, yn hollol groes i bob synnwyr cyffredin y gwn i amdano fo.

Pum munud wedi saith un noson o Fai oedd hi, rai

misoedd ar ôl noson feddw'r botel Ysgol Feithrin. Roedd Glenys ar y ffôn. Mae dy fam yn rowlio hyd y lle 'ma. Dy fam fyddai hi ac Elfed yn ei ddeud bob amser. Roedd 'na rywbeth yn amhersonol yn eu ffordd o'i ddeud o hefyd. Ond o ystyried y pethau roedd hi'n eu deud amdanyn nhw roedd yn syndod eu bod nhw'n sôn amdani o gwbl. Dydw i byth wedi dallt yn iawn sut roedd hi a Twmi'n gallu cyfnewid y straeon am fedd-dod Mam mor gyson heb adael i mi gael gwybod gair am y peth. Dim isio dy styrbio di, oedd cynnig ffrwcslyd Glenys pan ofynnis i. Wedi'r cwbwl, chdi ac nid Twmi sy'n edrach ar ei hôl hi.

Mi es draw, a chael Mam yn eistedd ar y wal y tu allan i'r tŷ, yn ysgwyd ac yn mwmblian. Dw i'n cofio sylwi bod y cleisiau parhaol ar gefnau'i dwylo'n edrych yn waeth yn yr haul, a'r croen amdanyn nhw'n fwy crebachlyd a melyn a hen. A hyd yn oed yn fan'no mi wibiodd drwy fy meddwl i mai'r rhain oedd wedi fy magu i.

'Danial? Chdi sy 'na, Danial bach?'

Ella mai nabod sŵn y car ddaru hi. Yn sicr, ddaru hi ddim codi'i phen. Ac ella mai ei greddf hi oedd ar waith. Dyna yn bendant oedd yn gyfrifol am yr hyn ddigwyddodd nesa. Ro'n i wedi mynd heibio iddi i gael pob drws yn agored er mwyn ei llusgo i'r tŷ, ond doedd dim angen. Roedd hi wedi codi ac wedi 'nilyn i, yn gam a thrystfawr, ac er ei medd-dod anferthol, sylweddolodd mai Glenys oedd yn gyfrifol am 'y nghael i yno. Dyna'r pryd yr aeth hi'n ffliwt. Aeth yn syth ar ei chadair, a gafael fel ci am asgwrn yn y ddwy fraich a'u holion crafu, a dechrau ar Glenys. Chlywis i rioed y fath gyhuddiadau yn cael eu lluchio ar neb. Ac roedd ei llais yn glir fel cloch, a phob llythyren yn ei lle, a dim ond yr ailadrodd haplyd a'r pwysleisio afresymegol a'r un mor haplyd ar ambell air yn cyfleu bod unrhyw beth o'i le, ar wahân i'r pethau oedd yn cael eu deud. Mi gyhuddodd Glenys o bopeth oedd yn bod, pob trosedd, pob gwendid, pob anweddustra. Doedd dim gobaith trio'i thawelu hi, dim ond gadael iddi a dychryn bod y fath wenwyn yn bosib. Roedd pob drwgdeimlad a phob achos drwgdeimlad o bob dydd o'i hoes yn cael ei chwydu allan, ac wrth eu clywed felly un ar ôl y llall roedd hi'n dod yn glir fel yr haul amherthnasol y tu allan mai ei dychymyg a'i hymennydd hi'i hun oedd tarddle'r cwbl. Roedd hi'n mynd i gysgu am ryw hanner munud, yna'n deffro ac ailddechrau arni. Roedd hi'n neidio ar ei thraed bob hyn a hyn ac yn ei chychwyn hi am y drws a finna'n ei hyrddio hi'n ôl. Mi es inna drwy bob congl o'r tŷ, drwy bob drôr a thrwy bob cwpwrdd, dan y gwelyau a phobman. Roedd y lle'n cerdded gan boteli, rhai heb eu hagor, rhai dan haenen o lwch anghofrwydd. Sieri a wisgi a gwin oeddan nhw i gyd. Yng nghanol sŵn gwichian gorffwylledd aeth y cyfan i lawr y sinc. Rhoddais y poteli gweigion mewn sach du a mynd â fo i'r car. Roedd hi allan yn gweiddi. Llusgais hi'n ôl. Agorais ddrws ei llofft a'i thynnu i mewn a chau arni. Ond roedd hi allan wedyn fel siot ac yn dechrau ar Glenys drachefn. Yn y diwedd methodd honno â dal a dyma hi'n dechrau crio. Fedrai hi wneud dim byd gwaeth.

'Mi laddist ti Cemlyn bach, yr hen slwt!'

Roedd hi wedi codi o'i chadair i gyhoeddi hynny. Ella mai gweld Glenys yn rhedeg i'r cefn ddaru hi. Rhuthrais inna ati a gafael ynddi a'i hysgwyd hi, meddw neu beidio, dynes neu beidio, mam neu beidio, fel tasai hi'n ddystar. Fel ro'n i'n ei hyrddio'n ôl i'w chadair mi deimlwn glec a rhywbeth yn rhoi o dan ei bron. Mi wyddwn ar deimlad y glec 'mod i wedi gwneud rhywbeth iddi. Disgynnodd ar ei chadair yn ddisymwth a gwyrodd ei phen ohono'i hun i'r ochr. Duw a ŵyr sut y llwyddis i i beidio â gweiddi ar Glenys. Ro'n i'n argyhoeddedig 'mod i wedi'i lladd hi. Roedd ei hwyneb yn hen a llwyd a'i llygaid ynghâu a'i chorff yn hollol lonydd. Ro'n inna'n chwilio am esgus i'r plismyn. Edrychais mewn panig gwyllt at y drws cefn ond roedd Glenys o'r golwg, a dim ond ei sŵn i'w glywed. A'r hyn yr ydw i'n ei gofio byth, yn fwy byw na dim arall, ydi nad o'n i'n difaru, faint bynnag o ofn ddaeth arna i.

Cyntafanedig Glenys a Jim oedd Cemlyn. Mi fuo fo farw yn ei grud yn dri mis oed. Roedd o wedi'i ddyrchafu i'r un pedestal â'r Anti Thelma gan Mam, ar ôl iddo fo farw.

'Aw, ti 'di 'mrifo i.'

Dyna'r cwbl ddwedodd hi wrth ddod ati'i hun. Ymhen eiliad roedd hi'n ailddechrau arni. Mi es at Glenys a gafael yn dynn ynddi a rhoi cusan ar ei thalcan a deud wrthi am fynd adra. Pan es yn ôl roedd Mam wedi mynd allan. Y munud nesaf roedd yn y ffenast yn codi llaw a chwerthin. Mi es ati a'i llusgo, yn fwy gofalus, yn ôl i'w chadair. Yna mi gofiodd am Dad, a dyma ddechrau'r pwl mwya syfrdanol a glywais i rioed. Mewn sŵn crio gwneud aflafar ac annioddefol mi ddechreuodd hiraethu ar ei ôl a deud na fyddai Glyn bach byth wedi gadael iddyn nhw 'i thrin hi felly. Glyn bach hyn a Glyn bach llall fu hi wedyn. Roedd hyd yn oed 'os mynni glod bydd farw' yn swnio'n llipa o'i chlywed hi. Yna dyma ddechrau pwl hollol newydd ac annisgwyl o weld bai arni'i hun am bob math o bethau, a'r rheini hefyd o'r dychymyg hyd y gwyddwn i.

'Madda i mi am fod yn fam mor sâl, Danial bach.'

Wn i ddim oedd hi wedi rhagymadroddi hynny. Ro'n i wedi stopio gwrando. Ond o'r holl bethau a glywis i y noson honno, dyna'r unig frawddeg a gododd ofn arna i.

Un o'r gloch bora y llonyddodd hi. Roedd hi'n ddau

arni'n mynd i'w gwely. Cyn tri roedd hi'n chwilio'r tŷ am ddiod. Wnâi dŵr na llefrith na the mo'r tro o gwbl. Hynny ne' ddim, medda fi. Aeth yn ôl i'w gwely ac mi'i clywn hi'n damio'n sych am hir. Yna roedd sŵn chwyrnu dros y tŷ a mi es inna adra.

Mi es yno ben bore trannoeth fel y tro cynt. Roedd hi'n iawn, siŵr. Bobol nac oedd, dim mymryn o gur yn ei phen. Bobol nac oedd, doedd arni hi ddim angen help neb i roi'r gora i'r ddiod. Roedd hi wedi dysgu'i gwers y tro yma. Mi es inna drwy'r pethau roedd hi wedi'u deud. Rhwng hynny a'r tywallt o dan ei thrwyn hi y noson cynt, mae'n debyg y byddai pob seiciatrydd wedi cael cathod. Ond yfodd hi'r un dafn wedyn. Ac roedd hi wedi canu arna i am faddeuant wedyn, taswn i'i isio fo fwya fu erioed. Hi a'i ''mach i'.

Ro'n i wedi ymgolli cymaint fel na chlywais Gwyndaf yn dod nes iddo fo agor drws yr hers. Daeth i mewn, a gwenu drwy ddeigryn nad oedd arno fo gywilydd ohono fo.

'Yr un fath yn union â Iona. Dw i newydd ail-fyw y cwbl.'

'Finna hefyd,' medda fi.

Ac ar y ffordd i'r ysbyty mi ddaru ni gyfnewid ein straeon. Mae'n beth mor ymollyngol cael deud, a gorau po onestaf. Dim ond y noson cynt yr o'n i'n teimlo 'mod i wedi llwyddo i lwyr argyhoeddi Sali na wyddwn i ddim am helyntion Mam tan ar ôl iddyn nhw ddigwydd, ac nad rhyw blygu diffaith a di-asgwrn cefn i'r drefn oedd fy nhawedogrwydd i. Ac wrth ddeud yr hanes wrth Gwyndaf ro'n i erbyn hyn, ac am y tro cynta erioed, yn gallu gweld yr elfennau o ffars oedd yma ac acw ynddo fo. Dynes bedwar ugain oed yn mynd yn fwy bywiog yn hytrach nag yn fwy swrth wrth feddwi; yn dengid allan drwy'r drws cefn ac yn mynd fel wiwer heibio talcan y tŷ i fynd i weiddi 'iŵ-hŵ' a chodi'i llaw fel trip Ysgol Sul yn ffenast ffrynt. Heb sôn amdana i fy hun yn osgoi siopau bwyd Dre am fod eu cownteri diod mor amlwg a minna yn fy mylltod afresymol yn gweld bai arnyn nhw am wrthod pob cyfrifoldeb unwaith roedd y poteli wedi'u lapio. Ond doedd 'na'r un elfen o ffars na thestun gwên yn y pethau roedd hi wedi'u deud, a fyddai 'na ddim chwaith.

'Mae 'na gannoedd o ddynion a merched yr un fath yn union â hi,' meddai Gwyndaf.

A dyna pryd y sylweddolais i nad o'n i rioed wedi meddwl amdani felly o gwbl.

Gadawsom ein llwyth trist i ofal yr ysbyty.

'Oes brys arnat ti?' medda fi wrth Gwyndaf.

'Dim felly.'

'Ffansi picio i weld Elsa. Os ca i fynd i mewn.'

'Mi a' i am banad.'

'Elsa ydi hi,' medda fi.

Gwenu ddaru o.

Cefais fynd i'w gweld hi hefyd, ar ôl deud pwy o'n i. Roedd hi'n amlwg ei bod hi'n llawn joch o gemega. Gorwedd yn ei dagrau yn ei gwely roedd hi, mewn stafell ar ei phen ei hun. Aeth y dagrau ychydig yn waeth wrth iddi 'ngweld i. Eisteddais wrth ochr y gwely. Cyn hir dechreuodd ysgwyd ei phen.

'Mae'n rhaid inni ennill 'sti,' medda fi.

Hynny fuo rhyngon ni. Doedd gen i'r un syniad sut i feddwl am gynllun. Wyddwn i ddim pwy oedd 'na i wrando ar ddim. Ond wrth i mi syllu ar ei llygaid truan roedd pob tewin o reddf yno' i'n gweld yr annhegwch. Roedd gwacter dychrynllyd dim byd ar ôl eto fyth wedi'i llwyr feddiannu hi. Ro'n i'n berwi.

Cyn hir roedd ei llygaid hi'n syllu heibio i mi. Wyddwn i

ddim ers faint. Ro'n i gymaint ar goll fel nad o'n i wedi clywed dim. Pan droais roedd Gwyndaf yn sefyll yn y drws a mymryn o wrid ar ei wyneb. Wn i ddim pam, ond teimlais y dylwn wneud lle iddo fo. Yr edrychiad yn ei hwyneb ella, yn wahanol i'r un edrychiad yr oedd wedi'i roi arna i o'r blaen. Codais, a chyffwrdd yn ysgafn yn ei llaw. Nodiais, beth yn ffurfiol ddigri ella, ar Gwyndaf, a mynd allan.

Mi fûm i yn yr hers am dros hanner awr, yn synfyfyrio. Daeth Gwyndaf o'r diwedd, y gwrid ar ei wyneb o hyd.

'Sori'ch cadw chi.'

'Paid â phoeni.'

Roedd o'n dawel iawn ar y ffordd yn ôl.

14

Roedd Sali'n cadw'n glir. Mi ddaw pethau'n gynt wrth beidio â brysio, medda finna, ac yn well.

Roedd cynhebrwng yr hogan benfelen yn athrist. Dydi pob un ddim. Ond er hynny llwyddodd un o'i chymdogion i ddyfynnu o un o ganeuon Tony ac Aloma wrth gydymdeimlo â'i mam a'i thad hi. Fydd gen i fyth syniad be i'w wneud pan fydd peth fel'na'n digwydd mewn cynhebrwng trist. Mi ddyfynnodd dair neu bedair llinell un ar ôl y llall a'i wyneb o'n gloywi gan y gamp.

Roedd Simon yn y cynhebrwng hefyd. Daeth ata i ar y diwedd, a golwg reit flin arno fo.

'Diolch i chdi, mae'r bibyddes frith wrth ei gwaith eto,' medda fo'n sych.

'Pwy?'

'Mi wyddost. 'Tydi hi'n mendio'n gyflym 'dwch?'

Mi fedrwn inna fod mor sych ag ynta.

'Doedd dim llawar o ôl mendio ar 'i dagra hi pan es i i edrach amdani neithiwr wrth fynd i nôl yr hogan 'ma.'

'Oedd Gwyndaf yno?'

'Nac oedd,' medda fi, yn reit syn.

'Felly dwyt ti ddim yn dallt dy fod ar fin difetha un o 'mhlismyn i.'

'Be ddiawl?'

'Wedi ffendio mor rhwydd yr hudodd hi chdi, mae hi ar yr un gêm hefo ynta hefyd.'

'Dwyt ti ddim wedi dallt yr un dim, naddo?'

'Babi bach mewn bag plastig ar ben doman byd.' Roedd ei fys o fel cnocell ar f'ysgwydd i. 'Hynna ddalltis i.'

'Dydw i ddim yn ama dy bryder di.'

Do'n i ddim chwaith. Rhoddodd ochenaid hir iawn a throi i syllu ar y bobl a'r beddau. Roedd y fynwent yn byrlymu gan bobl, a chynhebrwng yn beth amlwg newydd i dyrrau helaeth ohonyn nhw. Trodd Simon yn ôl.

'Os gweli di o,' medda fo'n llawer mwy cyfeillgar, 'tria'i ddarbwyllo fo.'

'Welsoch chi'r arwydd lleia un o gamdriniaeth ar Mebyn?'

Fel pob cwestiwn wedi'i hirymarfer, doedd o ddim yn swnio mor orchfygus yn yr awyr iach.

'Naddo.'

'Ar ba sail y cafodd hi'i chyhuddo 'ta?'

'Cyffes,' medda fo'n syml. 'O'i gwirfodd.'

Wrth ymarfer cymaint ar y cwestiwn, ro'n i yn ogystal wedi gofalu ymarfer pob ateb posib, gan gynnwys yr un ges i. Felly medrais aros yn hollol hamddenol.

'Wyddat ti?' gofynnodd Simon yn gyflym.

Ysgydwais fy mhen. Ro'n i wedi dyfeisio llwyth o esboniadau am y gyffes hefyd.

'Chlywis i'r un gair o'i phen hi am 'i gorffennol,' medda fi.

'Naddo siŵr. Gwna gymwynas â Gwyndaf. Gair da sydd gynno fo i ti.'

Cymwynas ar draul pwy? meddai fy llygaid inna. Wn i ddim ddalltodd o.

Chawson ni ddim rhagor o sgwrs. Roedd yr hers yn denu rhai o'r anghyfarwydd, fel mae hi'n dueddol o'i wneud, ac ambell un ohonyn nhw'n sbio'n gas neu'n amheus arna i, fel maen nhw'n dueddol o wneud.

Ymhen yr awr ro'n i adra. Ro'n i'n rhyw ffidlan hefo'r syniad o fynd i edrych am Sali, ond gan na fedrwn wneud hynny'n hiraethus ddiniwed fel o'r blaen ro'n i'n amau a fyddai hi'n gwerthfawrogi y tro yma. Nid trwy helynt yr oeddan ni i adennill. Ond erbyn gyda'r nos roedd hi wedi mynd yn ormod o demtasiwn, fel y gwyddwn i'n burion o'r dechrau, ac mi es at y ffôn. Canodd hwnnw fel ro'n i'n mynd i'w godi.

'Gwyndaf sy 'ma. Ga i ddŵad draw?' medda fo ar 'i union wedyn.

'Cei.'

Ro'n i'n falch. Doedd ffonio Sali ddim yn syniad da.

Chwarter awr gymerodd o. Roedd o i'w weld yn fengach yn ei ddillad ei hun.

'Does arnat ti ddim isio sôn amdani yn 'i chefn,' medda fi.

Roedd o wedi eistedd ar y soffa ac wedi rhythu i'r grât am hir heb ddeud dim. Ro'n i wedi amau nad oedd siarad gwag yn perthyn i'w gyfansoddiad o.

'Mi'i ces i hi ar dy gownt di pnawn 'ma,' medda fi toc i drio rhoi cychwyn arno fo.

Nodio a gwrido ddaru o.

'Welis i ddim sail i'r petha 'ma sy'n cael 'u deud amdani.'

Ac wrth imi siarad ro'n i'n gwybod ei fod o'n ddeud rhy bendant. Ac wrth sylweddoli hynny sylweddolais hefyd 'y mod i am y tro cyntaf yn gallu cydnabod hynny. Pan oedd hi yma doedd gen i'r un gobaith. Ond do'n i ddim am gymryd arna am y tro chwaith.

'Diffyg dealltwriaeth ydi o. Ddim yn 'i dallt hi maen nhw.'

Oes dallt arnat ti, ddynas? Daeth llais Dad o rywle, yr ochenaid a phopeth. Yn ei gadair, ar ei ffordd iddi, ar ei ffordd ohoni, yr un ymateb bob tro. Mi fyddai Mam wedi mynd rownd mwy o lwybrau nag arfer i drio gwadu neu gyfiawnhau rhyw siarad ar ei chyfer neu gelwydd mwy amlwg, a phob llwybr yn gorffen mewn twll dyfnach. Yna, mewn llais hanner cael cam hanner babi, mi fyddai'r 'does 'na neb yn 'y nallt i' yn siŵr o ddilyn, ac ymateb Dad, weithiau wrtho'i hun, yn siŵr o ddilyn hynny. Amrywiad ar yr un thema oedd y 'neb yn cymryd sylw ohona i', a'r ymateb di-ffael i hwnnw na 'fedar neb neud dim ond hynny, ddynas'. Ac yna dyma fi'n meddwl, fel byddwn i o bryd i'w gilydd, tybed a gafodd hi gam am na ddaru ni lwyddo i'w nabod hi ac mai anhapusrwydd na fedrem ni ei ddirnad hyd yn oed wrth fyw o ddydd i ddydd hefo hi oedd gwraidd y cyfan, ac mai ein hannirnadaeth ni oedd fwya cyfrifol amdano fo. Ond wedyn, pan ddeuai'r pyliau, doedd dim ond anhapusrwydd yn gwneud y tro, ac âi rownd y byd i chwilio amdano fo. A phan âi'r pyliau drosodd, byddai'n canu'n braf drwy'r dydd heb elyn ar y cyfandir hwn na'r nesa heblaw am deulu Dad.

'Mi fethodd y patholegydd brofi y naill ffordd na'r llall sut buo'i babi cynta hi farw.'

Llais Gwyndaf ddaeth â fi'n ôl. Ro'n i wedi mynd i synfyfyrio mwy na fo.

Ac wrth gwrs roedd o wedi'i gweld hi. Yn fy niglemdra o bethau fel hyn fyddwn i fyth wedi meddwl am fynd i lygad y ffynnon. Mi fyddai gen i ofn gwneud hynny prun bynnag rhag ofn na fyddai'r ffeithiau'n plesio. Ond roedd Gwyndaf wedi mynd ar ôl yr achos llys ac wedi cael gafael ar y stori i gyd. Unwaith y dechreuodd o doedd dim taw arno fo. Er, doedd 'na ddim cymaint o stori â hynny ohoni gan ei bod hi wedi pledio'n euog i ddynladdiad a bod y Barnwr wedi'i chadw hi am dair wythnos cyn ei dedfrydu hi er mwyn cael adroddiadau arni hi a'r rheini pan ddaethon nhw'n gwrth-ddeud ei gilydd am y gwelech chi.

'Mi gafodd jêl rhag ofn ei bod hi'n gyfrifol,' medda fo'n fflat.

Tawelodd. Cafodd fy nhawedogrwydd inna fod yn gytuniad. Roedd y stori'n fwy calonogol na f'ofnau. Un peth oedd sicrwydd greddf, peth arall oedd oerni byd.

''Sgin ti ffansi rhyw beintyn?' medda fi'n sydyn.

Cododd ei ben fel siot. Yna gwenodd.

'Dydi bod yn blismon a mynd am beint a dreifio adra ddim yn ffitio'n rhy daclus i'w gilydd.'

'Mae llofft Elsa'n wag.'

Mi fedrwn fod wedi deud llofft gefn. Roedd y peth yn sioc arall iddo. Ddaru o ddim llawer o gynnig i'w chuddio hi chwaith.

'Margaret ydi hi.' Roedd yr olwg synfyfyriol yn ôl yn ei lygaid. Yna gwenodd eto. 'Iawn. Mi ga i uwd i frecwast.'

Noson gynnes gynta'r flwyddyn oedd hi, a does 'na ddim tebyg i hynny. Pan fydda i'n mynd i lawr, mynd hefo'r car y bydda i fel rheol a'i adael o yng ngwaelod y coed a cherdded y gweddill. Ond cerdded yr holl ffordd ddaru ni; doedd dim arall amdani ar y fath noson. A doedd dim brys chwaith, a hithau'n ddim ond ychydig wedi saith. Roedd o'n gwerthfawrogi'r coed, ac yn pitïo na fydden nhw'n goed deilio; roedd o'n plygu i werthfawrogi ac i ogleuo'r bwtias a'r llygad Ebrill; roedd o'n gweld posibiliadau siâp ambell foncyn cam hyd y ddaear a'r ffosydd.

'Rydach chi o'r un anian,' medda fi.

Trodd ata i a gofyn ar ei ben,

'Oeddach chi'n caru?'

'Oeddan, meddai pawb ond ni.'

Dydw i ddim yn meddwl ei fod o wedi disgwyl ateb ar ei union, heb sôn am yr un gafodd o. Roedd o'n anghyffyrddus a phenderfynol. Ro'n i'n 'i edmygu o.

'Oedd 'na – oedd 'na resyma?'

'Sali.'

'Y?'

'Na, mae hynna'n anghywir. Tasa'r peth yn berthnasol mi fyddai hi'n rheswm. Ond doedd o ddim yn berthnsaol. Yn y diwedd mae mor syml â hynna. Wyt ti'n dallt hynny?'

'Ydw,' medda fo.

'Mi fuon ni'n gafael yn ein gilydd am oria y pnawn cyn i chi ddod ar ein gwartha ni. Dydw i ddim yn siŵr erbyn hyn pwy oedd yn cysuro a phwy oedd ofn.'

Distaw fuon ni wedyn nes dod at y bont. Roedd dŵr da yn afon y gwanwyn gwlyb. Pont gron hen drefn ydi hi, yn rhy gul i ddim fawr lletach na thractor. Yn wahanol i lawer o bontydd cyffelyb does neb wedi cerfio'i enw na'i lythrennau arni, ar wahân i un, ac mae gofyn mynd odani i weld y ddwy lythyren hynny. Cerfiadau carreg ar garreg ar ganol y bwa, y ddwy lythyren S a D yn dynn yn ei gilydd pan oedd pedair troed yn nŵr bach afon yr haf a dŵr yr un afon yn cael ei dywallt yn ara deg o botel bicnic ar wegil a thafod a gwefusau llon yn dilyn ei rediad i lawr y corff.

'Ylwch.'

113

Roedd Gwyndaf yn pwyntio i'r dŵr i fyny'r afon.

'Dau. Tri. Dau arall.'

Roedd y brithyll bron iawn yn llonydd, dau wrth ochrau'i gilydd uwchben carreg wastad, a'r tri arall yn nes at y dorlan.

'Yr ochr arall i'r graig heibio i'r tro yna,' medda fi, yn pwyntio ychydig yn uwch i fyny'r afon, 'mae'r ddôl leia welist ti rioed. Dim ond digon o le i gael picnic. Ond does 'na'r un patshyn i'w gymharu ag o yn unman arall. Mi fu Sali a minna yma 'geinia o weithia.'

'Ydi Margaret wedi bod yma?' medda fo ar ei union.

'Ella. Roedd hi'n mynd ddigon o'r tŷ.'

Lwmp o graig yn dod allan o'r llethr sy'n cuddio'r ddôl fach, a silff chwe neu saith modfedd yn llwybr anwastad i'w chyrraedd pan mae'r afon yn ddigon isel. Fel arall mae'n rhaid ei dringo, a dydi hynny ddim yn hawdd. Fedrwn i yn 'y myw ddirnad pam o'n i'n gallu mynd i Furddyn Eithin i gynnal a swcro 'mreuddwydion a 'ngobeithion heb boen yn y byd ond na fedrwn i feddwl am ddod yma i wneud yr un peth er nad oedd yr atgofion at ei gilydd mor wahanol â hynny. Yna, bron yn ddiarwybod ro'n i'n pwyso 'nyrnau tynn mor drwm ar gerrig wal y bont nes bod fy migyrnau'n gwynnu. Ro'n i'n gweiddi a'r brithyll yn sgrialu.

'Sut ddiawl y medrodd hi adael i'r blydi dynas 'na orchfygu fama o bob man?'

Bu distawrwydd. Ro'n i'n dal i rythu'n ddi-weld i'r dŵr islaw, yn difaru dim.

'Waeth i ni fynd ddim,' meddai Gwyndaf toc. 'Rydach chi wedi torri'r hud rŵan.'

Peth fel'na ydi colli. Pnawn y gadael terfynol mi ddois i yma a sefyll yn yr afon o dan y bont ac edrych ac edrych ac edrych ar ein llythrennau, yn syllu arnyn nhw, yn eu mesur nhw, yn eu cofio nhw, a hynny mor llonydd, mor ofnadwy o ddisymud, nes i lygoden fawr ddod i lawr hefo'r dŵr a busnesa'n ddisgwylgar o gylch 'y nhraed. Fusnesodd hi ddim wedyn. Dyna'r unig symudiad ddaru mi. 'Mhen hir a hwyr roedd y llythrennau wedi diflannu yn y gwyll a dim ond eu gwneud yn dywyllach ddaru'r lleuad llawn a ddaeth i chwarae y tu allan. Pam na ddudist ti rwbath? meddai Sali drist y diwrnod o'r blaen. Dyna pam.

Roeddan ni wedi cyrraedd gwaelod y coed a chyrion y pentra cyn i Gwyndaf na minna ddeud dim.

'Pa blydi dynas?' medda fo yn y diwedd.

'Mam.'

'Rydach chi'n 'i chasáu hi.'

'Does 'na ddim casáu arni. Does 'na ddim pwrpas 'i chasáu hi.'

'Mae'i dilorni hi'n waeth.'

'Ar wahân i gymdogas ne' ddwy, dim ond fi sy'n gwneud dim hefo hi. Mae hi wedi tynnu pawb arall yn 'i phen.'

'Be 'di'ch ymweliada chi? Lleddfu cydwybod?'

'Arglwydd, paid â gofyn petha mor onast, hogyn.'

Chymrodd o mo hynny fel cerydd. Nid dyna oedd o chwaith.

'Dydi Simon ddim yn iawn,' medda fi. 'Neith hi ddim pibyddes frith. Chymri di mo dy hudo.'

'Dallt mo'noch chi.'

Ond mae'n debyg iddo fo wneud ymhen eiliad neu ddwy, oherwydd roedd o i'w weld yn anghyffyrddus eto.

'Dw i'n dal i gofio 'mreuddwyd,' medda fi yn y man. 'Llynadd, ryw dro. Roedd Mam wedi marw, finna'n methu teimlo dim ond rhyddhad, ac yn trio penderfynu ddylwn i gymryd arna fel arall. Yr eiliad nesa, fel mae'r breuddwydion 'ma, roedd hi'n gorwedd yn ei harch a

115

finna'n rhoi'r caead arni. Roedd hi'n 'cau'n glir ag aros yn llonydd. Er ei bod yn farw gorn, roedd hi'n neidio ar ei hista bob tro ac yn chwerthin, yr hen chwerthin ynfyd hwnnw y bydd hi'n 'i wneud pan mae hi'n 'i galw'i hun yn gorffas. A finna'n laru yn y diwadd ac yn gweiddi 'sa lawr y diawl' dros 'lle a hitha'n 'cau'n glir â gwneud wedyn hefyd. Dw i byth wedi gallu penderfynu faint o ddyhead oedd o.'

A dyna hynna i'r awyr iach am y tro cynta.

'Arglwydd mawr!' meddai Gwyndaf yn dawel, hanner wrtho'i hun. Ond roedd y chwerthin lond ei lais. 'Mi fasa addolwyr Sigmund Freud yn gallu'ch troi chi'n lobsgows.'

'Ella wir. Mi fydda fo'n flasus hefyd.'

Ychydig oedd yn y dafarn. Aethom i'r ffrynt gwag i gael llonydd. Roedd y ddau beint yn fy nwylo pan ddaeth rhyw greadur ifanc lled-gyfarwydd lled-feddw ata i o'r bar.

'Dyn Brenda. Yma o hyd. Mi bryna i beint i Dyn Brenda.'

'Newydd gael un, yli.'

Trodd ei sylw at Gwyndaf. Daeth cuwch sydyn i'w wyneb.

'Y Gelyn-Ddyn.'

Roedd Gwyndaf yn eistedd a'i ên yn gorffwys ar ei ddwylo a'i ddau benelin ar y bwr'. Roedd yn edrych yn syth i lygaid y cyn-alarwr a rhyw olwg ddi-hid llawn direidi ar ei wyneb.

'Ddylat ti ddim yfad hefo'r Gelyn-Ddyn.'

'Blanist ti dy rosyn?'

'Dydi'r Gelyn-Ddyn ddim yn un i yfad hefo fo.'

Aeth yn ôl i'r bar. Fyddai na chynhebrwng na hers fyth yr un fath iddo. Eisteddais.

'Mi rois i gop iddo fo'n dreifio'n feddw bora Dolig,' meddai Gwyndaf dan wenu'n braf.

'Does 'na ddim o'i le ar drwch dy groen di.'

'Mae rhywun yn c'ledu'n fuan. Ond mi awn ni o'ma ar ôl rhyw ddau ne' dri os nad ydi ots gynnoch chi.'

Ar ôl cymryd llymaid tynnodd bapur o'i boced a'i roi imi heb ddeud dim. Ffotocopi oedd o, yn amlwg yn dair rhan. Dim ond llofnod 'Margaret Parry' oedd ar y rhan uchaf, mewn sgrifen daclus sgwâr. Yn yr un sgrifen roedd 'Margaret' ac 'Elsa' wedi'u sgwennu ar hap ac ar draws ei gilydd, yn blasdar ar draws y rhan ganol. Roedd llofnod 'Margaret Parry' arall ar y gwaelod, yn sgwennu blerach, cyflymach, er bod awgrymiadau o gysylltiad yn ambell lythyren.

'Ydi Elsa'n gwybod dy fod ti yma?'

'Roedd y Bòs yn deud ych bod chi mor styfnig â fi. Margaret ydi hi.'

'Atab.'

'Ydi, mae hi. Ac yn gwybod pam.'

'Sy'n fwy na wn i.'

''Dach chi wedi gesio.'

'Do.' Darllenais y sgwennu drachefn. 'Be 'di hanas hwn?'

'Yr ucha roddodd hi ar waelod 'i chyffes. Y rhai canol ydi'r rhai sgwennodd hi pan oedd hi ar ei gwaetha yr wythnos dwytha. Mae'r ola'n llawer nes at 'i sgwennu naturiol hi. Bora 'ma sgwennodd hi hwnna.'

'Pam mae o'n mynd yn flerach fel mae hi'n gwella?'

'Mi'i gwelis i hi'n sgwennu'r petha canol 'na. Roedd hi fel tasai hi'n mynd i balu'r papur. Ac unwaith roedd y beiro'n 'i gyrraedd o roedd yr ymdrech roedd hi'n 'i gwneud i fod yn daclus yn – wel, yn wallgo o annaturiol.'

'Dwyt ti ddim yn coelio'i chyffes hi.'

Yfodd fymryn o'i gwrw. Roedd pryder ymbilgar yn llond 'i lygaid o.

117

'Dw i wedi cael ordors i chwara Simon hefo chdi,' medda fi, 'gynno fo'i hun.'

'Synnu dim.'

'A chymryd bod y sgwennu 'ma'n dangos 'i bod hi yn yr un cyflwr meddwl pan wnaeth hi 'i chyffes ag yr oedd hi ar ôl i chi fod acw, dydi hynny ddim yn gwneud y gyffes yn ddi-sail o anghenraid.'

'Ydach chi'n coelio hynny?' Fel siot.

'Nac'dw.'

'Dyna fo 'ta.'

'Yr unig ddrwg ydi mai newydd ddarganfod ydw i nad ydw i'n llawar o giamblar ar gael y petha rydw i'n 'u coelio i fod yr un rhai â'r petha sy'n bod go iawn.'

'Fel y dangosoch chi ar y bont gynna.'

'Ia, dyna chdi.'

'Ddaru hi'ch hudo chi 'ta?'

I hynny y daethai yma. Ac felly cafodd y stori o'i chwr, pob manylyn, pob teimlad. Welis i rioed wrandawr mor astud. Ar ganol stori'r babi dol sylweddolais y byddai'n well i mi gau 'ngheg ynglŷn â honno, a thriais neidio ohoni heb gymryd arna. Manylais fwyfwy ar y gweddill yn y gobaith y byddai'n anghofio am y ddol. Ddwyawr ar ôl inni gyrraedd roedd ein gwydrau peint ni'n dal i fod yn fwy na hanner llawn.

'Cwsmeriaid sâl heno, mae arna i ofn,' medda fo wrth yr hogan y tu ôl i'r bar.

'Ella mai dy stumog di sy'n dallt be sy'n cael 'i ddeud amdanat ti yr ochr draw 'na,' meddai hithau.

Prynodd hanner dwsin o ganiau, ac allan â ni. Mae'n well gen inna hynny hefyd na dal arni tan pen dwytha. Roedd Gwyndaf yn holi a chroesholi'n ddi-stop bron ar hyd y ffordd yn ôl. Nid yn gymaint be oedd wedi digwydd ond be oedd fy marn a f'ymateb i iddyn nhw.

'Trio dallt petha ydw i,' medda fo, 'nid cynnal prawf arni hi yn 'i chefn.'

'Faswn i ddim yn rhoi gormod o bwys ar y busnas gorwadd yn yr hers 'ma.'

Roeddan ni wedi stelcian eilwaith wrth y bont. Y stori honno oedd wedi dal 'i sylw o yn fwy na'r un arall.

'Ddigon posib ych bod chi'n iawn.'

Rhoes y caniau diod ar y bont, a neidio dros y wal. Aeth i fyny gyda'r afon a rownd y tro a'i law ar y graig i'w gynnal ei hun ar y llwybr cam yr oedd y dŵr bron â'i gyrraedd. Gwyliais inna fo'n mynd ac yn diflannu y tu ôl i'r graig. Darbwylla fo, meddai Simon. Roedd hynny'n gwneud mwy o synnwyr yn y fynwent nag yma. Prun bynnag, wedi sôn amdani cyhyd a hynny mewn rhywbeth tebyg i waed oer, ro'n i erbyn hyn yn dechrau f'amau fy hun. Ro'n i'n dechrau teimlo'i phresenoldeb yn 'y ngorchfygu i unwaith yn rhagor, yn rhoi taw ar bob cwestiwn ac amheuaeth.

'Mi fuodd hi yma,' medda fi pan ddaeth Gwyndaf yn ôl.

Aethom i fyny, ac yntau wedi tawelu. Cofiais inna am Simon fel ro'n i'n agor y giât.

'Mae f'amgylchiada i'n saffach na dy rai di,' medda fi'n sydyn.

'Be?' medda fo, yn ddigon ffrwcslyd i ddangos 'i fod o wedi dechrau arfer â'r distawrwydd.

'Fuo gen i ddim awydd iddi fod hefo fi o hyd. Cofia hynny wrth roi dy ffon fesur ar 'y stori i.'

'Ddudis i 'mod i isio bod hefo hi o hyd?'

Arhosais yn stond, a'r giât ar ganol ei chau.

'O, uffar dân. A finna wedi treulio'r wythnosa dwytha

'ma'n cyhuddo pawb o neidio i gasgliada stoc pobol erill.'
Rhoddais wên fechan ymddiheurol ar ei wrid. 'Sori.'

'Ddudis i ddim fel arall chwaith,' medda fo.

'Lle mae'r ffliwt?' medda fi pan ddaethon ni i'r tŷ.

'Mae hi gynni hi,' medda fo'n dawel.

'Ydi hi wedi bod yn 'i chwarae hi?'

'Newydd ddechra ddoe, medda'r nyrsus.'

'Wyt ti wedi'i chlywed hi?'

'Naddo.'

Estynnais ddau wydryn o'r cwpwrdd.

'Pam?' medda fo.

'Dim ond meddwl. Rwbath ddudodd Simon.'

Aethom drwodd.

'Dyma fo, yli.' Rhoddais y broets iddo. 'Faswn i ddim yn rhoi gormod o bwys ar ddim sy'n hwnna chwaith. Am wn i.'

Mi fu'n astudio'r broets am hydoedd mewn tawelwch llethol. Rhoddais inna berffaith lonydd iddo fo, a bodloni ar sipian 'y niod bob hyn a hyn. Yn y diwedd rhoddodd ochenaid hir ddigon clywadwy a chyfarwydd.

'Be 'dach chi'n 'i feddwl o hyn i gyd?' medda fo.

'Mae Elsa'n iawn,' medda finna'n dawel a sicr.

15

Methu dal ddaru mi. Doedd tri chaniad cwrw Gwyndaf fawr o help mae'n debyg, yn enwedig gan mai anaml y bydda i'n yfed adra. Ond gwagiais hanner yr un olaf ar 'i dalcan a mynd at y ffôn.

Sali ddaru ateb hefyd.

'Sali,' medda fi, yn dechrau'n ddewr ac yn nogio'r munud hwnnw.

'Paid â ffonio rŵan,' meddai hi, a rhoi'r ffôn i lawr.

Hynny ges i. Wrth ddiolch bore trannoeth gofynnodd Gwyndaf i mi gofio amdano fo tawn i'n penderfynu gwerthu'r tŷ. Gwylia frwdfrydedd sydyn, medda fi. Dw i'n dallt hynna hefyd, medda fo.

Llusgais fy wyau anfoddog i dŷ Mam. Ro'n i'n cofio am Gwyndaf a'i eiriau y noson cynt wrth eistedd ac ro'n i'n ymbaratoi i wenu arni hi, ond yna troes ei llygaid i edrych arna i a dyma fi'n cofio Sali'n deud pwy ddaru'i pherswadio hi 'mod i'n mynd hefo merched erill am 'i bod hi mor dda i ddim, ac mai fi fy hun oedd yn deud hynny.

'Rwyt ti wedi colli,' medda fi.

'Oes gen ti ryw newydd?'

'Mae hi wedi canu arnat ti a dy dricia.'

'Be?'

'Nac oes, am wn i.'

'Tawal ydi hi yn fa'ma 'yfyd.'

'Mi enillwn ni, myn uffar.'

'Roedd 'na polîs yma wedyn ddoe. Y petha tai 'na.'

'Fydd hi ddim yn hir rŵan.'

'Hogyn ifanc.'

'Na fyddan nhw o'na.'

'Un smart oedd o 'yfyd.'

'Mi geith yr hogan fach – Meri – fynd i lofft Elsa.'

'Mi godis i law arno fo.'

'I llofft gefn.'

'A mi ganodd 'i gorn arna i. Ha! ha! ha!'

'Mi fydd hi wrth 'i bodd yno.'

'Mae 'na hwyl i'w gael, 'toes Danial?'

'A mi gei di strancio faint fynnot ti. Neith o ddim gwahaniaeth.'

'Be, 'mach i?'

'Sut mae Mel?'

'Y?'

'Sut mae Mel?'

'Mi aeth o i clinic dydd Llun. Ia, dydd Llun dw i'n meddwl. Be 'di heddiw? Ia, dydd Llun.'

'O.'

'Hen beth du oedd yno. Mi ddoth o o'no.'

'O.'

'Cesyn 'te?'

'Arglwydd mawr.'

''Tydi o'n gesyn, d'wad?'

'Ar y diawl.'

'Ond y doctoriaid duon 'ma sy 'na ym mhob man rŵan.'

'A mi geith hi chwara yn yr iard a mynd am dro hefo ni i'r Foel.'

'Ma rhai ohonyn nhw'n iawn, meddan nhw.'

'Mi geith chwara ym Murddyn Eithin.'

'Mi geith 'i alw yno eto, 'sti.'

'Mi 'drychith Ast Fach ar 'i hôl hi.'

'Ceith siŵr.'

'Mi gawn ni fynd am bicnic i Ddôl Fach.'

'A mi geith weld rhywun iawn y tro nesa.'

'Rydan ni'n mynd i ennill.'

''Tydi'r hosbitols 'ma mor brysur.'

'Rwyt ti wedi colli.'

'Prysur ydyn nhw 'yfyd, 'te Danial?'

'Yn blydi racs.'

Ac wrth imi yn fy muddugoliaeth weld Meri fach yn hawlio'i lle ac yn ffitio iddo fo, yn chwarae hyd y Foel ac yn rhedeg rownd Murddyn Eithin, dyma fi'n gweld y corff bychan a'r breichiau disymud ar eu lled seithug yn y llyn. Roedd hi'n olygfa i gyrdeddu. Trwy fy sioc gwelais mor dwyllodrus ddethol oedd fy syniadau truan. Gwelais y gŵr newydd yn gallu magu plentyn a minna ddim. Edrychais mewn panig ar y cwpwrdd. Roedd llun yr hogan fach i fod arno yn rhywle. Welwn i mo'no fo. Doedd 'na'r un tric newydd arno fo chwaith. Roedd y Bron-Barchedig yn dal i bedestela doethineb mud ond roedd llun ein priodas wedi mynd. Ella'i bod yn credu bod pwrpas ei roi ar ddangos wedi mynd heibio. Mi ddylwn fod wedi gallu gwenu'n sbeitlyd.

Roedd y myctod yn waeth. Roedd o i'w glywed wrth iddi fod yn llonydd yn ei chadair rŵan. Ro'n i'n dwyn baco siag fel y diawl pan o'n i'n glapyn, meddai Dad wrth ryw ddoctor yn yr ysbyty bythefnos cyn iddo fo farw. Rŵan mae'r bil yn cyrraedd, atebodd hwnnw'n glên a di-lol. Roedd hithau wedi bod yn smocio hefyd am flynyddoedd. Rydw i'n ei chofio hi'n dechrau. Fyddai hi ddim yn llyncu mwg, ar y dechrau beth bynnag, dim ond dal y sigarét yn herfeiddiol swancus fel lluniau ffilm stars dunellog eu lipstig ar gefn Wmans Wicli, a Dad yn myllio am fod peidio â llyncu'n wast ar sigarét. Ond roedd hi wedi rhoi'r gorau iddyn nhw ers blynyddoedd, am wn i.

'Fasai hi ddim yn well i ti gael rwbath at y mygu 'na?'

'Be, del?'

'Y mygu 'na.'

'O, mae'r pwmp bora a nos. Un whiff.'

'Be am dabledi ne' rwbath?'

'O, can't do anything. Henaint, 'te 'mach i?'

'Ydi'r doctor wedi deud hynny?'

'Henaint, chi.'

Doedd yr un doctor fymryn haws o alw, prun bynnag. Ar yr adegau prin y digwyddai hynny roedd y wefr o gael sylw a'r awydd i'w phrofi'i hun yn gorffas yn cyfuno'n un gybolfa lachar o rwts hollol ddisynnwyr a diatal o'i cheg hi, a'i chwerthin aflafar digwmni'n sgrytian clustiau. Fedrai neb wneud dim wedyn ond codi'i sgwyddau a mynd.

'Maen nhw wedi dŵad â rhyw salwch newydd allan rŵan.'

'Y?'

'Maen nhw'n dŵad â rwbath newydd allan bob munud, 'tydyn Danial?'

'Am be . . .'

'Rwbath ar y croen. Mae o'n gneud i chi grafu, meddan nhw. Top y breichia yn fan hyn.'

'Dduw rhagluniath.'

'Rwbath newydd bob munud, chi.'

Roedd imi dderbyn y cynnig o fymryn o ginio mor annisgwyl iddi nes iddi neidio o'i chadair a rhuthro, hynny o ruthro oedd yn bosib iddi, i'r cefn. Yr eiliad nesa roedd hi'n mygu'n gorn uwchben bwr' y gegin fach.

'Arglwydd annwl, stedda. Mi'i gwna i o.'

Ond mynnodd ddod ati'i hun, a mynnodd wneud y cinio. Mymryn oedd o, ond roedd o'n flasus. Ddaru hi rioed bryd o fwyd nad oedd blas arno fo. Mi fyddai hi'n damio'r tatws os nad oeddan nhw'n glaerwyn, damio nes codi cur pen ar rywun, ac ofer fu pob ymgais i'w darbwyllo nad oedd hynny'n mennu dim ar eu blas nhw. Ambell dro mi fyddai'r tatws wedi'u cael am ddim gan rywun o ochr Dad.

Hi siaradodd drwy'r cinio, am bawb a phopeth ond Elsa. Ddaeth 'na'r un gair o'i phen hi amdani o'r dechrau un, wrtha i.

'Oes arnat ti isio rhwbath o'r Dre?'

'Na, Danial bach, dw i'n iawn. Mae pawb yn ffeind.'

A fedrwn i ddim peidio â meddwl, yn ddiangen, be fyddai'r ymateb tawn i'n cynnig dod â photel iddi.

I'r ysbyty yr es i, ond roedd hi'n gyda'r nos arna i'n cyrraedd. Ro'n i wedi treulio'r pnawn yn synfyfyrio yn y car. Dim ond synfyfyrio a gobeithio. Doedd dim cynllunio, doedd dim cynllwynio. Fedrwn i ddim gwneud yr un o'r ddau prun bynnag, tawn i'n trio hyd ddydd fy anga. Ond nid dyna'r ffordd i adennill.

Roedd Gwyndaf wedi awgrymu mai'r atgoffa oedd yn gyfrifol am ddagrau a chyflwr Elsa pan o'n i'n mynd i edrych amdani, a'i bod yn gwella'n gyflymach na'r argraff yr o'n i'n ei chael ac yn ymateb yn dda i'r cymorth. Ro'n i'n barod am nodau'r ffliwt wrth gerdded cyntedd y ward ac yn siomedig braidd na chlywais nhw. Roedd drws y stafell lle bu hi ynddi hi pan ddaeth i mewn yn gilagored a hogyn mewn pangfeydd yn cael ei ddal i lawr yn y gwely. Prysurais heibio rhag busnesa. Roedd ei gwely hi'n wag, a'i chwpwrdd wedi'i glirio. Troais at y gwely gyferbyn. Roedd hen wraig drafferthus fusnesgar yr o'n i'n lled gyfarwydd â hi yn hwnnw, yno ers cyn i Elsa gael ei symud o'r stafell fach, a 'fedrwn i yn fy myw ddychmygu perthynas o fath yn y byd rhwng y ddwy. Roedd hi'n ceimio'i cheg tuag ata i wrth i mi edrych arni.

'Lle mae hi?' medda fi, mor glên ag y medrwn i.

'Chwilio am fusnas wyt ti'r diawl,' meddai hi.

Mi es yn ôl i gyntedd y ward yn ymwybodol o'r llygaid gwyllt a'r geg gam yn casáu pob modfedd ohono' i. Arhosais am eiliad wrth y ddesg, ond roedd pawb yn brysur yn y stafell fach a doedd aros yno ddim yn beth i'w wneud. Mi fûm yn stelcian hyd y cynteddoedd am hir gan fynd yn ôl i'r ward bob hyn a hyn i edrych oedd 'na rywun ar gael.

Roedd amser ymweld wedi hen fynd heibio cyn imi gael sylw. Roedd Elsa wedi mynd ers canol y pnawn, yn ôl i'r hostel am a wyddai'r nyrs. Roedd hi wedi gwella'n rhyfeddol o dda a doedd dim pwrpas ei chadw i mewn yn hwy. Ddaeth 'na rywun i'w nôl hi? gofynnais inna. Wyddai'r nyrs ddim am mai newydd ddechrau ar ei sifft oedd hi. Pam ydach chi'n 'i galw hi'n Elsa? gofynnodd.

Dychwelais adra. Treuliais weddill y gyda'r nos yn astudio'r broets ac yn hanner disgwyl cnoc ar 'drws cefn.

16

Bore trannoeth y daeth y gnoc. Nid hi oedd yno chwaith. Roedd y drws yn agored led y pen a'r dydd yn fwll a thywyll.

'Tyrd i mewn.'

Roedd wyneb y ffarmwr – Meirion – yn gwneud ei orau i beidio â f'atgoffa wrth iddo fo ddod dros y rhiniog mai cau'n glep arno fo ro'n wedi'i wneud y tro dwytha. Do'n i ddim yn or-hoff o'r olwg ffrindia newydd sbon oedd yn 'i lygaid o chwaith. Does dim rhaid i straen symud i le diarth ddod yn syth ar ôl y mudo.

'Glywsoch chi am Margaret?' medda fo, a'i lais o'n ymdrechu i wadu mai wedi dod i chwilio amdani roedd o.

'Be?' medda fi.

'Mae hi wedi gadael.'

'O?'

'Mi ffonis yr ysbyty neithiwr.'

'O.'

A hynny gafodd o, oherwydd roedd sŵn car yn dod i

lawr heb i Ast Fach gyfeilio. Ac nid y terfysg llethol oedd yn gyfrifol chwaith. Drwy'r ffenast gwelais Sali'n rhoi mymryn o fwythau iddi. Mi gei di fynd rŵan, meddai fy llygaid i wrth y cyfaill newydd. Dal i sefyll wrth y bwr' ddaru o, a rhyw olwg fi oedd yma gynta ar ei wyneb o. Daeth Sali i mewn ar ei hunion. Cafodd fymryn bach o sioc o weld y cymydog pell.

'Sali, 'y ngwraig,' medda fi wrtho fo.

Edrychodd fel llo arni hi a minna bob yn ail. Mi chwerthis inna. A dyma'r lob yn mynd i ysgwyd llaw hefo hi. Ar ôl disgwyl am ennyd i mi ddeud wrthi pwy oedd o dyma fo'n 'i gyflwyno'i hun iddi. Eisteddodd Sali ac wrth iddi wneud hynny gwelais y pryder yn ei brathu hi. Doedd chwarae â Meirion ddim yn berthnasol wedyn.

'Ro'n inna'n dallt bod Elsa wedi mynd,' medda fi.

'Wyddoch chi i ble?' medda fo.

'Na wn i.'

Canodd y ffôn. Damiais inna wrtha fy hun a mynd drwodd i'w ateb.

'Gwyndaf sy 'ma.'

'Be 'di'r hanas?'

'Mae pob dim yn iawn. Mae hi wedi mynd yn ôl i'r hostel o'i gwirfodd.'

'O.'

'Mae hi am aros yno, am y tro beth bynnag. Mi fydd hi dan law y doctoriaid o hyd.'

'I gael 'i dofi?'

Nid dyna ro'n i isio'i ddeud.

'I gael 'i throi'n hogan garbord?' medda fi wedyn.

Roedd hynny'n swnio'n nes ati, am wn i.

'I'w mendio,' meddai Gwyndaf yn dawel ffyddiog.

'O, wel.'

'A chael yr hogyn bach yn ôl,' medda fo wedyn, yr un mor dawel, yr un mor bendant.

Peth fel'na ydi hyder. Gwae'r neb a'i gwawdio.

Roedd cwrteisi Meirion yn dal yn rhagfur rhyngddo fo a'r gadair, a daliai i sefyll wrth y bwr'. Ailadroddais neges Gwyndaf a'r ta-ta lond fy llais. Cyndyn a siomedig oedd o, ac yntau wedi dod i dreulio'r bore mewn sgwrs hir.

'Mi gawn ni sgwrs eto,' medda fo wrth fynd drwy'r drws.

'Ia, dyna fo. Iawn.'

'Mi anghofist ddeud brysiwch yma eto,' meddai Sali.

'Lle buost ti?' medda fi.

''Nunlla.'

Ro'n i'n chwilio am yr arwyddion cudd, yn benderfynol o beidio â'u dyfeisio nhw.

'Rwyt ti wedi cadw'n glir.'

'Chditha hefyd.'

'Dydi'r arwyddion ddim yn gudd, siŵr Dduw.'

'Be?' meddai hi, heb 'y narbwyllo i nad oedd hi'n gwybod be oedd gen i.

'Roedd hi'n rhy hwyr arna i'n dallt y tro blaen.'

Ddaru hi ddim trio cuddio wedyn chwaith.

'Mae llofft gefn yn barod i Meri fach.'

Ymbil arna i ddaru hi.

'Mi'i dysga i hi i weld be sy'n beryg hyd y lle 'ma. Mi fydd hi'n iawn wedyn.'

'Rwyt ti wedi cynllunio'r petha 'ma.'

'Llefydd fel Llyn Bach a'r afon.'

'Ers pa bryd?'

'Ers . . . mi wyddost.'

Roedd hi'n welw.

'Mae'n rhaid i mi fynd,' meddai.

'Pa wahaniaeth neith hynny?'

'Fedra i . . .'

A mi fethodd ddeud rhagor. Dim ond eistedd yn fan'no yn syllu ar y stof. Daeth Ast Fach i mewn yn ddienaid a mynd i swatio dan bwr'. Dyma hi, medda finna. Mi es i'r drws. Roedd y dafnau breision yn dechrau. Ymhen eiliad roedd hi'n stido.

''Dei di ddim allan yn hwn,' medda fi.

A dyma glec. Clec nes bod y lle'n sgrytian a Sali a minna'n neidio am y gora ac Ast Fach yn rhoi un udiad dirdynnol. Mae'n debyg bod yn rhaid i bob storm o fellt a tharanau ddechrau yn rhywle ond ddaeth dim mwy dirybudd na hon ar 'y ngwartha i rioed. Rhuthrais i 'nghôt.

'Paid â mynd allan!' gwaeddodd Sali.

Hi oedd yn iawn, siŵr. Lluchiais y gôt ar y bwr'. Mi es drwy'r tŷ, yn disgwyl gweld waliau a tho'n garnedd neu'n graciau, ond roedd popeth yn iawn. Wrth ruthro i fyny'r grisiau roedd yr ofn bod fy ngwaith ar 'llofft gefn wedi'i ddifetha ac yn ofer wedi poeni mwy arna i na bod gweddill y tŷ'n dymchwel ar 'y nghefn i. Rhyw feddyliau felly fydda i'n eu cael. Ac roedd sefyll yn y drws a gweld y llofft yn glyd a'r ffenast mor llawn glaw fel na fedrwn i weld dim arall drwyddi yn rhyddhad digri o afresymol. Arhosais yn y drws am eiliad i'w werthfawrogi. Dychwelais at Sali a rhoi'r golau am fod y gegin fach mor dywyll, ond doedd dim trydan. Roedd oglau llosgi lond y lle, yn dod o allan. Oglau mellten.

'Lle mae Meri fach?' medda fi.

'Hefo mam Albi.'

'Pam na fasat ti wedi dod â hi hefo chdi?'

'Roedd mam Albi isio iddi fynd yno am y dydd.'

'Mi fasai'n well iddi yma.'

'Paid.'

Dim ond eistedd a gobeithio a chysuro Ast Fach bob hyn a hyn oedd yn bosib, a gwrando ar y glaw. Un sŵn mawr ym mhobman oedd o; doedd dim gobaith o drio cael cyfeiriad iddo na gwahaniaethu rhwng glaw ar ffenast a glaw ar sinc a glaw ar byllau bach fel sy'n arferol. Mi wyddwn o 'nghadair be roedd o'n ei wneud i'r lôn.

'Mae'n beryg y bydd raid i mi 'i thrwsio hi cyn y gelli di fynd o 'ma,' medda fi'n sydyn.

'Be?'

'Y lôn.'

'Mae hi'n dylla byw erstalwm.'

'Rydw i wedi cael llwyth i'w roid arni. Mae'n dda na rois i o.'

'Ydi,' meddai hi, yn meddwl am rywbeth arall.

Roedd y mellt yn gyndyn o bellhau, ond roedd yr oglau llosgi'n graddol leihau, os nad ni oedd yn dechrau arfer ag o. Ro'n i'n ddigon bodlon ble ro'n i am wn i; roedd Sali fymryn bach yn fwy anniddig. Ond do'n i ddim am sgota rhagor ar ei theimladau hi. Codais i gau'r drws am fod y glaw'n dechrau peidio â disgyn yn syth ac am 'mod i'n amau i mi weld Sali'n crynu mymryn. Pan drois i'n ôl roedd hi'n crio'n dawel bach.

Cyn iddi fynd ar y botal – am wn i – mi fyddai Mam yn crio llawer. Ella bod hynna'n or-ddeud hefyd. Ond mi fyddai 'na ddagrau'n diferu yn eu tro i'r llian sychu dwylo y tu ôl i drws pantri, a'r rheini bron yn ddi-feth yn gadael rhyw argraff edliwgar ar eu holau. Ar ôl i'r rheini sychu'n sych grimp y creulonodd ac y meiniodd y geg. Mae'n debyg mai methiant i'w hail-greu nhw oedd y gwichian gorffwyll noson y meddwi mawr. A taswn i wedi dallt y rhai cynharach mae'n bosib na fyddai'r gwichian wedi digwydd o gwbl. Os oedd dallt arnyn nhw.

Ond doeddwn i rioed wedi gweld Sali'n crio. Gadael iddi ddaru mi. Mi es yn ôl i eistedd gyferbyn â hi fel cynt a gadael iddi. Ro'n i isio deud wrthi na châi hi fyth fod yn anhapus eto ond fedrwn i ddim cael y geiriau allan heb iddyn nhw swnio'n hunanol. Aeth y mellt a'u dadwrdd yn amherthnasol wrth inni gyd-ddallt yn llonydd yng nghadeiriau derw'r gegin fach.

Darfod ddaru'r storm, nid cilio. O glywed y distawrwydd diarth mi gododd Sali a molchi'i hwyneb yn ddi-lol yn sinc gegin fach. Drwy drugaredd ro'n i wedi hongian llian glân y noson cynt.

'Mae'n well i mi fynd rŵan,' meddai hi.

A heb edrych arna i, dyma hi'n gwasgu fy llaw i'n frysiog a mynd. Doedd Ast Fach ddim am fagu digon o blwc i'w danfon. Gwrandawsom ein dau ar y car yn tanio, yn troi'n ôl, ac yn cychwyn. Gwrandawsom arno'n stopio wrth giât lôn, yn ailgychwyn, yn stopio drachefn, yn ailgychwyn drachefn. Aeth ei sŵn yn ddim. Arhosais ble'r o'n i. Does wybod am ba hyd y byddwn i wedi eistedd yn llonydd yn fan'no yn edrych ar fy llaw oni bai i mi glywed Sali'n canu corn y car.

Aethom i fyny ar ei hôl. Llusgo braidd yn anfoddog oedd Ast Fach o hyd. Roedd y car wedi mynd heibio i'r tro ond roedd Sali'n cerdded tuag atom.

'Roeddat ti'n iawn. Fedra i ddim mynd i lawr.'

'Bagia yn d'ôl 'ta.'

'Mae topia dau bolyn letrig wedi'i chael hi hefyd.'

Dyna oedd yn 'i phoeni hi. Dyn letrig ydi'r gŵr newydd. Er mai i mewn mae o gan amla mi ddaw hyd y lle i chwythu gorchmynion ar adegau o argyfwng.

'Mi ddaw os daw o,' medda fi.

Nodio ddaru hi, ella'n benderfynol, a mynd i nôl y car.

Aeth Ast Bach a minna i nôl y tractor a'i fagio at y llwyth cerrig. Aeth Sali heibio i ni ac i lawr at y tŷ. Gwyliais hi'n mynd drwy'r drws cefn. Llwythais rywfaint ar y trelar. Ymhen ychydig daeth Sali allan, yn gwenu'n braf yn fy ofarôl i. Aeth ar ei hunion i'r cwt i nôl rhaw. Ein dyddiau ni. Brysiais ar ei hôl.

'Dyma chdi.'

Edrychodd yn hurt ar y welis. Ro'n i wedi'u cadw nhw'n sych yn yr hen goffor yn y gongl.

'Maen nhw'n dal i dy ffitio di, siawns.'

Ddwedodd hi ddim, dim ond tynnu'i sgidiau a rhoi'r welis am ei thraed a stwffio coesau'r ofarôl iddyn nhw. Hynny fuodd. Aethom allan ein dau.

'Ni pia hi,' medda fi.

Gwnaethom joban dda ar y lôn. Cafodd pob twll bach a mawr ei lenwi. Roedd Sali'n tywallt a minna'n cywasgu, cywasgu gofalus a thrylwyr i wneud yr ymdrech ora bosib i wrthsefyll olwynion faniau post. Roedd y gwaith gymaint â hynny'n haws am fod y mwd a phob llychyn o bridd rhydd wedi'u golchi ymaith yn llwyr gan y glaw.

Yn fodlon ac yn hapus – fi, beth bynnag – troesom y tractor yn ôl.

'Waeth i ti ginio acw,' medda fi, a rhoi troed arni i'r tractor orchfygu unrhyw ateb.

Disgynnodd y goeden lai na hanner canllath o'n blaenau ni. Ro'n i wedi rhyfeddu gormod i ddychryn. Dim ond wrth weld y peth yn digwydd mae rhywun yn sylweddoli mor anobeithiol ydi i neb 'u hosgoi nhw. Un eiliad roedd hon at i fyny, yr eilad nesa roedd hi'n disgyn yn ddisymwth a diddrama yn glec ar draws y lôn gan chwalu'r cloddiau cerrig bychan o boptu. Ac yn ôl fy arfer, y peth nesaf y daru mi'i wneud ar ôl stopio'r tractor a diffodd yr injan oedd diolch bod y cloddiau wedi arbed y lôn. Ro'n i wedi amau'r goeden er na ddaru mi ddychmygu na fyddai'n gorffen ei hoes heb roi rhybudd mwy gweladwy. Roedd hi wedi tyfu gormod ar bwt o lethr nad oedd yn ddigon cry i'w chynnal hi a dal pob tywydd.

'Mi gawn danwydd am y gaea, 'ddyliwn.'

Ddwedodd hi ddim.

''Chrynist ti?' medda fi.

'Naddo.'

Yna dyma fi'n damio wrtha fy hun. Mi fyddai arni ofn dod â Meri fach acw rhag ofn peth fel hyn. Mae'n siŵr bod golwg anobeithiol arna i wrth iddi 'ngweld i'n troi i roi cip arni.

'Ddigwyddodd hyn rioed o'r blaen,' meddai hi'n dawel.

'Cinio gynta 'ta 'i thorri hi rŵan?'

'Mi'i torrwn ni hi.'

Mi es i nôl y lli betrol. Arhosodd Ast Fach hefo Sali.

'Da 'mach i.'

Pan ddois i'n ôl roedd Sali wedi dod â'r tractor yn nes at y goeden. Doedd hi rioed wedi dreifio tractor o'r blaen.

Awr helaeth a swnllyd o'r lli ac roedd y goeden yn logiau trymion yn barod i'w llwytho a'r brigau meinaf a'r gwreiddiau wedi'u taflu i ganol y coed a dim ond y pigau a'r blawd lli ar ôl. Gan fod y cloddiau'n flêr prun bynnag ychydig iawn o waith trwsio oedd arnyn nhw. Roedd Ast Fach wedi rhedeg cyn belled ag y medrai hi a dal i gadw golwg yr un pryd am na fedr hi oddef llawer ar sŵn y lli.

Ar dri llwyth y daeth y goeden i'r cwt. Ar ganol dadlwytho'r trydydd yr oeddan ni a dwy stumog erbyn hyn yn erfyn am y gora pan ddechreuodd Ast Fach gyfarth o'r ffrynt. Roedd hi'n anfodlon 'i byd ers meitin, yn ffroeni ac yn chwyrnu ac yn edrych yn edliwgar arna i am nad o'n i'n cymryd digon o sylw. Mi es i lawr at y tŷ. Roedd hi'n dod i 'nghyfarfod i heibio i'r talcan am nad o'n i'n styrio digon.

Ffenast gegin ffrynt oedd yn mynd â'i bryd hi. Nid yn unig roedd olion traed newydd sbon odani ond roedd darn o'r paen uchaf wedi'i llnau. Roedd ôl fel ochr llaw uwchben y darn hwnnw. Edrychais drwy'r darn i chwilio am reswm, ond doedd gegin ffrynt yn cynnig dim. Mi es rownd y tŷ ond doedd dim anarferol arall i'w weld. Roedd Sali wedi mynd at y bydái. Daeth i lawr ata i.

'Mae 'na rywun wedi bod yn prowla,' medda fi.

'Mae godra'r ystol yn bridd i gyd.'

Dim ond ffyliaid fyddai'n gadael ystol allan yng ngŵydd y byd y dyddiau yma. Ddaru Sali ddim edliw hynny i mi, dim ond fy helpu i glirio'r lle oedd iddi yn y bydái pan oedd hi'n newydd ac yn cael parch. Cloesom hi i mewn a gorffen dadlwytho'r coed. Yna chwiliais y tŷ rhag ofn, ond doedd neb wedi bod i mewn. Pan ddois i lawr o'r llofft roedd Sali wedi tanio'r stof nwy.

'Mi biciwn ni i rwla am ginio,' medda fi.

'Na,' meddai hi ar 'i hunion.

Codais y ffôn i ddeud am y polion letrig, ond doedd hwnnw ddim yn gweithio chwaith.

'Mi fedrwn ni fyw'n iawn fel hyn,' medda fi.

17

'Dwyt ti ddim yn cymryd y prowla 'ma o ddifri,' meddai Sali.

'Mi geith 'i ddatrys 'i hun, os oes datrys iddo fo.'

Mi wyddwn mai isio deud rhywbeth arall oedd hi.

Drannoeth oedd hi, a ninna'n dod i fyny Cae Rochor ar ôl codi bwcedaid o datws cynnar. Ro'n i wedi peidio â deud wrthi 'mod i wedi gobeithio y byddai'i char hi'n llawn o ddillad a Meri fach. Doedd dim camp synhwyro ei bod hi'n gyndyn o fynd o 'cw y pnawn cynt. Mi ges drydan yn ôl tua hanner nos a'r ffôn ben bora. Roedd Elfyn wedi ffonio hefo dau gynhebrwng ac yna roedd y car yn dod drwy'r giât ac Ast Fach yn ysgwyd ei chynffon.

Mae'r cae'n culhau at ei dop, gyda thrac ar un ochr a thwmpath o hen gerrig ar yr ochr arall, y sbarion ar ôl codi'r tŷ a'r bydái mae'n debyg. Neu felly roedd hi. Roedd y cerrig yn flêr hyd y lle am na fu rioed angen iddyn nhw fod yn ddim byd arall. Roedd y rhan fwya o dan dyfiant, gan gynnwys hynny oedd weddill o'r hen gasgan fu yno ar ei hochr yn gwt cath ac yn llawer o bethau eraill. Mi fyddai Meirion wedi cael ffatan o'u gweld ac wedi llogi lorïau wrth y llath i wneud yr hyn y byddai o'n ei alw'n glirio'r safle.

Ac roedd y bwcad yno hefyd, yn ffitio i'w lle ac yn prysur fynd yn annatod.

Methu deud am honno oedd Sali.

Ond mi fethodd fynd heibio iddi hefyd. Arhosodd uwch ei phen, yn edrych iddi ac ar y gwelltiach a'r mymryn chwyn yn ei gwaelod. Hi oedd wedi'i gollwng hi yno, yn yr union fan. Un o hoelion ola'r arch.

Ond doedd hi ddim yn arch. Dyna pam ro'n i'n gwenu.

'Siom oedd hi, 'sti,' meddai hi'n dawel.

Cario bwcedaid o datws oedd hi'r pryd hwnnw hefyd, ac roedd y bwcad wedi rhoi odani wrth iddi daro'i throed yn erbyn carreg. Roedd hi wedi'i gollwng hi yno, gadael y tatws ble'r oeddan nhw, ac wedi martsio i'r tŷ a chau'n glep. Roedd hi wedi ailagor y drws a gweiddi chdi di'r blydi llo

135

yn 'y ngwyneb i cyn ei gau o drachefn. Yr unig dro iddi weiddi o gwbl.

Rŵan ro'n i'n 'i theimlo hi'n crynu mymryn eto wrth f'ochr i. Dyma fi'n mentro. Mi afaelis ynddi, a'i thynnu ataf. Mi arhosodd hi'n llonydd, yn fy nerbyn, a dim arall. Ac yno y buon ni'n dau am hir, yn sefyll yn llonydd yn syllu ar y bwcad ac yn difaru.

Hi ddaru ymryddhau.

'Pam na chliri di fa'ma?' meddai.

'Be?' medda fi. Fel llo.

'Mi fedrat helaethu'r cae. Ne' wneud gardd fach. Ne' dŷ gwydr.'

Ddaru mi rioed feddwl am beth felly.

'Hoffat ti dŷ gwydr?' medda fi.

Mynd ddaru hi. Codais inna'r bwcad newydd.

'Mi wyddost nad trio dy brynu di'n ôl ydw i,' medda finna wedyn, yn 'y nghlywed fy hun yn swnio'n sorllyd.

Troi ata i a chwerthin ddaru hi. Chwarddiad ein dyddiau ni.

'Pwy sy'n prowla?' meddai hi wedyn. Sobri neu droi'r stori.

'Waeth gen i'n Duw.'

'Mi ddechreuwn i y pen gosa 'ta.' Cymerodd y bwcad oddi arna i a mynd am y tŷ. 'Cliria, i weld be ddaw ohoni.'

Mi es i nôl y tractor. Mynd fel gwas newydd, fy mhen bach yn feddw chwil. Wrth ddod ag o i lawr mi welwn Sali'n dod allan a bag yn ei llaw. Aeth i'r ffrynt a dod yn ôl cyn pen dim.

'Wedi dwyn rhywfaint o dy datws di,' gwaeddodd. 'Fydda i ddim yn hir.'

Awr a chwarter oedd hynny, am wn i. Cerdded am y Foel ddaru hi. Mi es inna ati i glirio'r gongl. Aeth yr hen fwcad a'r hen gasgan i ganlyn y cerrig a'r pridd. Roedd mwy o lwyth nag a dybid, fel mae'r pethau 'ma. Roedd gen i le i'w ddympio fo ar ochr un o'r toriadau tân yn y coed, felly do'n i ddim yn gorlwytho. Dod yn ôl ar ôl gollwng yr ail lwyth yr o'n i pan welis i fod car Sali wedi mynd.

Daliais ati i glirio yn y gobaith y byddai hynny hefyd yn ei ddatrys ei hun, ond buan y dechreuodd y cnoi. Fel ro'n i'n mynd y fwy anniddig daeth sŵn Ast Fach yn cyhoeddi fod y ffôn yn canu. Prysurais am yr eglurhad, ond Elfyn oedd yno hefo marwolaeth sydyn. Ffoniais Sali, ond doedd dim ateb. Triais drachefn ar ôl newid i 'nillad hers ond doedd dim ateb wedyn chwaith.

'Be sy gen ti?' medda fi wrth Elfyn.

'Un o'r ddwy chwaer tai pella 'na. Roedd hi'n rhoi dillad ar lein ac yn canu'n braf a mi gafodd drawiad.'

'Prun o'r ddwy?'

'Lora. Does dim isio mynd â hi am bost mortem, dim ond i'r Dre.'

Lora'n canu'n braf. Un fach ddistaw, ddistaw, yn gallu cuddio pob teimlad ac ymateb, ond un. Mi gollodd fab wyth neu ella ddeng mlynedd yn ôl ac roedd y galar yn dal i'w chnoi hi bob tro y gwelai'r hers yn mynd heibio.

'Be sy gen ti 'ta?' gofynnodd Elfyn.

'Fawr ddim.'

'O?' Y llais coelio dim y mae o mor hoff ohono fo. 'Be am yr hen aelwyd?'

'Y?'

'Dallt bod 'na dwmo go hegar arni hi.'

'Ddim yn hegar,' medda finna, yn benderfynol.

'Mi'i helist ti o, 'ndo?'

'Hel be?'

'Albi, 'te.'

'Am be ddiawl wyt ti'n sôn?'

'Wel mae o wedi'i gadael hi, 'tydi?' Fuo rioed hafal i Elfyn am wneud llais diamynedd. 'Ers blydi wsos, 'tydi?'

'Paid â malu.'

'Wel do, 'neno'r Duw!'

Go brin mai llond hers o regfeydd yr oedd y ddau ar y pafin yn ei ddisgwyl wrth inni fynd heibio. Ond roedd y ffenestri'n agored i'r gwaelod ac ella mai dyna pam ddaru nhw ddangos cymaint o ddiddordeb ynon ni. Pam dylwn i gymryd sylw o beth felly wrth glywed y fath newyddion, Duw a ŵyr.

'Mae o wedi mynd i glwydo at ryw lefran o ryw fanc tua'r Dre 'na.' Roedd chydig mwy o amynedd yn llais Elfyn wrth egluro, fel bydd o. 'Synnwn i 'run hadan nad ydi hi'n gweiddi Taid arno fo.'

'Arglwydd mawr!'

'Rydach chi'n betha rhyfadd. Ddudodd hi ddim wrthat ti?'

Ysgydwais fy mhen.

'A hitha acw bob dydd.'

'Nac 'di. Dim ond ddoe a heddiw.'

Roedd fy ngeiriau truan i'n swnio mor llywaeth.

Rhyw dro ella mai robotiaid fydd yn ymdrin â chyrff. Does gen i ddim co o godi Lora, dim ond gwybod 'mod i wedi gwneud hynny ac wedi cyrraedd hefo hi i'r tŷ cadw yn Dre. Unwaith y dadlwythais Elfyn ar ôl cyrraedd yn ôl mi es ar fy union, yn yr hers, i'r hen reithordy mawr hyll. Doedd dim smic yno. Rhoddais fy nhrwyn yn agen drws y garej ond roedd honno'n wag. Chwiliais rownd y lle, busnesais drwy bob ffenast. Arhosais am tua ugain munud, ond ddaeth neb ar y cyfyl.

Pan ddychwelais roedd y car yn yr iard. Roedd y tractor

yn troi, a Sali ar ei ben. Roedd Meri fach yn trio powlio coets babi dros bridd anhrugarog y cae tatws. Pan welodd Sali fi cododd ei llaw a llwythodd lond pwcad y tractor o gerrig. Troes i edrych a oedd Meri fach yn ddigon clir cyn gwagio'r bwcad i'r trelar. Edrychodd arna inna drachefn yn fuddugoliaethus cyn diffodd y tractor. Arhosodd arno. Mi es inna i lawr.

'Newydd ffendio sut mae'r bwcad 'ma'n gweithio,' meddai. 'Awr a hannar gymris i.'

Yna gwelodd 'mod i'n gwybod.

'Mae'n dipyn handiach 'tydi na slafio hefo caib a bôn braich.'

Roedd Meri fach wedi dod aton ni. Trodd Sali ei phen oddi wrthi i guddio dagrau.

'Mae o'n mynd hefo hi ers misoedd,' meddai, a'i llygaid yn llenwi.

'Mi gewch chi'ch dwy gysgu yn llofft gefn os ydi'n well gen ti,' medda fi.

Nodiodd.

'Dyna fasa ora,' meddai.

'Watsia frifo hefo'r blydi tractor 'ma,' medda fi. 'Fydda i ddim yn hir.'

Mi es i'r tŷ, a llwytho mymryn o datws y bore i fag papur a mynd â nhw a'r wyau bodlon i'r car.

'Cnebrwn pwy oedd gen ti heddiw?' gofynnodd Mam, yn gweld y siwt yn hytrach na'r car.

'Mae Sali a fi'n ôl hefo'n gilydd.'

'Be, 'mach i?'

Ond roedd hi wedi dallt. Ac am y tro cyntaf erstalwm ro'n i'n dyfal astudio'i hwyneb hi a hithau'n edrych i bobman ond arna i. Roedd hi'n crafu, yna'n rhwbio'i dwylo yn ei gilydd, bawd ara deg dros fysedd ceimion, tenau.

139

Roedd pantiau'r bochau'n ddigon mawr i dderbyn cysgodion; roedd yr anadlu yr un mor weladwy ag yr oedd o glywadwy. Ni theimlwn ddim ond buddugoliaeth.

'Sypreis fach neis, 'te?' meddai hi yn y diwedd, a dim ond yr un gwadu ag erioed yn ei llais.

'Ddaru mi ddim dychmygu y byddan ni'n ennill. Rioed yn 'y mywyd.'

Roedd hi'n clywed hynny hefyd. Pob un gair.

'Tatws newydd 'sgin ti?' gofynnodd toc.

'Yr unig beth 'sgin Meri fach i ddiolch i chdi amdano fo ydi'r papura decpunt.'

'Sypreis fach neis, 'te?'

'Matia go ddrud i stwffio dy dricia odanyn nhw.'

'Gymri di banad?'

'Cymra,' medda finna ar f'union.

Cododd y munud hwnnw, a mynd drwodd i'r cefn yn ei sbîd bach ei hun. Rhoddais inna 'y mhen yn dynn ar y pared i wrando.

'Gwd niws,' meddai'i llais hi. Ond doedd hi'i hun yn deud dim.

18

Ro'n i wedi anghofio popeth am siwrnai Sali hefo'r tatws. Drannoeth wrth y bwr' brecwast dedwydd y cofis i. Wel, roedd o'n ddedwydd i mi, ac roedd Meri fach wrth ei bodd gyda gwefr y newydd. Syn a thrist braidd oedd Sali.

'Fo pia fo,' meddai hi toc.

'Be?'

'Y tŷ. Yn 'i enw fo y mae o.'

'Y dyn oedd yn 'y nghyhuddo fi o fyw yn yr oes o'r blaen?'

'Ia.'

Doedd dim angen i mi'i iselhau o, doedd dim angen i mi'i sbeitio fo na'i ddirmygu o. Yr unig beth roedd angen i mi ei wneud oedd dechrau ail-fyw yn ara deg.

'Mi daflodd o hynny ar draws 'y ngwep i bora ddoe,' meddai Sali welw.

'Mae eiddo'n ofnadwy o bwysig,' medda finna, yn anghofio'n sydyn iawn.

Ac eto, tybed? Y cerydd gora ges i rioed oedd yr un hirfaith hwnnw ges i gan reolwr y banc pan ffendiodd o 'mod i wedi clirio'r ddyled am y tŷ – cartra Sali a minna – ddeunaw mlynedd cyn pryd gan nad oedd gen i ddim arall i'w wneud hefo 'mhres a Sali wedi mynd. Nid dyled ydi morgais, medda fo, a'i wyneb yn llawn o'r tosturi proffesiynol yr oedd o a phawb yr un fath ag o yn ei gadw tuag at y di-glem. A dyna pryd y sylweddolis i nad ydi banc ac annibyniaeth yn mynd hefo'i gilydd, a dyna'r dydd y dysgis i chwerthin pan glywn i bobol yn galw banc yn fy manc. Ella bod eiddo'n bwysig. Go brin mai dyna reswm y gŵr newydd – haleliwia! y cyn-ŵr newydd – dros gredu hynny chwaith.

Ond roedd Sali'n canlyn arni.

'Mi ddoth adra a deud gan 'y mod i wedi llochesu storm yn hapus hefo chdi drwy'r dydd, mi gawn wneud hynny eto hefyd. Mi luchiodd weithredoedd y tŷ ata i i ddangos pwy oedd pia fo. Roedd o wedi mynd i'r banc yn un swydd i'w nôl nhw.'

''Des i ddim i'r banc.'

'Roedd o wedi deud pan briodon ni 'i fod o wedi rhoi

141

f'enw inna ar y tŷ. Mi ddudodd rwbath am fynd at y twrna i arwyddo ond o dipyn i beth mi aeth yn ango.'

'Gen ti.'

'Mi ddudis inna rêl het nad fi oedd wedi'i adael o, a mi waeddodd ynta 'mod i wedi gwneud hynny o'r dechra, ac nad oedd 'na neb ond chdi ar 'y meddwl i o fora tan nos, a bod y ffaith 'mod i wedi gwrthod d'orfodi di i werthu'r lle 'ma i mi gael siâr yn profi hynny.'

Yna dyma hi'n rhythu arna i.

'Mae d'enw di'n dal i fod ar weithredoedd fa'ma,' medda fi. Canlynais arni yn syth. 'Ar y dechra fedrwn i ddim meddwl am neud dim ynglŷn ag o, ac erbyn i mi ddod i gyflwr y medrwn ystyriad y peth heb udo ne' orffwyllo ro'n i wedi ffendio pwy oedd yn gyfrifol am yr holl helynt. A dyna'r adag y penderfynis i nad oeddan ni'n mynd i gael ein gorchfygu gan y ddynas ddiawl 'na.'

'Dynas ddiawl,' meddai Meri fach.

Bron nad o'n i wedi anghofio 'i bod hi yno. Doedd hi ddim yn gwrando chwaith, fel gwrando, dim ond chwarae'n ddiwyd hefo'i phethau bach hyd y gegin.

'Mae 'ma waith arfar, 'toes?' medda fi.

Cymerais y fechan ar fy nglin. Braidd yn garbwl, ond mi setlodd ar ei hunion, a daeth hynny â gwên fechan ar wyneb Sali. Yna sobrodd.

'Mae hi'n fam i ti,' meddai.

'Mae 'na betha llawar pwysicach na hynny,' medda fi, mor sych ag y dwedais ddim erioed.

A dyna pryd cofiais am y tatws y bore cynt.

'Be ddigwyddodd bora ddoe? I ble'r est ti?'

'Yr un cam ymhellach na Murddyn Eithin.'

Do'n i ddim wedi disgwyl hynny chwaith. Mi allasai fod wedi deud wythnosau ynghynt, neu'r noson y bu hi yma pan

142

oedd Elsa yma. Ella'i bod hi wedi deud droeon, ran hynny, ond 'mod i heb ddallt.

'Mi fydd y picnic cynta gawn ni'n tri ar Ddôl Fach y gora gafodd neb erioed,' medda fi. 'A mi wnawn ni lenwi'r ha yn llawn joch hefo nhw hefyd. A mi awn ni o dan y bont ac ailgerfio'n henwa arni hi, reit ar y canol gyferbyn â'r llythrenna. I ble'r oeddat ti'n bwriadu mynd ddoe 'ta?' medda fi wedyn cyn iddi gael cyfle i ateb.

'Am ddechra hefo traed dy gymydog. Edrach oes gynno fo sgidia sy'n ffitio'r olion 'na.'

'Mae o wedi gwneud hynny o fusnesa oedd raid iddo fo. Am wn i.'

'Ella mai'r hen froets gwirion 'na sy'n mynd â bryd pwy bynnag sydd wrthi hi.'

Mi wenis o glywed tôn 'i llais hi.

'Rwyt ti'n gyndyn o gael gwarad ag o, 'twyt?' meddai hi wedyn.

'Nac'dw rŵan,' medda finna ymhen sbel. 'Mi'i rho i o i Gwyndaf.'

'Ond mi ddechreua i yng Nghefnhesgen yr un fath.'

'Dos â thatws iddo fo ac mi fydd yma bob dydd a phob gyda'r nos. Mae o'n gluo isio ffrindia.'

'A chditha'n gluo isio dy annibyniaeth.'

'Mae 'na fyd o wahaniaeth rhwng hynny ac unigrwydd.'

Canodd y ffôn. Neidiodd Meri fach i lawr a rhuthro ato a chlymu dwy law amdano.

'Fi yn tŷ Danial!' gwaeddodd nerth esgyrn ei phen bychan. 'Fo ydi Dad newydd!'

Codais ddwrn tawel buddugoliaethus i entrychion nef. Roedd Sali'n ffrwcslyd i gyd. Cymerais y ffôn oddi ar Meri fach.

'Pwy sy 'na?' meddai'r llais petrusgar.

'Gwyndaf?' medda fi.

'Ia. Ydi hi'n anghyfleus?' Roedd o'n dal i fod yn betrusgar. 'Mae'n swnio'n brysur arnach chi.'

'Na, mae'n iawn.'

'Mi alwis acw ddoe. Oeddach chi'n gwybod bod Margaret wedi mynd?'

'I ble?'

'Wedi diflannu o'r hostel.'

'Uffar dân.'

Ond mi sylweddolais ar amrantiad nad o'n i'n synnu, debyg. Nhw a'u gwarchod.

'Pa bryd?' gofynnais.

'Ben bora drannoeth, ne' gefn nos. Bora'r storm.'

'Rarglwydd.'

Roedd o'n swnio'n reit boenus. Troais at Sali.

'Mae Elsa wedi cymryd y goes.'

'Margaret,' meddai hithau, fel tasa hi'n deud wrth blentyn.

Ac felly, ar amrantiad arall, a heb ddrama o fath yn y byd, y sylweddolais na fyddai 'na fyth dyndra rhyngon ni'n dau oherwydd Elsa. Ro'n i wedi tybio 'mod i'n gwybod hynny cynt. Ond yna, yn ddisymwth, welwn i ddim ond llaw wen mewn storm o fellt.

''Sgin ti syniad lle mae hi?' gofynnais yn gyflym i Gwyndaf.

'Na.'

Ond wedyn, doedd dim rhaid iddi fod yn melltio ble bynnag roedd hi wedi cyrraedd ato fo erbyn canol y bore.

'Fedris i ddim dychmygu amdani mewn lle felly,' medda fi. 'Sut bynnag le sy 'no, setlith hi byth yno. Tydw i'n ddoeth?' medda fi wedyn wrth Sali.

'Ella'ch bod chi'n iawn,' meddai Gwyndaf.

Roedd Meri fach yn gafael ym mhoced 'y nhrowsus i ac yn trio dringo. Codais hi. Rhoes ei cheg yn y ffôn eto.

'Danial ydi Dad newydd!'

Mi rwystris i Sali rhag ei thynnu oddi arna i. Yn hytrach, mi afaelis ynddi hi hefyd a'i thynnu ata i a'i chusanu. Y tro cyntaf ers Duw a ŵyr pa bryd. Sôn am ffiolau llawn, newyddion Gwyndaf neu beidio. A'r ffôn a Meri fach chwerthinog hapus yn hongian rhyngon ni.

'Mae'n swnio'n braf arnach chi,' meddai Gwyndaf.

'Mae croeso i ti ddŵad draw,' medda fi.

'Mi fydda i'n tarfu arnach chi.'

'Na fyddi. Mae Sali'n gwybod y stori i gyd, prun bynnag.'

'Mi ddo i draw pnawn ar ôl gorffan.'

'Dyna chdi.'

Roedd un o'r syniadau di-droi hynny sy'n dod yn eu tro wedi ymgrynhoi wrth i mi siarad hefo Gwyndaf debyg iawn, a phenderfynais weithredu arno yn syth yn hytrach na gori arno yn ôl yr arfer. Roedd Meri fach yn fwg ac yn dân am ddod hefo fi am dro tua'r Foel a Llyn Bach, ond ailfeddyliodd ar y munud dwytha pan welodd nad oedd Sali am ddod hefyd, diolch am hynny. Dim ond cwmni Ast Fach oedd arna i 'i isio. Elsa'n dod tuag yma ac yn ymguddiad yn y coed a'r storm yn dod ar ei gwarthaf a hithau'n cysgodi dan goeden rhag y mellt. Damia unwaith, dim ond un ffordd sy 'na o gael 'mad â syniad felly. Doedd o ddim yn amhosib os ychydig oriau fuodd hi yn yr hostel. Go brin y byddai hi'n dod ella, ond syniad ydi syniad. Am eiliad meddyliais am Meirion yn gwneud yr un peth, ond mi gofis mai hefo car roedd o wedi dod fore'r storm. Chwiliais bob llwybr, a phob ymyl llwybr am olion sathru. Dw i wedi'i gweld hi yn y blydi hers un waith, medda fi wrth Ast Fach, hithau hefyd

145

yn hen law ar chwilio. Syniad ydi syniad, ond ro'n i'n dipyn mwy tawel fy meddwl yn dod yn ôl i'r tŷ at groeso newydd sbon Meri Fach ac edrychiad Sali.

'Mi fydda i'n cael y syniada gwallgo yma,' medda fi, yn sylweddoli eto fyth mor dda y mae hi'n fy nabod i.

'Doedd 'na ddim yn wallgo ynddo fo. Ro'n i'n meddwl yr un peth fy hun. Be am y coed isa?' meddai wedyn.

A mi ddaru Ast Fach a minna chwilio drwy'r rheini hefyd. Ro'n i'n fodlon wedyn.

Pan ddaethon ni'n ôl roedd Gwyndaf wedi cyrraedd. Roedd o'n eistedd wrth bwr' cefn yn llowcio powlennad o uwd fel tasa fo acw rioed a Sali'n cael hwyl iawn am ei ben. Roedd oglau cinio rhyfeddol o ddymunol lond y lle.

'Be 'di'r hanas?' medda fi.

'Waeth i mi ddeud ar 'i ben ddim,' medda fo ar ôl eiliad o bensynnu. 'Dw i dipyn sychach na'r tro dwytha y bûm i yma.'

Dechreuodd wrido mymryn.

'Ddoe?'

'Na. Echdoe.'

'Y?'

'Rydach chi ar fai yn cadw'ch ystol allan.'

Heb feddwl, edrychais ar ei draed o. Gwenodd yntau fymryn yn ansicr.

'Deud dy stori 'ta'r twmpath.'

'Mi ges yr un syniad â chi, tybad oedd Margaret yn llechu hyd y fan 'ma, ofn dod atoch chi. Do'n i ddim yn gweithio echdoe, a mi ddois â'r car i fyny'r ochor arall, heibio i Gefnhesgen, a'i cherddad hi dros y top. Mi ddifaris, myn uffar.'

'Myn uffar,' meddai Meri fach.

'Lle treulist ti'r mellt?'

'Ar 'y nghwrcwd a 'mreichia dros 'y mhen, yn llonydd a chrwn fel pelan.'

'Eitha gwaith â thi'r busneswr. Meddwl 'mod i'n 'i chuddiad hi oeddat ti?'

'Wel . . .'

'Hidia befo. Dyna dy waith di, debyg.'

'Ella. Doedd 'na neb yn gwybod 'mod i yma. Ym . . .'

Roedd o'n annifyr ei fyd rŵan.

'Nid peidio'ch trystio chi o'n i,' medda fo'n ffrwcslyd i gyd. 'Nid dyna pam y busnesis i drwy'r ffenestri.'

'O.'

'Fyswn i ddim yn gweld mymryn o fai arnach chi tasa hi wedi dod yma eto a chitha, wel . . .'

A mi'i gwelwn i hi. Y llaw wen yn amddifad o fagu, pob deall yn amherthnasol. Ella'n chwilio, ella'n llonydd ddiddirnad yng nghrafangau'r anobaith. Y llaw wen nad oedd wedi dangos dim ond y tynerwch mwyaf rhyfeddol wrth fagu Mebyn, wrth ei fwydo, wrth ei newid, wrth ei anwylo, wrth gyd-gysgu hefo fo yn y gwely bach yn llofft gefn. A rŵan ro'n i'n ei gweld hi fel roedd hi, heb hud. A welwn i ddim, dim ond annhegwch.

'Chlywist ti mo'r lli?' gofynnodd Sali.

'Do. Fedrwn i ddim dod atoch chi am sgwrs na dim. Dyna oedd 'y mwriad i. Nid busnesa. Ond ro'n i'n rhy wlyb i wneud dim ond damio.'

Ro'n i'n gwybod mai felly roedd yntau yn gweld hefyd. Roedd o'n dallt, os rhywbeth yn well na fi.

'Oes 'na rywun 'blaw chdi'n chwilio amdani hi?' gofynnais.

'Oes.'

'Rhyw fath, mae'n siŵr.'

Ddaru o ddim ateb hynny. Ella nad oedd fy sylw i'n deg, prun bynnag.

147

'Os daw hi yma, mi gei di wybod y munud hwnnw,' medda fi. 'Ydi hi'n gwybod lle mae Mebyn?' gofynnais yn sydyn, yn sylweddoli'r un munud mor hurt oedd y cwestiwn.

'Na.'

'Wyt ti?' gofynnais.

Ro'n i'n gweld hwnnw'n gallach cwestiwn.

'Na.'

'Simon?'

Ystyriodd am eiliad.

'Ella'i fod o. Fasa fo ddim yn deud wrtha i.'

Roedd o'n dallt, yn well o lawer na fi.

'Mi helpa i di os medra i,' medda fi.

Roedd o wedi crafu gwaelod ei bowlen uwd fel newydd.

'Diolch,' medda fo'n syml wrth Sali. 'Ydi pob dim yn iawn rŵan, ydi?' gofynnodd.

'Be?' meddai Sali.

'Chi'ch dau.'

'Ydi,' meddai Sali'n dawel.

'Gwych.'

Uffar dân. Hwnnw oedd y gair gora a mwya naturiol a mwya syml a mwya diffuant i mi'i glywed eto.

Canodd y ffôn. Weithia mae o'n uwch a mwy aflafar, ne' mi fydda i'n credu hynny. Roedd o rŵan, beth bynnag. Rhuthrodd Meri fach a gweiddi'r fuddugoliaeth iddo unwaith yn rhagor.

'Mi fydd yn rhaid i ti setlo hon hefo'r ffôn 'ma,' meddai Sali.

'Na fydd siŵr.' Roedd Meri fach hapus yn rhoi'r ffôn i mi ar ei hunion prun bynnag. 'Helô 'na,' medda fi.

'Danial? Chdi sy 'na?'

Llais fymryn yn gyflymach nag arfer. Llais newyddion pwysig, neu lais gwasgaru'r awdurdod truan.

'Ia.'

Anaml y bydd Mam yn ffonio prun bynnag. Ond ches i'r un cyfle i ystyried nad oedd hi'n cracio 'nghlust i.

'Ydi hi'n prégansi?'

'Be?'

'Ydi hi'n prégansi?'

'Pwy?'

'Ydi Sali'n prégansi gen ti?'

'Ydi, siŵr Dduw. Disgwyl wyth. Ella naw.'

'Y?'

Be, 'mach i? fydd cwestiwn mynych yr heb glywed fel rheol. Ond roedd hwnnw'n rhy hirfaith i'r tempar heddiw.

'Wyt ti yna?'

'Ydw, ydw.'

'Maen nhw'n deud hyd y lle 'ma . . .'

'Ydyn dw i'n siŵr.'

'. . . 'i bod hi'n prégansi ers misoedd a . . .'

Ond doeddan nhw ddim yn deud hyd y lle 'ma. Hi oedd yn deud wrthyn nhw, hynny o le 'ma oedd yn galw hefo hi. Ro'n i wedi hen ddysgu hynny bellach. Nid nad oedd ei chymdogion yn gynhaliol o gymwynasgar tuag ati, ond nid nhw fyddai'n hel straeon am Sali hefo hi. Y dychymyg direol yn creu'i ffeithiau unwaith yn rhagor, a dim ond diwrnod roedd o wedi'i gael i ddamcaniaethu, 'neno'r Duw. Ia, direol. Hwnnw'n air digon diddrwg didda am y tro.

Roedd hi'n dal a dal i siarad.

'Mi geith wneud be fynno hi, siŵr Dduw,' medda fi wrth Sali.

'Haleliwia,' medda fi wrth Mam, clywed neu beidio. 'Rhyddid ydi hyn. Does gen ti ddim blydi syniad be 'di o.'

Haleliwia. Pob tric ddoe, heddiw ac yfory yn amherthnasol. Rhyddid.

'Mi ddo i draw fory,' medda fi i roi taw arni hi.

Ac wrth gwrs, doedd hi ddim wedi cael ateb. Tasai hynny o bwys.

Ar ôl i Gwyndaf fynd, mi es i fyny i newid. Roedd Sali wedi symud 'i phethau i'n llofft ni. Roedd Gwyndaf wedi mynd â'r broets. Fedrwn i ddim cael unrhyw ystyr iddo fo a fyddai'n asio ag Elsa prun bynnag, a doedd waeth iddo fo fynd ddim. Roedd Sali'n dal i'w gasáu o ond roeddan ni'n gallu cael hwyl iawn am hynny. Ddaru mi ddim sôn am y babi dol wrth gwrs.

19

Wnes i mo'i defnyddio hi. Digwydd ddaru o.

Dw i'n argyhoeddedig o hynny. Yn un peth does gen i mo'r taclusrwydd meddwl i drio trefnu pethau o 'mhlaid. Fedra i ddim hyd yn oed breuddwydio nes iddi fynd yn rhy hwyr. Gadael i beth bynnag a ddaw ddigwydd a dathlu neu ddiawlio wedyn os oes galw ydi 'nhrefn i wedi bod erioed.

Mi ddysgis ddeud ei henw bedydd hi gerbron y byd. Y tric oedd deud 'Margaret' bob tro ro'n i'n meddwl yn uchel.

Wna i ddim credu ei bod hithau wedi 'nefnyddio inna chwaith. Nid defnyddio ydi chwilio am lonydd i fagu'i phlentyn. Nid defnyddio ydi credu mewn rhywbeth amgenach nag ufudd-dod treth incwm. Dydw i ddim hyd yn oed yn gwybod prun ai fy newis i 'ta dewis y lle ddaru hi. Wyddwn i ddim lle'r oedd Mebyn pan oedd hi'n crwydro'r lle 'ma hefo'i ffliwt a'r babi dol a'r broets na fedrwn gael ystyr iddo fo. A chreda i ddim chwaith ei bod hi wedi

150

meddwl amdana i fel rhyw ddarpar gymar na dim felly. Dim ond cyfeillgarwch naturiol a di-straen oedd rhyngon ni, y math o gyfeillgarwch di-lol oedd fel tasa fo wedi bod yna rioed.

Roedd Sali'n cytuno â hynny.

'Ddaru hi ddim lladd 'i babi,' medda fi.

'Naddo, gobeithio,' atebodd Sali'n dawel.

Welodd hi rioed neb yn gwelwi mor aruthrol gyflym ag y gwnes i pan gyhoeddodd y Newyddion fod corff merch yn ei hugeiniau wedi'i ddarganfod ynghrog o gangen gan ddyn arferol yn mynd â'r ci arferol am dro. Ddiwrnod ac oriau hirion yn ddiweddarach y ces i'r cadarnhad pryderus gan Gwyndaf nad hi oedd hi. Ro'n i'n dal i fynd drwy'r coed, ac yn dal i fod yn gyndyn o fynd â Meri fach hefo fi.

Doedd Sali ddim yn gyndyn o fynd â hi i unlle. Rhyw wythnos ar ôl i Sali fudo'n ôl oedd hi, y diwrnod y daru mi roi'r gora i drio nabod neb, dim ond rhoi'r ffidil yn y to a bodloni ar hynny i'r diawl. Roedd o'n deimlad anghyfrifol braf o ryddhad ac mae o'n dal i fod felly. Wedi picio ar ôl cynhebrwng i dŷ Mam ro'n i, ac wrthi'n betio'n dawel hefo fi fy hun a fyddai hi'n sôn gair am y prégansi. Mi enillis yn racs wrth gwrs. Mi wyddwn yn iawn na chlywn i fyth wedyn yr un sill amdano fo.

Rhyw fath o ennill oedd o hefyd, oherwydd pan gyrhaeddais roedd car Sali yno o 'mlaen i. Roedd pen Meri fach yn dawnsio yn y ffenast wrth glywed sŵn yr hers yn aros o flaen y tŷ a'r munud nesa roedd hi yn y drws yn neidio arna i ac yn dringo i afael rownd 'y ngwddw i ac yn chwerthin i fy llygaid i. Peth fel'na ydi ffiol lawn.

'Chwara pêl hefo Nain Danial!' gwaeddodd.

Straffagliodd i lawr, a rhedodd yn ôl i'r gegin. Roedd Sali yn y cyntedd. Welis i rioed olwg mor ddireidus hapus yn ei hwyneb hi. Tynnodd fi'n ebrwydd i'r stafell wely fu gynt yn barlwr a chau arnon ni a 'nghusanu nes 'mod i'n llonydd.

'Rydan ni'n dwy y ffrindia mwya fuo rioed,' meddai hi yn y diwedd.

'Be?' sibrydais. Pam sibrwd, Duw a ŵyr.

'Dw i wedi cael ei helpu hi i gymryd bath, dw i wedi cael newid 'i gwely hi a rhoi'r dillad budron yn yr injan olchi, a dw i wedi cael hwfrio iddi.'

'Ydi hi wedi sbio ar dy fol di?'

Pwniad yn fy mol fy hun ges i'n ateb.

Ac roedd llun ein priodas yn ôl ar ganol y cwpwrdd a'r Bron-Barchedig wedi'i ddiraddio i'r cefn. Roedd hi'n eistedd yn ei chadair yn derbyn pêl dafl gan Meri fach ac yn ei thaflu'n ôl iddi ac yn canu *Hogyn da 'di Dafydd yn gwisgo'i sgidia newydd* drwy ganol ei myctod hapus. Roedd oglau sleifar o gig yn coginio yn dod o'r gegin fach.

'Dw i 'di ffonio'r dyn traed,' meddai Sali. 'Mae 'na dipyn o olwg ar ewin 'i bawd hi a mae arna i ofn twtsiad yn'o fo. Mae o am alw ar 'i ffor' o'r Cartra.'

'Chwara teg iddo fo am ddŵad mor handi, 'te Danial?' meddai hithau.

'Ia.'

Taswn i wedi deud hynna fyddai hi byth wedi 'nghlywed i. Mae ganddi hi led-gymydog sy'n galw bob hyn a hyn ac mae hi'n clywed honno y tro cynta hefyd. Un o'r bobol gadw 'ma sy'n credu mai hobi fel tyfu ciwcymbars ydi'r iaith Gymraeg ydi hi, ond mae hi'n dra annioddefol prun bynnag.

Darpar wledd i bawb oedd yn y popty. Gwledd deuluol anghredadwy. Wel anghredadwy i mi beth bynnag. Sali oedd wedi cael gordors i fynd i brynu cig ac unrhyw beth arall ar ei chyfer oedd ddim eisioes yn y tŷ. Gan fod Mam

152

yn mygu ac yn rhy brysur yn chwarae hefo Meri fach, a chan fod Sali'n dal i weld canlyniad anochel y mygu yn y blerwch o gwmpas y tŷ, mi es i ati i baratoi'r llysiau. Do'n i ddim yn trio dirnad dim, ro'n i'n gwybod nad o'n i fymryn haws. Roedd Sali'n chwerthin yn braf bob tro roedd hi'n dod i'r gegin fach i weld fy wyneb hurt i.

Roedd cnoc ar y drws a llais Sali'n cyfarch. Es drwodd. Roedd hogyn – fawr hŷn na hogyn ysgol – yn y gegin a bag bychan yn ei law.

'Reit 'ta, 'rhen Fusus,' medda fo heb na chyflwyniad na dim, ac eistedd ar stôl wrth draed Mam.

'Wel tydach chi'n bishyn?' meddai hithau.

'Mi ddo i allan hefo chi heno.'

Doedd o fawr mwy na chybyn, ond roedd o'n hen law arni.

'Smart ydach chi 'yfyd. Fêri pishyn. 'Te Danial?'

Roedd hynny chydig bach gormod iddo a gwridodd drwy'i wên. Tynnodd sanau byrion Mam. Dychrynais inna. Roedd ewinedd y traed tolciog yn hir ac yn gam, y rhan fwya wedi troi at i lawr. Roedd ewin y bawd dde'n tyfu fel pelen at i fyny. Roedd golwg annioddefol o hegar arno fo. Doedd dim mymryn o fai ar Sali am fod ofn ei gyffwrdd o.

'Pam na fasat ti wedi deud am y rhein?' gofynnais.

'Be, 'mach i?'

Dduw mawr.

'Reit 'ta, 'rhen Fusus. Mi gawn ni drefn ar y rhein i chi mewn chwinciad.'

'Does dim isio i chi fynd i draffarth hefo 'ngwinadd i,' meddai hithau. 'Waeth i chi adael iddyn nhw ddim.'

'Dydi o'n draffarth yn y byd, gan 'mod i yma.'

'Na, dw i'n iawn chi, 'mach i. Does dim isio torri'r rhein.'

'Maen nhw'n ddigon hyll, 'rhen Fusus.' Roedd o'n archwilio'r ewin pelen yn ddigynnwrf. 'Mi fydd yn brafiach o lawar i chi unwaith y torra i nhw.'

'Gadael iddyn nhw ydi'r gora.'

'Wel na wnaf. Ne' mi gaf sac.'

Roedd o filgwaith mwy amyneddgar na fi. Fedrai hyfforddiant byth greu hynny.

'Does 'na ddim pwrpas i mi gael gwinadd neis. Mynd i gael 'y nghrimetio ydw i.'

Mi neidis i'n daclus. Chynhyrfodd yr hogyn ddim, dim ond chwerthin yn dawel.

'Dyna mae'r hers yn da tu allan? Practeisio ydach chi?'

'Cnebrwn pwy oedd gen ti heddiw, Danial?'

Roedd Meri fach ar ei bol ar lawr yn gwylio'r pantomeim yn frwd a'i thraed prysur fry yn yr awyr. Roedd Mam yn gyfeiliant di-stop ac aruthrol ddisynnwyr i'r torri a'r tocio, ar wahân i'r synnwyr sy 'na mewn cael sylw, ond roedd golwg hen arfer ar yr hogyn. Mae rhywbeth o'r newydd i'w edmygu beunydd, ddyliwn.

A chawsom fwyd. Llond bwrdd o ginio poeth fel cinio Sul. Cinio dathlu. Dathlu be? Ro'n i'n rhy syfrdan. Roedd Sali a Mam yn sgwrsio fel tasai dim wedi digwydd rhyngddyn nhw rioed a Sali'n siarad heb godi'i llais a Mam yn clywed ac yn dallt pob sill. Roedd Meri fach yn bwyta'i siâr yn awchus ac wedi mynnu eistedd wrth ochr Nain Danial. A Mam, yn fodlon a chyffyrddus yn ei thraed newydd, mwya sydyn yn dechrau siarad yn gallach nag y clywais hi ers blynyddoedd. A doedd dim yn diarwybod amlygu'i hun yn ei llygaid hi, dim diawledigrwydd, dim euogrwydd, dim dylni, dim ond naturioldeb hen wraig yn rhoi ei byd a'i betws dielyn yn ei le wrth ginio. Rhoddais y gorau i ddallt.

''Sgin ti ddigon o grefi?'

'Be, 'mach i?'

Dduw mawr.

Rhoddais y gorau i drio dallt. Gwleddais.

Meri fach oedd fwyaf cyndyn i ymadael. Pan ddaeth allan ar ôl hir berswâd a hir bryfocio, aeth ar ei hunion i'r hers. Ond roedd hi'n rhy fach i'r belt a bodlonodd yn y diwedd ar sêt ôl car ei mam.

A minna. Am y tro cynta ers cyn co do'n i ddim yn diawlio nac yn drist nac yn chwerw yn dod adra o dŷ Mam. Ro'n i ar goll yn daclus, ond doedd hynny nac yma nac acw. Yr unig beth oedd o bwys, yr unig beth yr o'n i'n ei wybod, yr unig beth oedd arna i isio'i wybod, oedd bod Sali'n mynd adra ychydig lathenni o 'mlaen i a'r pen bychan yn y ffenast ôl yn chwilio'n barhaus a'r llaw fechan yn chwifio'n barhaus arna i.

Pan gyraeddasom, doedd dim smic o groeso Ast Fach. Aeth Sali â'r car i lawr at y tŷ, a chedwais inna'r hers yn ei chwt. Roedd Sali wedi datgloi ac wedi mynd i'r tŷ. Ond roedd Meri fach yn dod gyda'r talcan o'r ffrynt, ac Ast Fach wrth ei chwt. Gafaelodd Meri fach yn fy llaw, a chan edrych yn ddistaw a thaer i fyw fy llygaid, triodd fy nhynnu ar ei hôl tua'r ffrynt.

'Be sydd?' gofynnais.

Ches i ddim ateb, dim ond yr edrychiad taer a'r tynnu.

'Be sydd?' gofynnais wedyn.

Dim ond dal i dynnu ddaru hi. Cerddais hefo hi gyda'r talcan, a throi i'r ffrynt. Yno, a'i phwys athrist ar ffenast 'parlwr, yn dawel dawel, welw welw, roedd Elsa. Roedd y dagrau'n ffrydio'n rhydd i lawr ei hwyneb, a'r llaw wen ddiymadferth wrth ei hochr yn gwneud dim ymdrech i'w hatal.

Roedd Meri fach yn dal i afael yn dynn yn fy llaw ac yn edrych mewn sobrwydd tawel ar y dagrau. Fedrwn inna ddim ond gwneud yr un peth. Cyn i mi gael trefn ar ddim ar wahân i'r rhyddhad syml o'i gweld yn fyw roedd Sali wedi cyrraedd. Aeth ati ar ei hunion.

'Tyrd,' meddai'n dawel.

Cawsom hi i'r tŷ. Ro'n i'n meddwl 'mod i'n nabod Sali, ond roedd ei thynerwch wrth Elsa'n fy syfrdanu. Ac eto, dim mwy nag yr oedd y cyfeillgarwch di-lol yr oedd wedi'i ddangos wrth Mam deirawr ynghynt wedi fy syfrdanu. Ella dylwn i gymryd mwy o ddiddordeb mewn pobol. Chawson ni'r un gair gan Elsa, dim ond y dagrau, a'r rheini'n gwaethygu wrth i Meri fach fynd ar ei phen-gliniau ar y soffa wrth ei hochr i'w rhwbio hefo hances bapur fechan. Châi Sali mo'i thynnu oddi wrthi.

Mi es i i'r cefn i drio meddwl ac i osgoi'r dagrau. Doedd 'na ddim ateb yn fan'no siŵr; fedrai neb feddwl wrth weld golwg mor fodlon ar Ast Fach. Dychwelais i gegin ffrynt. Roedd Sali'n fy nghyfarfod wrth y drws.

'Ddaru hi mo'i lladd hi,' medda fi wedyn.

'Naddo, gobeithio,' sibrydodd hithau.

Gwrthodai Meri fach yn lân â diosg ei chyfrifoldeb, a daliai'r dwylo bychan i rwbio'r wyneb. Ond roedd y llaw wen wedi symud i orffwys ar gefn y goes fechan wrth ei hochr. Roedd yn well gadael iddyn nhw am funud a dychwelais i'r gegin fach hefo Sali.

'Ydi hi'n byta bob dim?' gofynnodd.

'Ydi, am wn i.'

Aeth hi ati i baratoi bwyd.

'Be wnawn ni?' gofynnais.

'Pa ddewis sy 'na?'

'Os dudan ni wrth Gwyndaf mi fydd yn rhaid iddo fo

ddeud wrth y lleill ne' mi geith sac. Fydd gynno fo ddim dewis. Does gynno ninna chwaith.'

'Mae'n rhaid iddi hi gael bwyd yn gynta, beth bynnag.'

Roedd Ast Fach yn dal i edrych i fyw fy llygaid. Troais oddi wrthi a dychwelyd i gegin ffrynt eto fyth. Roedd y ddwy'n eistedd ochr yn ochr rŵan, a'r llaw fechan yn y llaw wen. Roedd y dagrau'n gynilach. Eisteddais yn fy nghadair, a gwylio'r ddwy. Edrychai hi i lawr. Edrychai Meri fach yn sobor arna i. Rŵan doedd dim hud; doedd cwestiynau ddim yn amherthnasol. Ond roeddan nhw'n 'cau â dŵad.

'Lle buost ti?' medda fi toc.

'Chwilio.'

Llais tawel, gwag, diobaith.

Llais Elsa. Nhw a'u Margaret.

Doedd dim o'i le ar y distawrwydd maith. Presenoldeb Meri fach yn dawel naturiol hefo ni oedd yn cadarnhau hynny.

'Dydi Gwyndaf ddim yn coelio dy gyffes di chwaith,' medda fi wedyn.

Cododd fymryn ar ei llygaid. Yna edrychodd arna i am ennyd.

'Pam gwnest ti hi?' gofynnais.

'Paid â gofyn ryw hen gwestiyna.'

A fedrwn i ddim peidio â chymharu'i llygaid clirion trist hi â rhai Mam. Roedd cymeriad, salwch, neu ba enw bynnag arall y medrid ei gael iddo, yn llenwi'r rheini yn ddigon aml. Ei absenoldeb oedd un o'r pethau a wnaeth y pryd bwyd awr ynghynt mor ysgytwol. Welis i mo'r un arwydd yn llygaid Elsa i gefnogi na chadarnhau dim yr oeddan nhw wedi'i ddeud amdani, yn ystod ei hwythnosau yma na rŵan chwaith. A doedd Elsa ddim yn ffordd sgubo dan fat o gael gwared â Margaret a'i salwch a'i phechodau

157

chwaith. 'Tydi pob math ar bobl yn newid eu henwau o bryd i'w gilydd, 'neno'r Duw.

'Mae rhif ffôn Gwyndaf gen i,' medda fi.

Cododd ei llygaid yn sydyn.

'Mae o gen titha hefyd, 'tydi?' medda fi ar amrantiad.

Nodiodd.

'Wyt ti wedi'i ffonio fo?'

'Naddo.'

'Pam?'

Ddaru hi ddim ond ysgwyd ei phen.

Daeth Sali drwodd ac eistedd gyferbyn â fi. Llithrodd Meri fach i lawr o'r soffa a dringo ar ei glin. Swatiodd ati a rhoi'i bawd yn ei cheg a chysgu. Mor swynol syml â hynny. Ond roedd y synnu gwag diobaith yn llamu i lygaid Elsa y munud hwnnw. Gwelais y gofid yn llamu yr un mor sydyn i lygaid Sali. Cododd, ac aeth â'r fechan i fyny i'w llofft.

Nid atgoffa oedd o, debyg. Dim ond brifo.

Fedrwn i ddeud dim, dim ond gwrando ar sŵn pytiog Sali'n rhoi Meri fach yn ei gwely. Munud neu ddau fuodd hi nad oedd hi i lawr yn ei hôl.

'Mi gei di fwyd munud,' meddai wrth Elsa. 'Mi gei di aros yma hefyd,' ychwanegodd, 'heb i neb wybod os dyna ti'i isio. Ond rwyt ti'n gwybod na ddaw dim ohoni felly.'

Doedd arni hi ddim ofn Sali fel y tro o'r blaen.

'Ga i ffonio?' gofynnodd.

'Cei siŵr.'

Cododd, ac aeth drwodd at y ffôn.

'Doedd gen ti ddim mymryn o ofn iddi fod ar ei phen ei hun hefo Meri fach,' medda fi.

'Wel nac oedd, debyg,' wfftiodd Sali'n dawel, a gwên fechan yn dod i'w hwyneb.

Fedrid ddim cael prawf mwy terfynol na hynna.

20

'Danial,' meddai Simon, yn canolbwyntio mwy ar y mygiad te yn ei law nag arna i.

Ond bu'n rhaid i mi aros. Doedd o ddim am ganlyn arni. Cododd ei olygon, fel pe bai i chwilio am gymorth gan Sali. Ond gwrando roedd hithau hefyd.

'Y ffaith amdani,' medda fo wedyn yn ara, 'ydi nad ydi hi – wel dydi hi ddim ffit i – naci, nid dyna ro'n i'n 'i feddwl . . .'

Chwiliodd ei de drachefn.

'Does 'na'r un mymryn o dystiolaeth i awgrymu 'i bod hi wedi gwella digon i gymryd cyfrifoldeb am yr hogyn bach,' medda fo ar dipyn o ruthr.

Roedd Sali a fi mor dawel â'n gilydd o hyd.

'Dydw i ddim yn trio bod yn greulon, 'neno'r Duw,' meddai yntau wedyn yn daer. 'Ella y basai'n well tasach chi wedi ffonio neithiwr,' ychwanegodd yn y man. 'Nid 'mod i'n gweld bai arnach chi chwaith.'

Chawson ni ddim gwybod gan Elsa pwy roedd hi wedi'i ffonio, a chymryd ei bod hi wedi ffonio rhywun o gwbl. Ella'i bod hi wedi codi'r ffôn ac wedi methu. Ella bod ei meddwl truan hi ar y grisia a'r terfysg difesur arnyn nhw y tro dwytha iddi'u gweld nhw, os daru hi 'u gweld nhw o gwbl y bore hwnnw. Roedd hi wedi cael bwyd, ac wedi derbyn y cynnig i aros am noson. Roedd hi wedi deud cyn mynd i'w gwely ei bod am fynd yn ôl atyn nhw drannoeth, a hynny o'i gwirfodd. Gwirfodd o ryw fath, ella. Gadael iddi ddaru ni heb bwyso dim mwy arni, a phan godon ni bora trannoeth roedd hi wedi mynd. Wn i ddim be ddigwyddodd, oedd hi wedi bwriadu dychwelyd, a methu, 'ta dim ond deud hynny wrthon ni i gael llonydd roedd hi.

Ond y peth nesaf oedd Simon yn ffonio i ofyn ble'r oedd hi. Roedd rhywun wedi'i gweld hi hyd y fan ac wedi deud wrthyn nhw.

'Wyt ti ddim wedi styriad 'i bod hi'n gwneud ymdrech i fod ar 'i gora yn dy ŵydd di?' gofynnodd wedyn.

Doedd o ddim hefo ni bryd hynny. Doedd o ddim yma i weld Elsa a Mebyn hefo'i gilydd. Doedd yr un o'r traed fu'n arswydo fy nhŷ y bore hyll hwnnw wedi bod yn dystion i hynny. Y llaw wen yn mwytho. Y cariad a'r tynerwch tawel yn y llygaid duon.

Naddo, ddaru hi ddim.

'Dangos i ti 'i bod hi'n fam hollol naturiol,' meddai Simon.

Madda i mi am fod yn fam mor sâl, Danial bach.

Uffar dân.

Doedd hi ddim, 'neno'r Duw. Y gesio diflino i ddatrys y patrwm ro'n i wedi'i wneud wrth roi triog ar 'y mechdan. Yr help diflino i ddysgu i mi ddarllen a hyd yn oed i sgwennu cyn i'r ysgol gael gafael yno' i. Yr hwyl diflino wrth chwarae snap ne' roi jig-so wrth ei gilydd. Do, mi ddaru hi brynu dillad ddau seis rhy fawr i mi ar gyfer yr ail flwyddyn yn Rysgol Fawr am 'mod i'n tyfu ac yn y gobaith y basan nhw'n para, Duw a ŵyr am ba hyd. Dwi'n cofio Twmi'n piso chwerthin wrth eu gweld nhw amdana i ac yna'n sobri'n llonydd wrth sylweddoli nad camgymeriad oeddan nhw a Dad yn anghymeradwyo ac yn ei gadael hi ar hynny a'r plant erill a'r athrawon yn sbio fel lloua a finna yn fan'no hefo llewys 'y mlesar yn cyrraedd bron at 'y mhenna-glinia 'fath â Hitler. Ond ches i rioed mo 'mhlagio hyd at syrffed i wneud gwaith cartra diderfyn a diddarfod chwaith, fel y rhan fwya o fy mêts.

Ond roedd Twmi'n tyfu hefyd, yn gynt na fi tasai'n mynd i hynny. Ac roedd ei ddillad ysgol newydd o'n ffitio.

160

'Dydi hi ddim i'w thrystio, Danial,' meddai Simon wedyn i ddod â fi'n ôl i'r presennol trist.

'Fedrai hi ddim actio tasai hi'n trio hyd dragwyddoldab,' medda fi. 'Nid actio fyddai o prun bynnag. Cynllwynio fyddai hynny.'

'A fedrai hi ddim gwneud hynny?'

'Gofyn gwestiwn gwirion am newid, bendith Dduw iti.'

'Pam fyddai hi'n prynu babi dol i hogyn?'

'Y?'

'Os nad ydi lluchio peth felly i lyn i weld be fydda d'ymatab di a lluchio'r broets 'na i'r llyn i weld be fydda d'ymatab di i hynny hefyd yn gynllwynio, mi liciwn i wybod be sydd. Cynllwynio ne' hudo. Amball dro mi all y ddau olygu'r un peth.'

Doedd o ddim i fod i wybod am y babi dol.

'Be ddigwyddodd i honno?' gofynnodd wedyn yn sydyn.

'I be?'

'Y babi dol.'

'Dim syniad.' Rhywbeth ar gyfer offeiriad ydi cyffes. 'Pwy ddudodd wrthat ti amdani?'

'Hi'i hun. A mi ddaru Gwyndaf gadarnhau hynny, ar ôl dy stori di. Ac nid er mwyn 'i chondemnio hi chwaith. Roedd hi wedi prynu honno prun bynnag. Yr unig beth y daru hi dalu amdano fo. Dwyn pob dim arall ddaru hi, gan gynnwys y broets mae'n debyg.'

'Os nad oedd gynni hi bres . . .'

'Mi aeth o'i ffor' i brynu'r ddol 'na'n un swydd i ti. Cynllwynio ydi hynny.'

'Ne' chwilio am lonydd.'

'Mae un peth yn sicr i ti, helpi di ddim arni wrth guddiad dim byd. Dydi hi ddim mewn cyflwr i fagu plentyn, a dyna fo.'

161

Madda i mi am fod yn fam mor sâl, Danial bach.

Uffar dân.

Hen gwpan oedd hi, nid cwpan shefio bwrpasol fel roedd y bywyd dros y ffin yn deud wrthan ni, bobl a phlant, mor angenrheidiol oeddan nhw i fywyd gwâr a shêf gyffyrddus. Ddefnyddis i rioed un, dim ond dal y brwsh a'r rasal dan tap dŵr poeth. Ond mi fyddai gan Dad un, yr hen gwpan wen oedd wedi mynd braidd yn rhy hyll ei chyflwr i'r bwrdd bwyd. Ac un noson doedd dim hanes ohoni. Mi ofynnodd lle'r oedd hi. Mi ddudodd hithau na wyddai hi ddim. Mi ailofynnodd ynta gan gynnig yn ddigon blin na fedrai hi fod wedi mynd i unlla ar ei phen ei hun 'neno'r Duw a'r eiliad nesa roedd hi'n ddiawl o ffrae. Roedd hi'n gymaint o ffrae a'r ddau yn gweiddi nerth eu penna nad oeddan nhw'n ffraeo am beth cyn lleiad, siŵr Dduw, nes y sleifis i allan mewn ofn a rhedeg i'r cwt a thynnu'r pedair nytan oedd wedi dechrau rhydu ar 'y meic o'r paraffin yr o'n i wedi'i dywallt i hen gwpan yr o'n i wedi'i bachu o'r gegin fach a mynd â'r gwpan hannar milltir daclus i lawr yr afon a'i malu hi'n deilchion a'i gwasgaru yma ac acw ymhlith cerrig yr afon. Pan ddois yn ôl roedd y ffrae'n dal mewn anterth digyfaddawd a Dad yn goch at ei wegil a thun sŵp yn llawn o ddŵr berwedig dan y drych o'i flaen.

'Danial,' meddai Simon i ddod â fi'n ôl i'r presennol trist, 'os ydw i'n swnio'n greulon, mi fedra i feddwl am betha creulonach.'

Gorffennodd ei de. Cododd.

'Mae'n ddrwg gen i na fasa gen i rwbath mwy gobeithiol i'w ddeud wrthach chi,' medda fo. 'Os daw hi i'r fei, mi gewch wybod. A mi ffoniwch chitha os daw hi yma eto.'

Roedd Sali wedi bod yn dawel iawn.

'Tasai rwbath wedi digwydd i Meri, mi faswn i wedi

mynd ohoni'n llwyr,' meddai hi, yn edrych arna i ac nid ar Simon. 'A dw i'n normal, hyd y gwn i.'

'Roedd yr ymchwiliad mor llawn ag oedd bosib iddo fo fod,' atebodd Simon. 'Cyn yr achos ac ar ôl iddi bledio.'

Ella nad oedd o wedi disgwyl i Sali fod mor drist a fflat â fi.

'Mi gafodd hi bob chwara teg,' medda fo wedyn.

'Does 'na neb yn ama hynny,' atebodd Sali. 'Ond mae angan rwbath 'blaw hwnnw weithia.'

Madda i mi am fod yn fam mor sâl, Danial bach.

Uffar dân.

Ar fynd allan oedd hi, newydd roi ei sgarff am ei phen, y sgarff amryliw oedd dan ei sang o luniau adeiladau crandiaf Llundain. Roedd hynny ynddo'i hun yn statws nad oedd i bawb, yn enwedig ag ynta wedi dŵad yn anrheg Nadolig gan Anti Ffwl Stop. Dyma'r gair ceiniog o enau Dad a dyma hi'n uffar o ffrae. Rêl Glyn Pen Cwmwd, myn diawl! Doedd y gair hwnnw ddim yn bod; doedd 'na ddim ceinioga rŵan ac roedd pawb oedd ddim mor igerrant â fo'n gwybod hynny. Igerrant! Dim byd ond igerrant! Be ddiawl arall ydi honna? gofynnodd yntau, yn pwyntio at geiniog ymysg y mymryn pres ar y bwr'. Wan pî! gwaeddodd hithau, mae pawb yn gwybod mai pî ydan ni i fod i'w ddeud! Y gwegi dychrynllyd yn gymysg â'r dirmyg yn y llygaid wrth gyhoeddi'r gorchymyn. Ac fel ym mhob ffrae, unrhyw awgrym o anghytundeb ac roedd 'y nghontradictio i am bob dim yn neidio rhwng bloedd a chwynfan yn gonglfaen i'r amddiffynfa ddi-ildio. Yr un gorchymyn oedd wedi deud mai Snowdon oedd yr Wyddfa i fod o ryw ddydd yn y gorffennol anniffiniedig ymlaen. Naci, nid yn y gorffennol anniffiniedig. Roedd ffrindiau o Lerpwl wedi'i gwadd hi atyn nhw am ddeuddydd neu dri er mwyn iddi gael mymryn o wylia, yn lle'i bod hi'n tendio arnon ni ddydd a nos. Mi es i'w chwfwr hi at bŷs hannar awr wedi wyth y noson y dychwelodd. Dim ond sbeitio'r tri golau stryd rhwng y bŷs a tŷ ni ddaru hi yr holl ffor' adra a mawrygu ysblander goleuadau Lerpwl fesul un. Dri chwarter awr ar ôl cyrraedd adra a rhyfeddodau'r tridiau a'r ddinas oruwchdragwyddol wedi'u hail-fyw'n llachar ger-bron cynulleidfa yr oedd ei gwerthfawrogiad yn pylu braidd yn gyflym y gofynnodd Dad lle ddiawl aeth dy Gymraeg di, ddynas?

'Mae synnwyr yn deud bod raid inni roi diogelwch y plentyn o flaen pob dim arall,' meddai Simon i ddod â fi'n ôl i'r presennol trist.

Mae'n debyg na fedra fo ddim peidio â siarad siop, ddim peidio â chanolbwyntio ar ffeithiau oer plismona, ar yr hyn mae breuddwydwyr yn ei alw weithiau'n rhyddiaith, yn enwedig pan mae o'n chwalu, neu hyd yn oed ddim ond yn amau'r breuddwydion gyda'i oerni moel neu'i onestrwydd.

'Mi faswn i'n dawnsio o lawenydd taswn i'n gallu nôl yr hogyn bach bora fory a'i roi o'n ôl iddi,' meddai wedyn.

Mi wyddwn i 'i fod o'n deud y gwir.

'Go brin y caet ti neb i dy ama di,' medda fi.

'Mae gen inna blant hefyd 'toes?'

Mi wyddwn i 'i fod o'n deud y gwir.

Madda i mi am fod yn fam mor sâl, Danial bach.

Uffar dân.

Ond doedd hi ddim, 'neno'r Duw. Cwmwl ola'r bore'n darfod a hithau'n rhuthro i roi caws a thomatos ar frechdana a llwytho bisgedi a diod i fag a ffwr â ni i fyny i'r mynydd i hel llus. Diwrnod anfarwol o hwyl a sbri a'r gacan lus fwya blasus a gafodd neb erioed yn gyflog. Dad yn methu ne'n 'cau fforddio rwbath i Twmi a fi wrth y bwr' swpar un noson am fod hannar cyflog y mis hwnnw wedi mynd ar y blydi defaid. Hithau'n mynd i fyny i'r llofft toc, a minna'n 'i gweld hi drwy rigol y drws yn mynd i'r coffor ac yn tynnu pres ohono fo a'u rhoi yn slei bach yn ei phoced. Ac mi gafodd Twmi a fi'r anghenraid anghofiedig hwnnw trannoeth. Mi ddylwn gofio be oedd o, debyg. Oherwydd doedd 'na ddim cymaint a chymaint o drugareddau i'w cofio. Pan fyddwn i'n mynd i dai eraill roedd eu cyflwr a'u carpedi nhw'n dipyn mwy graenus na'n matiau ni, er bod Dad yn cael o leiaf cymaint o gyflog â'r rhan fwya o'r tadau yn y tai hynny. Ydi Danial am ddŵad hefo ni? gofynnodd brawd Dad rhyw fore Sul a nhwtha ar gychwyn i weld y brawd arall yn Ysbyty Lerpwl bell yr ochor arall i'r twnnel anhraethol ddiddorol nad o'n i wedi'i weld ond unwaith ar drip 'Rysgol Fach pan aeth y bŷs â ni i New Brighton i ddal y *Royal Iris* dros yr afon a dod i'n cwfwr ni i'r ochor arall a mynd â ni'n ôl dan yr afon. Na, does gynno fo ddim trwsus digon da, meddai Mam. Chawn i ddim gwisgo fy siwt ora i drip felly. Do'n i ddim isio prun bynnag – fyddai neb call yn gwneud peth felly. Yr unig drwsus arall a ddylai fod yn ddigon da oedd trwsus ysgol ond roedd 'na batsh ar ben-glin hwnnw ar ôl imi faglu ar 'i odra fo wrth drio rhedag ac ynta'n rhy hir o fodfeddi. O, Duw a ŵyr. Da, sâl, da, sâl, dip dip sgai blŵ.

Trio dallt dw i, 'neno'r Arglwydd.

'Be 'di barn Gwyndaf?' medda fi, hefo nhw eto.

'Gad iddo fo,' meddai Simon.

Doedd Gwyndaf chwaith ddim wedi gallu bod yn dyst i Elsa a Mebyn hefo'i gilydd. Ond roedd o'n dallt.

Rhyw awr ar ôl i Simon fynd, a Sali a minna mor dawel bensyn â'n gilydd a Meri fach yn chwarae'n ddiwyd a'r un mor dawel, y canodd y ffôn.

'Gwyndaf sy 'ma. Ga i ddŵad draw?' gofynnodd mor ddi-lol ag arfer.

Chawson ni ddim ohono fo am y chwarter awr cynta am fod Meri fach wedi'i hawlio fo ac ynta'n chwarae hefo hi fel tasa fo pia hi ac yn ymuno ac yn ymgolli'n naturiol yn ei byd bach hi. Ond roedd y pryder yn dal yn y golwg yn y llygaid chwareus.

Digon synfyfyriol oedd o pan ddychwelodd at bethau'r byd a'r bywyd hwn hefyd. Roedd o'n dal i chwarae hefo Meri fach ac yn sôn am Elsa hefo ni ac yn holi amdani tra buo hi yma'r eildro.

'Y drwg ydi bod y Bòs yn codi'i wrychyn bob tro rydw i'n sôn amdani,' medda fo.

'Simon?' gofynnodd Sali.

'Ia. Dw'i ddim yn credu fod y lle 'na'n addas iddi hi. Dyna pam y methodd hi.'

'Gormod yno?'

Cododd ei lygaid ar unwaith.

'Ia.'

'Lle oedd hi hefo'i babi cynta?' gofynnais yn sydyn. 'Gafodd hi lonydd hefo'r hogan fach?'

'Be?' atebodd ar unwaith. 'Meddwl ei bod hi wedi'i lladd hi am bod 'na fygythiad i fynd â hi oddi arni ydach chi?'

Doedd dim gobaith o gael y blaen ar hwn. Ro'n i'n gwrido'n ynfyd.

'Ella,' medda fi'n llywaeth.

Roedd yn amhosib celu prun bynnag.

'Paid â chymryd sylw ohona i,' ychwanegais. 'Does gen i ddim clem ar betha fel hyn.'

'Mi fasa hi'n well tasa posib cael tŷ ne' fflat iddi ar 'i phen 'i hun,' meddai Sali.

'Ella,' atebodd Gwyndaf. 'Ne' 'i chael hi hefo rhyw un person arall am gyfnod. Rhywun hŷn na hi ella, rhywun fedra fod yn gwmni iddi hi, i sefydlogi petha. Dim ond y mymryn lleia o ymdrech sydd 'i hangan.'

'Chei di'r un ohonyn nhw i gytuno â chdi,' atebais.

'Wel . . .'

Cododd ei sgwyddau, a rhoes ei sylw ar Meri fach drachefn.

'Mi fedrai weithio,' medda fi ar ôl rhyw ennyd. 'Mi fedra fo beidio hefyd.'

'Does gen i mo'r hyfforddiant i wybod y naill ffor' na'r llall,' atebodd, bron yn ymddiheurol, 'dim ond awgrymiada blêr.'

'Ella basa fo'n gweithio,' medda fi, 'ond meddylia am ei rhoi hi hefo rhywun fel Mam, a hynny ella'n hollol ddiniwed ac anfwriadol. Mi fedrai fynd yn uffern ar y ddaear iddi mewn eiliad. Os ydi'r dychymyg wedi dofi, mae'r angan am y gelyn ysbeidiol yn dal i fod yna. Ddiflannith hynny ddim bellach. Mi fedrai hi fod yn ffrindia mynwesol i – i Margaret am fisoedd ac mi fedrai hi fynd yn brif elyn mewn chwinciad heb reswm na rhybudd.'

'Rydach chi'n deud Margaret,' meddai Gwyndaf.

'Weithia,' atebais.

'Ne' ella bod 'na rywun arall fedrai wneud hynny,' meddai Sali.

'Pwy?'

'Chdi.'

Doedd hi ddim yn trio tynnu'i goes o. Roedd ei llygaid yn dangos hynny'n ddigon amlwg.

'Dyna oedd arnat ti isio'i glywed,' medda fi.

Roedd o wedi rhoi'r gorau i'r chwarae, ac roedd Meri fach yn amlwg yn synhwyro nad wedi'i golli o roedd hi.

Roedd hi'n eistedd yn llonydd ar y carped, yn syllu a syllu i'w wyneb.

'Nid siarad amdani yn 'i chefn hi wyt ti,' medda fi wedyn.

'Yli, dydan ni ddim yn meddwl dy fod di'n gwneud rhyw ymchwiliada ne' brofion i edrach ydi hi'n ddigon da i ti,' meddai Sali ar ei phen. 'Mae'n ddigon amlwg nad wyt ti'n gwneud hynny.'

Dyna ro'n i'n drio'i ddeud. Mae Sali ar y nêl siŵr.

Cododd Gwyndaf ei lygaid. Edrychodd braidd yn ofnus arnon ni'n dau yn ein tro.

'Fedra i ddim peidio meddwl nad dyna dw i'n 'i wneud,' meddai'n syn.

'Yn enwedig os ydi Simon yn dal i dy rybuddio di,' cynigiais.

'Dydw i ddim yn 'i nabod o,' meddai Sali, 'ond ella 'i fod o'r math o ddyn sy'n darllen gormod ar betha fel adroddiada. Mi fedar hynny dy gael di yn y diwadd, nes na fedri di ddim meddwl ond yn yr un ffor' â nhw.'

Roedd rhyw ddireidi'n bygwth drwy'r wên fach drist a ddaeth ar ei wyneb.

'Ac os oes gen ti rywun sy'n meddwl felly'n gwrthdaro'n erbyn rhywun sydd â dim mymryn o ddiddordab mewn petha fel teledu a phapura newydd a hel straeon ond sy'n gallu gwerthfawrogi petha o'i chwmpas heb wneud rhyw ddrama ynglŷn â hynny chwaith, go brin y cei di ddealltwriaeth,' medda fi. 'Dydi Simon ddim yn dallt Elsa. Dw i ddim yn meddwl 'i fod o'n dy ddallt titha chwaith.'

'Elsa,' meddai yntau'n dawel, a'r wên fach drist yna o hyd.

'Ia, debyg,' medda finna.

'A phrun bynnag,' meddai Sali wedyn, 'os wyt ti'n poeni

am betha fel gorwadd mewn hers, anghofia fo. 'Dydi pob math ar ffilmia'n dangos petha felly.'

'Ydach chi'n gwybod, felly?' gofynnodd o ar ei union.

'Ydw siŵr. Mae Danial wedi deud y cwbl wrtha inna hefyd.'

'Ffilmia 'di'r rheini,' medda Gwyndaf yn dawel. 'Ella bydda i'n rhoi'r gora iddi,' meddai wedyn, yr un mor dawel syn.

'I be?' gofynnais.

'I'r job.'

'Pam?' rhuthrais. 'O achos Elsa?'

'Dw i 'di bod yn chwilio pob man amdani hi. Hyd yn oed pan dw i i fod wrth 'y ngwaith.'

'Rwyt ti isio bod hefo hi, felly,' meddai Sali.

'Oes.'

Mor dawel. Mor syml.

21

Fi gafodd ail.

Ro'n i wedi gwrthod y cynnig o banad gan Mam am fod Meirion (roedd yr enw hwnnw'n haws i'w ddysgu na 'Margaret') yn dal i fod yn gl'uo isio ffrindia. Mae'r dyn yn iawn, siŵr, chwarddodd Sali wrth dderbyn ei wahoddiad i fynd i Gefnhesgen am de. Mae'n well gen i gymdogaeth dda na chymdogion sbenglas prun bynnag, meddai hi wedyn.

Ella baswn i wedi boddi yn y banad prun bynnag. Pan bicis i yno yn syth ar ôl cinio roedd Mam yn sefyll wrth y bwrdd yn darllen taflen gladdu Yncl Dic, y daflen yr o'n i wedi'i gadael mor ddiawledig o fwriadol dan ei thrwyn bythefnos ynghynt.

'Dic druan,' meddai.

'Be?' medda fi, yn hen ddigon sydyn ac uchel.

'Mi weithiodd o 'sti. Roedd o'n gweithio'n gletach na'r un ohonyn nhw a fynta'n ddim ond clapyn.'

Daeth i'w chadair ac eistedd yn ymdrechus. Doedd hi'n cymryd dim sylw o 'ngwyneb i.

'Dic druan.'

Arglwydd mawr.

'Roedd Tada'n ddidrugaradd hefo fo. Rhy wirion o sdric. Dydi hynny'n dda i ddim, siŵr, nac'di Danial?'

'Nac'di,' medda fi. Fedrwn i ddim hyd yn oed ei gael o i swnio fel cytuniad.

'Deuddag oed oedd o. Cneua ganol Awst 'radag honno. Maen nhw'n llawar cynt rŵan, 'tydyn Danial? Dyna pam mae'r bwydydd 'ma wedi mynd mor ddi-flas, 'te 'mach i?'

'Ia. Ia ella.'

'Roedd o wedi bod wrthi drwy'r dydd ers ben bora, cyn 'i gleuad hi, tan iddi ddechra twllu, wrthi'n ddi-stop yn yr hen gae hir hwnnw. Wyt ti'n cofio hwnnw, Danial, y cae wrth ochor 'rafon? Hwnnw y buost ti a Twmi'n hel gwair ynddo fo pan oeddach chi'n fach.'

'Ydw.'

'A Tada'n gweiddi a chega'n ddiddiwadd ar Dic, yn enwedig os oedd o'n torri ne'n colli dannadd cribin. 'Doedd pawb yn 'u torri nhw weithia siŵr. Roedd Dic yn well na neb am beidio, chwara teg iddo fo. Bora trannoeth roedd Tada'n gweiddi arno fo wedyn cyn chwech, a Dic druan yn chwrnu cysgu, wedi ymlâdd.'

Doedd hi ddim yn crafu. Roedd y dwylo cam yn llonydd ar ei harffed.

'Chododd Dic ddim. Dyma Tada yn 'i ôl i'r tŷ mewn deg munud a gweiddi arno fo wedyn. Gweiddi dros 'tŷ. 'Sgin i ddim mynadd, medda Dic, dw i 'di blino. A wyddost ti be ddaru Tada, Danial?'

'Be?'

'Mynd i fyny i'r llofft a'i guro fo. 'I ffonodio fo nes 'i fod o'n ddulas. Dic druan. Hen ffon fugail hir, felan, a honno'n beth drom. Un giaidd oedd hi 'yfyd. Yr hen ddiawl creulon iddo fo. Ew! roedd o'n greulon.'

Arglwydd mawr! Roedd hi'n sôn am Sant Llain Rhent!

'Dic druan.'

'Gododd o wedyn?' Prin glywed fy llais fy hun ro'n i.

'Be, 'mach i?'

'Be ddaru Yncl Dic wedyn?'

'O, codi a gweithio. Mi aeth Dot a fi i'w helpu o, a Tada'n bytheirio. Ond mi helpon ni Dic er bod arnon ni ofn Tada am ein bywyda. Roedd o'n gwylltio'n waeth wrth weld Dot yn crio ac yn dal i helpu Dic druan. Un benderfynol oedd Dot. Ond thwtsiodd Tada mohono fo wedyn chwaith y diwrnod hwnnw.'

Pa fodd y cwympodd y cadach. Arglwydd mawr.

'A mi roddodd Dot a fi ein pres pocad i Dic hefyd. Unwaith y mis oeddan ni'n cael pres pocad, dim ond dwy geiniog bob un, ond mi roeson ni nhw i Dic y diwrnod hwnnw.'

'Be am y B-B?'

'Be, 'mach i?'

'Lle oedd Sant Iago?'

'Y?'

'James. Lle oedd o?'

'O, stydio fydda James. Gynno fo oedd y brêns.'

Haleliwia.

'Fydda Tada byth yn gas hefo fo, dim ond hefo Dic. Tasa dy dad wedi dy drin di a Twmi fel'na mi faswn i wedi'i saethu o.'

Haleliwia.

'A Dic yn gneud 'i ora. Gweithio'n gletach na neb.'

Dic druan. Mi es i adra'n syfrdan. Twmi a fi'n hel gwair Llain Rhent ac yn gadael dannedd cribin ar ein hola ar y cae fel tasan ni wedi'u hau nhw. Cribinio ydach chi i fod i'w wneud, nid blydi 'redig! Taid Llain Rhent yn gwneud dim ond arthio. Fedra fo ddim canmol heb chwyrnu. Neb yn plesio dim. Doeddan ni rioed wedi gafael mewn cribin cyn y diwrnod hwnnw prun bynnag, Twmi na fi. Lembo dwl. Roedd gan bob ffarmwr arall betha 'blaw hen drolia simsan i'w rhoi'n sownd y tu ôl i'w tractora adag hel gwair, a hynny ers blynyddoedd. Pawb ond Taid Llain Rhent. Petha rhatach oedd gynno fo, siŵr Dduw. Bechdan fenyn yn gyflog. Menyn cartra, a blas y diawl arno fo. Mi fethis i hefo'r gegiad gynta. Mi barodd Twmi tan y drydedd. Yna mi ddiawliodd y menyn ac mi gafodd hirad.

Roedd Sali yn y gegin a chanu Meri fach yn dod o'r gegin ffrynt. Syfrdan neu beidio, roedd blaenoriaethau'n galw. Mor dynn, mor dynn yn ein gilydd. Fel'ma roedd hi i fod.

'Mam byth sws i Dad!' gwaeddodd y llais bychan. 'Dim ond i Danial!'

Syllu sobreiddiol, lygaid yn llygaid. Rhoes Sali'i llaw ar ben y fechan a mynd i'r llofft i newid.

Ar ein ffordd i Gefnhesgen a'i groeso newydd mi ddaru ni aros ar gopa'r Foel i Meri fach gael chwarae a gwirioni. Aethom â hi i Furddyn Eithin iddi gael chwarae a gwirioni ac i lan Llyn Bach a thrio dobio dŵr yn beryg heb Mam ne' Danial i'r pen bychan prysur.

Roedd croeso mawr a bonheddig inni. Roedd Meirion wedi gwisgo siwt 'neno'r Duw. Do'n i ddim wedi bod ar gyfyl Cefnhesgen ers iddo fo ddod i fyw yno a'r peth cyntaf newydd a thrawiadol welis i oedd clamp o larwm ar y talcan. Dyma fi'n ystyried tybed ai hwnnw ro'n i wedi bod yn 'i glywed a'i ddamio bob hyn a hyn yn ddiweddar. Rhywbeth bach i Meirion oedd penderfynu oedd diben cael peth felly mewn lle fel Cefnhesgen debyg, ond daeth y rheswm amdano fo'n glir unwaith inni fynd dros y rhiniog. Roedd y lle'n llawn creiriau, yn llestri, yn ddarluniau, yn gelfi a dodrefn, a'r rheini i gyd wedi'u gosod hyd y tŷ yn ofalus a chwaethus. Roedd symylrwydd tlodaidd y ddau frawd a'r chwaer y bûm i'n mynd â nhw o'no un ar ôl y llall yn ebargofiant.

'Pawb â'i hobi,' gwenodd Meirion.

Roedd Sali wedi gwirioni. Do'n inna ddim yn drwglicio dim yno chwaith. Am hynny doedd dim rhaid i'r tywys o grair i grair ac o ddodrefnyn i ddodrefnyn fod yn ffurfiol a doedd dim angen diddordeb smalio a'i straen. Rhoddodd Meirion Meri fach i eistedd ar gadair blentyn bedwar cant oed o waelodion Morgannwg a thynnodd ei llun hefo camera drud. Yma yn ei gynefin hefo'i hoff bethau doedd dim arlliw o'r ffurfioldeb oedd yn tagu'i bersonoliaeth pan oedd o allan ac yn troi pob sgwrs yn gyfres o gyhoeddiadau syber ac ella sylfaenol ansicr. Dim ond gofalu nad oedd y dwylo bach yn mynd yn rhy agos at ddim y gellid ei dorri oedd isio i ni ei wneud. Ond er hynny roedd gen i achos i ddiolch bod y te rhwng dwy ran y tywys.

Newydd fynd i'r parlwr roeddan ni. Roedd y ffôn wedi canu a Meirion wedi mynd i'w ateb gan ein gadael yno a Sali'n dal i wirioni. Ro'n i eisioes yn gweld ymweliadau â siopau hen bethau yn dechrau dod yn rhan o batrwm bywyd wrth wenu yno ar ei brwdfrydedd. Doedd hi rioed wedi'i ddangos yn ein hen ddyddiau ni. Wrth fynd i mewn roedd Meirion wedi deud mai anaml yr oedd o'n defnyddio'r parlwr ac ei fod yn difaru na fyddai'n mynd yno'n amlach bob tro'r oedd o'n agor y drws.

Sali sylwodd.

'Hei!' sibrydodd. 'Yli!'

'Rarglwydd!'

Roedd carreg beryl yn y broets yma hefyd. Doedd ynddo'r un pen bygythiol, ond roedd digon o gyrff dynol hefo pennau anifeiliaid yn rhyw wau drwy'i gilydd a digon o gerfiadau llenwi lle rhyngddyn nhw. Roedd sarff barod ar y gwaelod, yn cordeddu am y garreg. Roedd y broets ei hun ella ryw ddwy fodfedd yn fwy na'r llall. A'r hyn oedd yn gwahardd cyd-ddigwyddiad, os nad ni'n dau oedd yn dymuno credu felly, oedd nad oedd y silff honno mor llawn â'r silffoedd eraill yn y cwpwrdd gwydr. Roedd digon o le arni i ddal partner i'r broets. Rhoddais gip i gyfeiriad y drws a thynnu yn nwrn y cwpwrdd. Roedd o wedi'i gloi.

'Fa'ma oedd hi cyn dŵad atat ti,' sibrydodd Sali.

'Dydi o ddim yn gwneud synnwyr,' medda fi. 'Fedra hi ddim bod yma, ne' fasa fo ddim wedi . . .'

Roedd Meirion yn dod drwy'r drws. Roeddan ni'n rhy hwyr i drio cymryd arnon nad oedd ein sylw ni ar y cwpwrdd.

'Mae'r rhein yn rhyfeddol,' cynigiodd Sali.

Ella mai fi oedd yn meddwl bod ei chwarddiad bychan o'n annidwyll.

'Mi glywis i arbenigwr yn cega ar y math yma ar gymysgu,' medda fo. 'Petha o wahanol gyfnodau'n cael eu dangos hefo'i gilydd mewn amgueddfeydd. Ond felly mae bywyd go iawn. Roedd 'na ddresal dri chant oed yn fy nghartra i, wedi'i chodi i'r wal fel na fedrai neb byth 'i symud hi o'no. Roedd 'na gloc newydd sbon arni hi, heb sôn am blatia a phetha erill o bob gwahanol gyfnod y medrach chi feddwl amdanyn nhw.'

'Mae hwn yn edrach yn ddigon bygythiol,' meddai Sali'n ddiniwed i gyd gan bwyntio at y broets.

'Gogledd Romania,' atebodd o.

Doedd dim golwg wyliadwrus arno fo chwaith. Os oedd y broets arall wedi bod yn rhan o'i gasgliad roedd o'n gwybod siawns mai Elsa oedd wedi mynd â fo ac mi fedrai o felly ama cysylltiad rhwng y broets ac acw. Ac ella'i fod o, fel cyn-brif weithredwr ne' rwbath, yn giamstar ar guddio teimladau.

'Mae o'n dangos nad y Beibl bia pob dim sydd ynddo fo,' meddai wedyn. 'Mae'i symbolau o'n bod mewn diwyllianna erill hefyd. Celt ydi hwn, Celt pur di-Iddewiaeth a di-Gristnogaeth.'

'Faint 'di'i oed o?' gofynnais.

'O, tua'r dwy fil 'ma,' atebodd yn ei ddihidrwydd proffesiynol.

'Mae o'n unigryw, felly,' triais.

'Fwy na heb.'

'Mi fydda i'n licio lliw beryl,' canlynodd Sali arni. 'Ydi o'n beth cyffredin cael rhai fel hyn ar eu pennau'u hunain mewn broets?'

'Go brin,' atebodd Meirion.

Doedd o ddim yn llawn mor frwd i ddisgrifio hwn ag yr oedd o hefo'r creiriau eraill chwaith, mwy nad oedd o'n trio tynnu'n sylw oddi arno fo. Doeddan ni fymryn elwach o chwilio a sgota felly. Diolch i Sali, doedd dim angen i mi ddeud fawr ddim, dim ond trio 'ngora i fod yr un mor ddiniwed.

'Ydyn nhw'n brin?' gofynnodd Sali'n benderfynol.

'Dydyn nhw ddim yn gynnyrch ffatri.'

'Mae pris buwch arnyn nhw felly.'

'Dipyn mwy na hynny.'

'Pwy sy'n penderfynu?'

'Wel, y farchnad at ei gilydd.'

Rhoesom y gorau iddi. Ella bod ein cwestiynau wedi cadarnhau'r cysylltiad yn ei feddwl, os oedd o yna cynt. Ar eu holau y daru mi ystyried hynny wrth reswm.

Y peth cyntaf a wnes ar ôl cyrraedd yn ôl oedd mynd i'r ffrynt i edrych trwy'r ffenast i weld oedd posib gweld y broets drwyddi tasa fo lle'r oedd o ar silff ben tân o hyd. Ro'n i bron yn sicr y byddai'r cloc ac un o'r canwyllbrennau wedi'i guddio fo.

'Danial chwilio?' gofynnodd y fechan.

Wrth chwarae a chwerthin hefo hi ar ein ffordd swnllyd o'r ffrynt i'r tŷ roedd fy meddwl ar Elsa a Mebyn a'r annhegwch. A'r broets.

Synfyfyriol iawn oedd Sali.

'Wyt ti'n siŵr na wydda fo ddim am y babi?' gofynnodd.

'Dyna ddudodd o wrtha i. Ac ar ddillad yr hogyn bach ar y lein oedd 'i sylw o pan ffeintiodd hi'r diwrnod hwnnw. Chymrodd o ddim chwinciad i achwyn chwaith.'

'Pam mae o mor ddi-dryst ohoni?'

'Mi ofynnis i iddi oedd 'nelo fo rwbath â'r babi. Nacoes ddudodd hi. Dw i ddim yn meddwl ma' gwadu oedd hi chwaith.'

Roedd yn ddigon hawdd i mi benderfynu mai dim ond rhyw anfodlonrwydd i gydnabod synnwyr cyffredin oedd yn atal Elsa rhag difa'r tawedogrwydd oedd yn ein hatal ni, a Gwyndaf, rhag gallu'i helpu, a bod yr anfodlonrwydd hwnnw'n ymylu ar styfnigrwydd. Un da iawn i ddeud

176

hynny, meddyliais wedyn yn sydyn nes 'mod i'n poethi ac yn gwrido gan fy noethineb di-glem fy hun. Roedd Sali hefyd wedi methu deud pan oedd gofyn iddi. A minna.

'Os fo pia'r broets arall 'na . . .'

'Fo pia fo,' meddai Sali ar fy nhraws.

'Pam mae o mor ddi-hid o'i dynged o 'ta? Os ydi o mor werthfawr.'

'Dim syniad. Sut oedd dy fam?' gofynnodd yn sydyn.

Codais lygiad syn.

'Am y trydydd tro ar ola'i gilydd dw i 'di dŵad o'no heb ddiawlio. Ar goll yn daclus ella, ond dydi hynny'n ddim.'

22

'Fedri di ddeud rwbath 'blaw "Gwyndaf sy 'ma, ga i ddŵad draw", pan wyt ti ar y ffôn?' gofynnodd Sali.

'Weithia,' atebodd Gwyndaf.

Rhyw gwestiwn codi calon oedd o, am fod y sobrwydd a'r gofid fel tasa fo wedi'i serio ar ei wyneb o pan agorodd hi'r drws iddo fo. Roedd Meri fach wedi'i dynnu i mewn a'i hawlio fo y munud hwnnw eto fyth.

'Dim hanas o Margaret?' gofynnodd Sali wedyn.

Rhyw ebychiad o ateb yng nghanol chwarae a gorchmynion byrlymus Meri gafodd hi.

'Wyt ti wedi cael rhyw ddamcaniaeth am y broets 'ta?' gofynnais.

Caeodd ei lygaid i ufuddhau i Meri cyn iddi guddio'i thedi bach dan y glustog wrth ei ochr.

'Ella, ac ella ddim,' meddai, a'i lygaid ynghäu o hyd. 'A

chymryd mai o Gefnhesgen y daeth o, dydi ddim yn rhaid 'i fod o wedi cael 'i ddwyn,' ychwanegodd.

'Broets mor hen a drud â hwnna? Ai petha i'w rhannu ydi petha felly?'

Agorodd ei lygaid pryderus i gymryd arno chwilio am y tedi.

'Os cafodd o'i ddwyn pam na ddaru o ddeud wrthan ni?' gofynnodd. 'Os ydi o mor hen.'

'Mi eith hyn yn ora daero ar ddim.'

'Geith.' Trodd y pryder yn chwerthin wrth iddo afael yn y tedi a gweld y gloywder yn y llygaid o'i flaen. 'Nid trio deud na ddaru Margaret 'i ddwyn o ydw i,' sobrodd drachefn. 'Ond os daru hi, cymhlethu petha mae hynny a gwneud yr holl beth yn fwy disynnwyr fyth.'

'Ella nad oedd o'n cadw'r ddau hefo'i gilydd,' meddai Sali. 'Ella mai yn rwla arall oedd y llall ac nad ydi o byth wedi gweld 'i golli o.'

'Hynny ydi, mi fedrwn ni ddyfalu tan Sul Pys,' medda fi. 'Rwyt ti'n dal i chwilio amdani?'

Cododd fymryn ar ei sgwyddau.

'Wel . . .'

'Rydan ninna hefyd,' meddai Sali, yn syllu'n ddyfal arno am ennyd.

Chwilio. Oedd, debyg. Ond go brin y byddai o wedi gofyn gâi o ddŵad draw dim ond i ddeud hynny.

'Be sydd?' medda fi.

'Oes 'na rywun 'blaw chi'n gwybod am y petha 'ma?' gofynnodd.

'Dw i fel blocyn. Mae hyd yn oed Elfyn wedi laru gofyn,' medda fi.

'Dim ond yr esgyrn mae pawb yn 'u cael gynnon ni,' meddai Sali. 'Y teulu a phawb. Pam?'

'Mae 'na betha wedi digwydd.'

Arhosodd. Canolbwyntiodd ar y tedi a Meri fach. Rhyw fath o ganolbwyntio.

'Wel deud 'ta.'

'I ddechra arni, mae'r Bòs a fi'n dallt ein gilydd rŵan.'

'Simon?' gofynnodd Sali.

'Ia. Mae hynny'n help. Roedd hi wedi mynd braidd yn amlwg i bawb 'mod i rwla rhwng y sêr a'r planeda drwy'r adeg.' Roedd ei sylw ar y tedi o hyd, yn rhyw godi mymryn ar fraich a choes. 'Mi cornelodd y Bòs fi bora Iau a gofyn ar 'i ben o'n i'n teimlo bod f'agwedd i at Margaret a hyn i gyd yn amharu ar 'y ngwaith i. Ydi, medda fi y munud hwnnw. Mi ddychrynodd o gael atab felly ar 'i union.'

'Go brin 'i fod o'n dy nabod di os oedd o'n disgwyl i ti wadu,' meddai Sali.

Cododd ei lygaid. Darganfu deyrnged, a gwridodd fymryn.

'Be ddudodd o?' gofynnais.

'Chafodd o ddim cyfle. Mi ddudis i ella basai'n well i mi chwilio am waith arall. Mi edrychodd ynta fel llo am eiliad. A dyma fo'n deud wrtha i am gau 'ngheg yn dynn a rhoid fy meddwl ar 'y ngwaith am weddill y sifft a mynd yno atyn nhw am swpar y noson honno. Mi gei di'i hagor hi wedyn led y pen, medda fo.'

'Cowtowio,' medda fi.

'Ella,' gwenodd ei wên gynnil. 'Ond mi gawson ni horwth o sgwrs, am oria. Mae'n debyg bod yn rhaid iddo fo gadw hyd braich i radda yn y gwaith, ond ddaru o ddim byd tebyg i hynny nos Iau. Mi ddaeth hi'n amlwg reit fuan bod yr adroddiada roedd o wedi'u cael o'r ysbyty a'r rhai roeddan ni wedi'u cael o'r carchar yn hollol wahanol i be ro'n i wedi'i gael wrth fynd i weld Margaret ac wrth siarad hefo hi. Roedd hi'n anodd credu ein bod ni'n sôn am yr un person. Doedd 'u casgliada nhw ddim yn ffitio Margaret o gwbl. Roedd hi mor onast a naturiol yn deud yr hanas a phob dim wrtha i, ac ro'n i'n cymryd yn ganiataol 'i bod hi'r un mor rhydd hefo'r doctoriaid. Ond doedd hi ddim, o bell ffor' erbyn dallt.'

'A'u darlun nhw oedd Simon yn 'i gael,' cynigiodd Sali.

'Ia. Fedrwn i ddim derbyn mai gwrthod cydweithredu hefo nhw roedd hi. Am ryw reswm, roedd hi'n methu.'

Roedd Meri fach yn llonydd ar y carped yn syllu ddyfnaf fu erioed i'w lygaid, unwaith eto wedi synhwyro'r sobreiddiwch. Roedd o'n dal i chwarae'n ddiarwybod braf hefo'r tedi.

''Dan ni'n gwybod pam hefyd, erbyn hyn.'

'Wel?'

'Chafodd hi ddim babi arall yn y carchar,' medda fo'n dawel.

'Uffar dân!' bytheiriais.

'Y Swyddfa Gartra 'na'n poitshio, cymysgu rhwng dwy hogan. Nhw a'u blydi camfewnbwn. Pam mae 'na fwy o eiria newydd am lanast nag am ddim arall?'

Doedd o'n chwarae dim â'r tedi bellach.

'Mae o'n anghredadwy,' medda fo, bron yn sibrwd. 'Ond mi ddigwyddodd o. Go brin 'i fod o'r tro cynta chwaith.'

'Sut ffendioch chi?' gofynnodd Sali. Roedd hi mor syfrdan â fi.

'Y Bòs ddaru, 'ngweld i mor daer ac mor siŵr o 'mhetha nos Iau. Mi fuo fo ar y ffôn yn diawlio rhyw bobol drw bora Gwenar. Pan ddaru nhw gadarnhau'r llanast roedd o'n lloerig. Ar wahân i'r annhegwch, dydi o ddim yn or-hoff o gael 'i wneud. Mae o isio i mi ymddiheuro i chi drosto fo.'

Ro'n i, wrth gwrs, eisoes yn hawlio fy muddugoliaeth.

'Wedyn roedd y wybodaeth gawson ni gynnyn nhw y pnawn cyn i ni ddŵad yma i'w nôl nhw yn un gybolfa,' canlynodd Gwyndaf arni. 'Nid wedi rhoi gwybodaeth am yr hogan anghywir oeddan nhw, ond wedi cymysgu'n llwyr rhwng dwy. Ac wrth gwrs maen nhw'n cynnal ymchwiliad mewnol. Cau pob ceg.'

'Fyddai'r rhuthro gwallgo 'na y bora hwnnw ddim wedi digwydd, felly,' medda fi, braidd yn wyllt ella.

'Byddai.' Roedd o'n gwrido, yn amlwg ymddiheurol. 'Dyna 'di'r drefn.'

'Ond pam, 'neno'r Duw?'

'Am 'i bod hi wedi torri amoda'i pharôl, ac am nad oeddan nhw'n credu y medrai hi fod yn sâff hefo plentyn. Doedd 'nelo'r cymysgu ddim â hynny. Oherwydd beth bynnag ddigwyddodd hefo'r babi cynta oedd hynny, er bod y peth arall yn atgyfnerthu hynny wrth reswm. 'U hesgus nhw ydi 'u bod nhw wedi cymysgu rhwng dwy hogan oedd â'u problema yr un fath â'i gilydd.'

'Cyfleus iawn.'

'Wedyn roedd y doctoriaid yn meddwl yr un fath â ni ac yn gweld ei gwadiad hi am y babi oedd i fod wedi'i eni yn y carchar yn rhan o ryw batrwm seiciatryddol oedd yn profi 'i bod hi'n bell o fod ar wella'n ddigon da i ddim ond i adael iddi fynd yn ôl i'r hostel. Be oedd hynny iddi hi ond nhw'n dyfeisio tystiolaeth er mwyn cyfiawnhau cadw'r hogyn bach oddi wrthi? Un cyfle i wadu gafodd hi a dyma nhw'n neidio'n syth i gasgliada'r gwerslyfra.'

Uffar dân. Oedd peth fel hyn yn gallu digwydd? Ne' ella oedd rhyw lob diniwed fel fi'n dal i allu synnu? Flynyddoedd yn ôl, cyn fy helynt, roedd Sali wedi mynd allan i rywle a finna heb stremp i ddim. Roedd rhaglen ddogfen ar garchardai ar y teledu, a finna'n rhy ddiog i'w diffodd hi. Ond mewn sbel roedd tri charcharor yn aros i fynd o flaen y llywodraethwr a rhyw bobl bwysig eraill i ryw ddiben neu'i gilydd. Daeth carcharor i mewn a gwneud y peth gosa fuo rioed at foesymgrymu o flaen y gwell. Dyma fo'n deud rwbath a dyma'r llywodraethwr yn dechra taeru hefo fo y munud hwnnw a'i gyhuddo o ddeud clwydda. Nac'dw, syr, meddai'r carcharor. Dyma'r llywodraethwr yn dal ati ac yn ei gyhuddo fo o fod yn godwr helynt ac yn derfysgwr. Nac'dw, syr, meddai'r carcharor wedyn. Dyma'r llywodraethwr yn gwylltio a gofyn iddo fo pwy oedd yn deud clwydda, y fo 'ta'r ffeil? Nid fy ffeil i ydi honna, syr, meddai'r carcharor. Paid â thaeru hefo fi, y basdad hyll! meddai'r llywodraethwr, neu eiriau cyffelyb. Hyd yn oed pan ddaru'r warder oedd yn sefyll y tu ôl i'r carcharor gadarnhau mai ffeil rhywun arall oedd hi roedd y llywodraethwr yn anhraethol gyndyn i dderbyn hynny. A phan ddaru o wneud drwy groen ei din, chlywyd dim ebwch a fedrai swnio fel awgrym o ymddiheuriad o'i geg debyg iawn. Ac roedd hyn i gyd gerbron y camerâu a'r bobol bwysig. A ddaru nhwtha gynhyrfu dim chwaith.

Oedd y peth yn gredadwy? Un waith yr ydw i wedi dŵad â'r corff anghywir o'r ysbyty. Bron nad oeddan nhw'n rhoi'r bai ar y corff.

Mi ddaru nhw hynny yn Iwerddon, siŵr. Milwyr yn saethu dreifar car yn farw pan oedd y car yn mynd ar hyd ffordd oedd ddim yn wag, a dyma'r car di-reol diddreifar yn mynd i ben pafin a lladd tri. Y dyn marw gafodd y bai. Fo, yn ôl y meistri trefedigaethol, oedd yn gyfrifol am lofruddio tri o bobol ddiniwed, er ei fod wedi marw. Cyfiawnder y Drefn. Dw i'n cofio hynny oherwydd yn tŷ Mam y gwelis i'r stori. Roedd hi'n gweld mwy o fai ar y dyn marw nag oedd hyd yn oed y Drefn yn ei wneud.

'Ydi hyn yn golygu y bydd hi'n cael yr hogyn bach yn ôl?' gofynnodd Sali. Ella nad oedd hi wedi gadael y presennol.

'Mae 'na well gobaith, 'toes?' atebodd Gwyndaf.

Yr hyder tawel eto. Gwae'r neb a'i gwawdio. Dim ond gobaith disyniad digynllun fuo gen i pan o'n i'n 'i chanol hi.

Tybed a gafodd hithau gam, fel Margaret? Margaret. Mi fedris ddweud y gair wrthaf fi fy hun heb ymdrech, heb feddwl. Clwydda anfwriadol na wyddai hi mo'u tarddiad oedd yn caethiwo Margaret. Ond roedd Mam yn dweud clwydda un munud ac yn gwadu'n benwan y munud nesa, er ei bod yn gwybod ein bod ni a phob clust arall o fewn cyrraedd yn dystion i'r ddau. Doedd dim osgoi hynny. Ond wedyn, pa mor ymwybodol oedd hi 'i bod hi'n deud un peth ac yn 'i wadu o hyd at waedd mewn eiliadau wedyn? Ydi person felly'n gyfrifol? Be wn i? Sut mae rhywun fel fi i fod i wybod? Dim ond byw hefo hi o'n i.

Trio dallt ydw i. A methu.

Ac nid rwbath mae rhywun yn gwneud môr a mynydd ohono fo ydi o chwaith. Mi chwalodd 'y mhriodas i. Does dim diben i unrhyw fôr nac unrhyw fynydd fod yn fwy na hynny. Dydi'r ffaith mai dros dro oedd y chwaliad yn newid yr un iotyn ar hynna, oherwydd cymeriad Sali ddaru ailgodi 'mywyd i, a dim arall. Heb hwnnw mi fyddai'r triciau wedi gweithio.

Na fyddan. Diben, holl ddiben, y triciau oedd 'y nghael i adra i edrych ar ei hôl hi tasai hi'n mynd i fethu. Mae rhai'n deud bod y byd 'ma'n llawn o rieni hunanol felly. Fuo gen i rioed ddigon o ddiddordeb mewn pobol i wybod y naill ffor' na'r llall, nac i ddyfalu, pa mor wirioneddol fwriadol ydi hunanoldeb.

Trio dallt. A methu. Theimla i ddim rhinwedd yn yr onestrwydd sy'n cydnabod y methiant chwaith. Does 'na ddim ennill ohoni.

Ond pwy sy'n deud mai dyna ddiben y triciau prun bynnag? Ella mai rhyw gymwynasgarwch ddiniwed oedd gwneud y llofft yn barod ar ôl y chwalfa, yn anymwybodol mai hi oedd yn gyfrifol amdani. Ella nad oedd hi'n ymwybodol y munud nesa be oedd wedi digwydd funud ynghynt, yn enwedig os oedd y botel yn hongian gerfydd 'i gwddw drwy'r adeg. Ella hyn, ella llall. Dip dip sgai – o Duw.

'Cael gafael yn Margaret ydi'r joban nesa, felly,' meddai Sali, yn y presennol, fel arfer.

'Wel . . .' Codi'r sgwyddau eto. 'Mae 'na rwbath arall,' medda fo wedyn ar ei union. 'Mae'r Bòs yn gadael i mi wybod pob dim rŵan. Mae 'na rywun wedi bod yn holi'n bersonol a hannar ar y slei am y posibilrwydd o gael Mebyn. Dyn di-briod, hynny ydi, dyn wedi gwahanu oddi wrth 'i wraig ac wedi cael ysgariad. Rhywun tra gwahanol i'r sacheidia pobol sy'n rhuthro am y gora hefo'u ceisiada hannar llythrennog am fod y papura newydd wedi sgrechian ymgyrch ac wedi anghofio erbyn trannoeth prun 'ta babi 'ta cath y maen nhw wedi bod yn ymbil am gartra iddo fo wrth ein bod ni'n bobl sy'n caru cathod a phlant, yn enwedig os ydyn nhw'n cydli.'

'Waw!' Roedd llygaid Sali'n pefrio'n ysblennydd. 'Be fasai gwasg y gyfraith a threfn yn 'i wneud o'r agwedd yna gan yr heddlu?' gofynnodd yn hapus.

'Adra mae'r iwnifform.'

'Pwy ydi o?' gofynnais.

'Eich cymydog. Sgweiar Cefnhesgen. Peidiwch â deud wrth neb chwaith.'

'Arglwydd mawr!'

'Y dyn ddaru ddim riportio colli y broets drud drud ddaeth i'ch dwylo chi drwy law mam yr hogyn y mae o'n dymuno'i fabwysiadu, er 'i fod o'n ddigon hen i fod yn daid iddo fo, ac er nad oes gynno fo neb i'w helpu o i edrach ar 'i ôl o.'

Ro'n i'n syfrdan. Doedd Sali ddim. Cododd.

'Mae'r Danial newydd,' meddai'n chwareus, fel tasai dim wedi'i ddeud, 'yn wahanol iawn i'r hen un mewn rhai petha, un yn enwedig.'

'Be?' gofynnodd Gwyndaf, a rhyw olwg pam troi'r stori rŵan? ar ei wyneb ynta hefyd.

'Yn yr hen ddyddia, roedd o'n gwybod pa ochr i'r gyllall i'w rhoi yn erbyn y dorth os oedd isio torri bechdan, chwara teg iddo fo. Ond erbyn hyn mae o'n gogydd o'r radd flaena. Erbyn y do i'n ôl, mi fydd 'na lond bwr' o fwyd inni'n pedwar.'

'I lle wyt ti'n mynd?' gofynnais.

'Mae Meri a fi am fynd am dro i Gefnhesgen.'

Neidiodd Gwyndaf.

'Iesu! 'Dach chi ddim am ddeud!' llefodd.

'Paid â phoeni dim,' meddai Sali.

Doedd dim llawer o olwg ufuddhau i hynny arno fo.

'Aros di yn fa'ma. Trystia fi,' meddai Sali wedyn. 'Fydd 'na ddim llanast, wel nid gen i beth bynnag. Na Meri.'

'Fedra i ddim aros, prun bynnag,' meddai o yn ffrwcslyd i gyd, a chodi.

'Medri debyg,' pwysleisiodd Sali.

'Na.'

'Na fedri siŵr. Lle mae hi?'

'Be?'

'Mae Margaret hefo chdi, 'tydi?'

185

Doedd o ddim yn gwestiwn chwaith.

Roedd rhywbeth tebyg i ofn yn llygaid Gwyndaf. Am ennyd.

'Ydi,' meddai'n dawel.

'Sut gwyddoch chi?' gofynnodd wedyn.

Roedd Meri fach wedi sleifio'i llaw i'w law o.

'Dwyt ti ddim wedi bod yn ddigon anniddig dy fyd iddi fod ar goll o hyd,' atebodd Sali.

'O. Ydi hi mor amlwg â hynny?'

'I rai, ella,' medda fi.

A, wel. Roedd llygaid braf Sali'n chwerthin arna i. Arna i. Mae 'na ennill ohoni. Rai petha.

'Ers pa bryd mae hi hefo chdi?' gofynnais.

'Rhyw ddeng munud ar ôl i mi fod yma y diwrnod o'r blaen.'

'A be wnei di os ffendian nhw?'

'Cael sac.'

'Na chei,' meddai Sali ar ei hunion. 'Dim ond deud wrthyn nhw mai yma roedd hi. Chawn ni ddim sac.'

Aeth Sali a Meri drwodd i'r gegin fach. Roedd yn rhaid i mi fynd ar ei hôl hi.

'Os wyt ti'n gallu ffendio'r petha 'ma mor handi, sut na welist ti drw Mam?' medda fi.

Daeth ata i, a gafael. Daeth Meri fach hefyd.

'Does gen ti mo'r syniad lleia y petha oedd yn cael 'u deud', meddai. 'Na'r petha oedd yn cael 'u gwneud.' Gwasgodd. 'Paid â phoeni,' ychwanegodd, 'dydi o ddim ots rŵan. Maen nhw drosodd.'

Cusan fach sydyn, gyfarwydd. Roedd Gwyndaf yn nrws gegin ffrynt, braidd yn swil. Aeth Sali a Meri fach. Tywalltais dair neu bedair tatan i'r sinc. Daeth Gwyndaf ataf yn ddi-lol a dechrau'u crafu. Roedd hynny o groen

186

oedd arnyn nhw'n dod i ffwrdd yn ddidrafferth dan ei fysedd.

'Wyt ti wedi gofyn i Margaret am Meirion?' medda fi.

'Do. Ddwywaith. Ond mae hi'n crio bob tro.'

'Pam?'

'Be wn i?'

'Y cymysgu adroddiada 'ma. Oedd be ddudodd Simon wrtha i y bora 'nw am y problema wedi bod yna rioed yn wir?'

'Dim i'r gradda y mae hynna'n 'u hawgrymu. Does 'na ddim salwch cynhenid yna 'neno'r Duw.'

'Mi wn i hynny,' medda fi.

Dim ond cip arna i roddodd o, ond roedd o'n gip llawn gwerthfawrogiad.

'Rwbath ddigwyddodd ryw dro,' meddai.

'Camdriniaeth ella,' medda fi.

'Be?'

'Paid â chymryd sylw ohona i,' brysiais. 'Mae'r syniada dw i'n 'u cael ar ôl meddwl yn wallgo, heb sôn am y rhai sy'n dŵad imi'r munud hwnnw.'

'Dydi o ddim yn syniad gwallgo, nac'di?'

'Dos i'w nôl hi. Dowch yma am fwyd.'

'Iesu!'

'Cuddia hi yn y car, rhwng y seti. Mi fydd yn iawn siŵr. Mi siaradith hefo Sali.'

'Mae'n braf arnach chi.'

'Ydi rŵan.'

'Ga i ffonio?'

'Cei.'

'Os ydi'r ffôn yn canu deirgwaith ac yn stopio ac yn ailddechra hannar munud union wedyn mae hi'n gwybod mai fi sy 'na.'

Dim ond un llanast ddigwyddodd. Llanast o ryw fath. Hanner awr gymerodd Gwyndaf i gael Margaret acw. Mi synnais o'i gweld. Roedd hi'n iach. Roedd gwên fechan. Gwên drist ella, ond gwên. Doedd Sali ddim yn gwybod ei bod hi acw wrth gwrs a phan ddychwelodd ymhen awr y peth cynta ddaru hi oedd cyhoeddi ffrwyth ei thaith.

'Am ryw reswm mae Meirion Cefnhesgen wedi anghofio deud wrthat ti bob tro mae o wedi dy weld di 'i fod o'n ewythr i Margaret.'

Y peth nesaf oedd y dagrau. Yna roedd Sali'n damio ac yn ei chau'i hun yn gegin ffrynt hefo Margaret. Ac yno y buon nhw.

23

Bechod braidd nad Elfyn oedd hefo fi. Mae'r annisgwyl yn well fyth hefo fo. Mi fyddai'r syber broffesiynol yn diarhebu o'i weld a châi o ddim mo'i gyflogi i lwytho siafins i waelod eirch gynnyn nhw heb sôn am drefnu angladdau o'u cwr. Yn un peth, fedar o yn ei fyw wneud y llais y mae o i fod i'w wneud hefo pobol yn eu trallod, neu eu trallod smalio, pa un bynnag y bo. Pan mae o'n cydymdeimlo mae o'n swnio rywle rhwng busnesa a damio hefo'i lais cyflym, ymholgar, difynadd. Yr un llais sydd gynno fo waeth be fo'r pwnc, waeth be fo'r amgylchiad. Ond fedrodd yr un syberyn proffesiynol ddod yn agos ato fo am daclusrwydd a threfnusrwydd tawel a di-lol. Dyna mae'n debyg pam mae o mor brysur.

Ond nid fo oedd gen i heddiw. Rhywun ifancach a mwy gwastad o'r hannar, o ryw bartneriaeth neis o'r Dre, a'i siwt o fel siop a'i sgidiau'n bechadurus o sglein. A digwyddiad digon syml oedd o, ar un wedd. Cynhebrwng o saith neu wyth, er ei fod o'n gyhoeddus. Dw i'n nabod hynny rydw i isio'i nabod ar y prif alarwr. Griffith Griffiths Stryd y Bont Uchaf yn claddu'i ail wraig, a phob dim yn mynd yn reit hwylus a Jim newydd fynd i weddi uwch y bedd. Ond ar ei chanol mae'n debyg i'r gweddw newydd benderfynu y gallai ragori ar Jim a dyma fo'n dechrau gweiddi ei weddi'i hun ar ei draws. Mi ddiolchodd i Dduw am anfon gwraig iddo fo, ac er na chafodd o mohoni am ddim ond cymharol ychydig o flynyddoedd roedd o'n gwybod nad ewyllys Duw oedd ei adael o heb neb i edrych ar ei ôl ac na fyddai'n hir iawn cyn anfon un arall iddo fo. Bechod nad oedd Elfyn yno.

'Cnebrwn pwy oedd gen ti heddiw, Danial?'

'Rhyw ddynas o'r Dre 'na. Gwraig Guto Gyfiawn.'

'O. 'Beth fach, 'te? Mi fasa dy dad yn 'i nabod hi mae'n siŵr.'

'Go brin. Rwyt ti'n 'i nabod o. Roedd o'n llawiach hefo'r B-B.'

'Be, 'mach i?'

Fy ewythr. Uffar dân. Roedd hwnnw'n perthyn yr un faint yn union i mi â mae Meirion yn ei berthyn i Margaret. Dyna fyd profedigaethus.

Y cwestiwn cynta a ddaeth i 'meddwl i wrth glywed Sali'n cau drws gegin ffrynt arnon ni pan ddaeth adra o Gefnhesgen ddechrau'r wythnos oedd nid pam na ddudodd Meirion 'i fod o'n perthyn i Margaret ond pam na ddudodd hi 'i bod hi'n perthyn iddo fo. Roedd hynny cyn i mi ystyried be mae ofn yn ei wneud. Ond ar y pryd fedrwn i ddim cael y pnawn hir distaw hwnnw y buon ni'n dau'n eistedd ar soffa gegin ffrynt yn gafael yn syml yn ein gilydd o 'meddwl o gwbl. Mi ofynnis bryd hynny oedd 'na gysylltiad, fwy nag unwaith rhwng y pylia distawrwydd digysur. Dagrau oedd yr ateb bob tro. Fedris i rioed wneud dim â'r rheini ond gadael iddyn nhw.

Ond mi lwyddodd Sali. Pan oedd y bwyd yn barod a Gwyndaf a fi mor dawel â'n gilydd, yn methu dod o hyd i un gair o werth i'w ddweud wrth ein gilydd na neb arall roedd y ddwy wedi dod trwodd ac roedd y wên fechan drist arna i eto. Ro'n inna, wrth inni'n pump fwyta, yn tawel ddyfeisio rhesymau dros dawedogrwydd Meirion am ei berthynas mor agos â Margaret. Doedd yr un ohonyn nhw'n ddyrchafol.

Roedd pethau pwysicach na hwnnw. Erbyn drennydd doedd dim rhaid i Margaret ymguddio, yn fflat Gwyndaf nac yn unman arall, dim ond byw ei bywyd tawel disgwylgar.

'Yma mae hi wedi bod,' medda fi wrth Simon.

'Ia o ddiawl.'

Doedd dim gwahaniaeth. Mi wn i iddo fo fod wrthi orau'i allu i gael yr awdurdodau i ollwng yr amod bod Margaret i fod i aros mewn hostel. Fuodd o ddim heb edliw eu blerwch difaol nhw iddyn nhw chwaith, drosodd a throsodd, yn ôl Gwyndaf.

'Mae Mel yn cofio atat ti,' meddai Mam yn sydyn i 'neffro i eto, yn ei llais cofio rhywbeth o bwys mawr.

'Mm.'

Roedd ei phanad gry yn boeth a blasus.

'Mae'i yncl o'n dŵad adra o Ganada fory. Ia, Canada, 'te Danial?'

'Ella.'

Dim diddordeb.

'Robin. Brawd-yng-nghyfraith Dot. Brawd Gwilym. Wyt ti'n 'i gofio fo, Danial?'

'Wyddwn i ddim mai i beth felly mae'r co yn dda.'

'Dengid fuo raid iddo fo, 'sti. Wyt ti'n cofio'r helynt? Na, roeddat ti a Twmi'n rhy fach.'

'Be?'

'Yr helynt hefo Miriam.'

Miriam ferch Dot. Llathan o'r un lipstig. Coma oedd Twmi a fi'n 'i galw hi, yn enwedig yn ei hwyneb. Mel oeddan ni'n galw Mel am 'i fod o'n hŷn ac yn fwy na ni. Roedd o'n rhy ochneidus o anniddorol i gael 'i alw'n ddim arall prun bynnag.

Ond Dot oedd yn crio wrth helpu'i brawd briwiedig ac yn rhoi 'i phres pocad bach iddo fo.

'Pa helynt?'

'Mi ddaru nhw'i gadw fo'n ddistaw, yn do? Wel trio, 'te Danial? Yr hen fochyn iddo fo. Dwn i ddim sut mae o'n gallu dŵad adra. A mi fydd o rêl gŵr mawr pan landith o. Felly mae o wedi bod erioed, yn ormod o ŵr mawr i wneud dim ond swancio. Dwn i ddim be sy ar ben Mel yn mynd i'w nôl o i'r erodrom. Gadael iddo fo gerddad faswn i, a chau'r drws yn 'i wynab o 'yfyd.'

'Pa helynt?'

'Be, 'mach i?'

'Be oedd yr helynt?' Un gair ar y tro.

'Wedi meddwi oedd o, meddan nhw. Yr hen fochyn 'yfyd. Roedd o ar y swig bob munud. Ddigon â chodi pych arnach chi. Mi yrrodd 'i dad yn bancryff meddan nhw. Hwnnw'n ddigon gwirion i roid pres iddo fo bob munud i'w dynnu o allan o ddyledion. Diolch am yr wya, a'r tatws. Maen nhw'n berwi'n lyfli.'

Ac felly.

'Diolch am y banad. 'Well i mi'i throi hi.' Gan nad oedd ei stori am gael ei chwblhau. Nid cynildeb ymadrodd oedd o chwaith.

'A diolch am y telifision. Mae hi'n smashing.'

'Iawn Duw.'

Roedd yr hen un wedi mynd yn annioddefol i lygad a chlust, hyd yn oed i'w chlust hi.

'Faint gostiodd hi i ti, Danial?'

''Di o'm ots.'

'Ydi'n tad. Rhaid i ti gael dy bres siŵr. Ddylach chi ddim gwario arna i.'

'Mae'n iawn.'

''Dach chi'n ffeind. Deud diolch wrth Sali 'yfyd. A Meri fach.'

Ddaeth hi ddim at y drws hefo fi. Roedd ei theledu'n rhy newydd a'r tywydd ella'n rhy braf. Ar fy ffor' adra, nid y pylia o ryfeddu am 'y mod i'n gallu peidio â diawlio ar y daith hon oedd y myfyrdod. Helynt Miriam. Ond nid hi oedd ar fy meddwl i wrth ystyried yr unig ddehongliad posib ar bytiau Mam.

Ac yna roedd hi yno. Roedd hi'n cerdded o 'mlaen tuag acw fel ro'n i'n dynesu at y coed. Arhosais. Agorodd y drws a daeth i mewn. Gwenodd. Caeodd y drws a rhoddodd y llaw wen drwy'r gwallt du.

'Mae'n gallu bod yn ddiflas pan mae Gwyndaf yn gweithio,' meddai.

Y llais tawel, braf, cywrain. A di-ofn.

'Ar dy ffor' acw oeddat ti?'

Ro'n i'n trio 'ngora i guddio swadan fy namcaniaeth newydd.

'Mi gynigiodd Sali ddŵad i 'nôl i, ond mi ddudis i bod yn well gen i gerddad. Mae hynny'n mynd â mwy o f'amsar i.'

'Ydi.'

'Am rŵan.'

'Ia, gobeithio.'

'Y tro cynta i mi fod mewn hers sy'n symud.'

Gwych. Mi ddaeth hynny â fi ataf fy hun, ryw fath.

'Stopia ar y bont.'

'O'r gora,' medda fi. 'I be?'

'Dw i isio gweld ydi dy Ddôl Fach di gystal â dy frôl di ohoni, i mi gael dŵad â Gwyndaf yma.'

'Mae o wedi bod yma. Fuost ti ddim?'

'Naddo.'

'O.'

'Pam?'

'Dim. Damcaniaeth arall i fynd i'r un lle â'r lleill.'

Ond nid fy namcaniaeth ddiweddara. Fedrwn i ddim gweld honno'n dilyn y lleill.

Dringodd Margaret y clawdd bychan a mynd o 'mlaen dros silff fechan y graig ac i Ddôl Fach dawel. Dim ond sŵn yr afon. Doedd dim awel i greu siffrwd drwy'r coed. Eisteddodd hi ar y gwellt uwch y dŵr bach. Pwysais i fy nghefn ar y graig. Doedd siwt a thei hers ddim yn addas chwaith.

'Wna i ddifetha'r lle 'ma os sonia i amdano fo?' gofynnais toc.

Ysgydwodd ei phen.

'Dw i'n iawn rŵan,' meddai.

Doedd Sali ddim wedi cael dim mwy na chadarnhad o'r berthynas chwaith.

'Oedd gynno fo reswm dros gael pobol i gredu bod salwch meddwl hegar anwelladwy arnat ti?'

'Fo'i hun ydi pob rheswm sydd gynno fo.'

'Os felly,' cynigiais ar ôl chwilio'i hateb ora 'ngallu, 'pam oedd arno fo isio Mebyn? Fedar mabwysiadu ddim bod yn hunanol.'

193

Doedd dim brys. Doedd hi ddim yn chwilio am ateb chwaith.

'Glywist ti am henaint?' gofynnodd yn y man.

'Y?'

'Glywist ti am unigrwydd? Neb i edrach ar d'ôl di na dy drysora gwerthfawr?'

'Arglwydd mawr!'

'Ne' glywist ti am yr awydd i ddial? Fo'i hun ydi'r rheswm. Bob tro.'

Doedd dim casineb yn ei llais. Dim ond tristwch.

'Mebyn bach yn dwlsyn i hwnnw.'

Ond nid dyna be oedd chwaith. Nid hynny oedd bwysica.

Roedd yn boeth, yn rhy boeth ar Ddôl Fach i ddillad hers. Rhoddais fy siaced ar y graig a llaciais fy nhei. Elfyn oedd wedi galw car Cefnhesgen yn gar banc. Am unwaith roedd ymhell ohoni. Doedd o ddim wedi gweld y tu mewn i'r tŷ er pan gafodd o gynhebrwng yno, dim ond wedi rhoi ei gas ar y perchennog newydd. Doedd o ddim wedi cysidro digon o gyfoeth i allu anghofio am froets gwerth cannoedd, neu fwy.

Ond fyddai cybydd ddim yn anghofio am beth felly chwaith. Na chasglwr.

'Ond doedd gynno fo ddim lle i Mebyn pan est ti â fo yno, nac oedd?' medda fi toc.

'Mi fedris i dy drystio di o'r dechra,' meddai, yn dal i syllu ar y dŵr.

'Ydw i'n dy frifo di?' gofynnais. Roedd yn gwestiwn mor hawdd i'w ofyn. 'Ydw i'n greulon yn trio dy gael i ddeud?'

'Nac wyt.'

Ond dyna'r cwbl.

'Mi fyddai'n fantais derfynol iddo fo gael neb i dy goelio di.'

'Mi ges i fyw gen ti.'

'Pam roddodd o'r broets i chdi, yn hytrach na rwbath arall?'

'Mi gafodd Mebyn a fi fyw gen ti.'

'Pam hwnnw?'

'Mae'n rhaid i ti ddangos ych llythrennau i mi ar y bont cyn inni fynd yn ôl. I mi gael deud wrth Sali.'

Be oedd yn ei llygaid hi wrth iddi droi yn araf araf i edrych arna i?

'A'r dyn hefo'r pen bwch gafr 'nw a'i ddarn yn cyrraedd at 'i glustia. Pam?' gofynnais.

Isio cadarnhad o enau eraill oedd arni hi?

'Ymhen rhyw ddau ddiwrnod ar ôl cael horwth o seiat brofiad hefo Gwyndaf y ffendis i 'mod i'n anadlu'n rhwyddach,' medda fi. 'Nid 'i fod o'n bwysig bod rhywun arall yn gwybod, ond 'i fod o'n beth braf.'

Ond ella nad oedd cymharu.

'Be am yr hogan fach? Be oedd 'nelo fo â hi?'

Dim ond ysgwyd ei phen ddaru hi. Ei ysgwyd yn araf, araf, a'r llygaid syn ar y dŵr bach.

'Rwbath?' gofynnais mor dyner ag y gallwn i. 'Fo?'

'Paid â gofyn hen gwestiyna.'

Dw i bron yn sicr mai dyna ddudodd hi.

'Be oedd y broets 'ta? Edliw?'

'Mae'n dda nad o'n i yma i dy weld di'n sathru'r hen llgodan fawr 'no.'

'Be oedd o, Margaret?' Gwenais, yn brudd, nid yn wamal gobeithio. 'Yli, dw i'n gallu deud Margaret rŵan.'

Trodd ataf eto, yn araf. Roedd yn edrych i fyw fy llygaid. Deud, medda hi. Dyna oedd o.

'Magu digon o nerth i wrthod wnest ti, 'te? O'r diwadd. Doedd o ddim ar feddwl dy goelio di, nac oedd? Mi

195

chwarddodd am dy ben di nes buo'n rhaid iddo fo stopio. Mebyn ddaru'i stopio fo, 'te? Dangos iddo fo dy fod di wedi'i wrthsefyll o. A dyma dy sarhau di a dy sbeitio di a dy sathru di, yn enwedig pan ddalist ti ati i ddeud wrtho fo 'i bod hi ar ben. Mi fedra i 'i weld o'n gweiddi mai fo oedd pia chdi. Mae pia fo lawar o betha. Ond roeddat ti wedi dŵad at fywyd nad oedd 'nelo fo ddim â fo. Hynny ddaru'i frifo o. Colli'i eiddo pwysica. Ond mi fu'n rhaid iddo fo goelio yn 'diwadd. A phan ddaru o, dyma fo'n taflu'r broets atat ti mewn pwl sydyn o fylltod mawr hunanol. 'I daflu o a gweiddi "dos â honna 'ta gan nad oes 'na ddim arall ar dy feddwl di". Dyna ddudodd o? Paid â phoeni. Roedd 'i farn o'n llai o werth na fo'i hun. Fel 'na mae pobol 'run fath ag o bob tro maen nhw'n cael 'u siomi.'

'Dwi'n rhydd rŵan.'

Am y tro cynta bron yn fy hanes ro'n i'n fodlon 'mod i rywle o'i chwmpas hi. Doedd o ddim yn destun balchder o fath yn y byd.

''Di o'm ots rŵan.'

'Chdi 'ta fo dorrodd y stori 'na o'r papur?'

Trodd ataf. Ei hunig symudiad sydyn.

'Pa stori?' gofynnodd yn syn.

'Honno am yr hogan yn geni mewn cyffion.'

Roedd y tristwch yn ei llenwi eto.

'Fi,' meddai.

Prin ei chlywed i ro'n i.

'Ond fo defnyddiodd hi. A rŵan mi geith o ddal i wneud hynny ac aros yn 'i barchus ymddeoliad a'i drugaredda drud. Gan na ddudi di wrth neb.'

'Dwi'n rhydd rŵan. Yn hollol rydd.'

'Mi geith fod mor barchus ag erioed.'

'Fasai ddim ots gen i i Gwyndaf a fi ailgodi Murddyn

Eithin a mynd i fyw yno. Peth fel'na ydi o. Peth fel'na 'di bod heb ofn.'

'A dydi cyfiawnder ddim yn bwysig.'

'Gair papura newydd ydi hwnnw.'

'Ella. Ia, ella.'

'Tyrd rŵan. Dangos dy lythrenna i mi.'

Aethom. Dw i'n meddwl 'i bod hi'n gwerthfawrogi maint a natur yr holi. Ond mi fyddwn yn well o deimlo hynny wrth gwrs.

'Mae 'na le arni i lythrenna erill hefyd,' medda fi.

Roedd Sali a Meri fach yn yr ardd ffrynt. O'n clywed yn cyrraedd, rhedodd Meri tuag atom. Gafaelodd yn llaw Margaret, a chan edrych yn hapus i fyw ei llygaid, tynnodd hi ar ei hôl tua'r ffrynt. Mi es inna i newid. Cyn hir, wedi gorffen ei sifft, roedd Gwyndaf hefo ni.

'Ddowch chi hefo fi dros y Foel?' gofynnodd.

'Tyrd 'ta.'

Gadawsom Sali a Margaret a Meri fach i gynllunio dyfodol yr ardd ffrynt. Eisteddasom ein dau ar gopa'r Foel gan edrych yn dawel ar Gefnhesgen islaw.

'Dyna fo, felly,' medda fi.

'Ia.'

'Be sy'n digwydd i Mebyn?' gofynnais yn y man.

'Sefydlu panel asesu.'

'Rarglwydd!'

'Ia.' Gwenodd wên braf sydyn. 'Ydach chi'n siŵr nad arsefydlu ydach chi'n 'i feddwl? medda fi wrthyn nhw. Ddallton nhw ddim, siŵr Dduw.'

'Ond mi'i cewch o?'

'Ella bydd yn rhaid iddi ddiodda gweithiwr cymdeithasol bob hyn a hyn.'

'Hidia befo am hynny. Mae hi'n hen ddigon tebol rŵan.

197

Mae hi wedi bod yn fwy na thebol hefo Mebyn o'r dechra prun bynnag. Be sy gen ti yn fan'na?'

Roedd ganddo amlen lwyd wrth ei ochr. Agorodd hi, a thynnu'r broets ohoni.

'Hwnna eto?'

'Meddwl mynd â fo yn ôl i'w wir berchennog,' meddai, yn syllu'n ddigon sobr arno fo. 'I weld 'i wynab o. Gan na fedran ni wneud dim arall.'

'Tyrd 'ta.'

Aethom.

'Ond mae o'n gwybod,' medda fo.

Roedd yn rhaid iddo fo gael mynd heibio Llyn Bach am ei fod wedi gweld adar arno. Roedd dwy hwyaden wyllt, a iâr ddŵr a'i chywion, yn ddiogel hyd yma.

'D'o weld,' medda fi.

'Be?'

'Y broets 'na.'

Rhoddodd Gwyndaf o imi.

'Be sydd?' gofynnodd.

'Ydi o'n bwysig gweld ymateb hwnna?'

'Ella bod gan y dyn enw.'

'Oes. Y ffarmwr dyflwydd.'

Pwyntiais at yr hen hen anheddle.

'Mi fuo 'na archaeolegwyr yma.'

'Mi wn i. Mae Margaret wedi deud.'

'Tua d'oed di oeddan nhw i gyd. Roedd 'u gwaith nhw'n syrffedus yn amal ond roeddan nhw er gwaetha'u proffesiynoldeb yn gorfoleddu o ddŵad o hyd i rwbath gwerth gafael ynddo fo. Hefo pob heddiw'n cael 'i gofnodi yr un mor syrffedus fydd dim angan archaeoleg yn y dyfodol pell. Ond eto, fedri di byth fod yn siŵr chwaith, wrth gwrs.'

Roedd un o'r ddwy hwyaden yn ein gwylio.

'Sali sy'n gwneud bwyd heno. A mae 'na win i fynd hefo fo. Os yfi di ormod mae 'cw ddigon o le i chi'ch dau aros. Oherwydd rydan ni'n mynd i yfad i archaeolegwyr y dyfodol pell.'

Rhoddais hynny o nerth bôn braich oedd gen i i luchio'r broets cyn belled ag y medrwn i ganol y llyn.

'Rarglwydd mawr! Mae hwnna'n werth miloedd!'

'Mae'r ffarmwr dyflwydd hefyd yn 'i dyb 'i hun. Tyrd.'

Troais. Cerddais i fyny'n araf. Roedd Gwyndaf fymryn yn fwy hwyrfrydig o wneud hynny. Ond mi ddaeth, a golwg ddigon syfrdan ar ei wyneb. Roedd y broets wedi glanio yn y dŵr yn ddigon diddrama, a bron yn ddi-sŵn o'r lle'r oeddan ni'n sefyll. Ro'n i'n ddigon tawel fy meddwl ynghylch ei dynged, beth bynnag am y defnydd oedd wedi'i wneud ohono fo. Mae'r llyn yn ddigon dyfn i bara am ganrifoedd eto, a dydi o ddim digon mawr i fod yn atyniad i neb ar wahân i ambell naturiaethwr.

Troesom at Furddyn Eithin ac aeth Gwyndaf i mewn. Arhosais i y tu allan, yn eistedd ar ein sil ffenast a dal a dal i edrych ar Gefnhesgen islaw. Doedd dim sŵn i'w glywed o'no. Yna ro'n i'n edrych ar Llyn Bach.

Daeth Gwyndaf ataf.

'Mae 'na le cudd yn y simdda.'

'Oes.'

Aethom. O gopa'r Foel, wrth edrych tua'r tŷ, mae'r olygfa y tu cefn i ni'n well na'r un o'n blaenau. Fel rheol. Heno, roedd Margaret yn cerdded i fyny'r llwybr di-glawdd tuag atom, yn gafael yn llaw Meri fach hapus ei pharabl bychan soniarus, ac Ast Fach yn gwarchod yn fodlon wrth eu cwt. Ychydig lathenni y tu ôl iddyn nhw roedd Sali, yn sefyll yn llonydd a'i chefn atom yn edrych i lawr at y tŷ.

Wedyn

Clwt glas oedd o. Glas y tu allan a gwyn y tu mewn. Mi glywais rai'n deud na fedrid dychmygu dim mwy diraddiol na bod pobl yn gorfod gwisgo clytiau. Wn i ddim sut y bydden nhw'n egluro'r gwahaniaeth rhwng gwisgo clwt am fod un rhan o'r corff yn 'cau gweithio fel y dylai o a rhoi masg ocsigen ar wyneb am fod rhan arall o'r corff yn 'cau gweithio fel y dylai o. Felly roedd Mam yn ei gweld hi hefyd mae'n debyg. Roedd hi wrth ei bodd am eu bod wedi rhoi clwt iddi oherwydd golygai hynny na fyddai'n poitsho'r gwely a gwneud gwaith i'r nyrsus bach fel y gwnaethai y diwrnod cynt. Gair oedd nyrs na ddaeth erioed o'i cheg hi heb i'r gair distric ddod o'i flaen o neu bach ar ei ôl o.

Rhyw feddyliau felly oedd gen i wrth edrych arni, yn hen a thila a llwyd yn y gwely. Styfnigrwydd a her ddwl oedd defnyddio'r pwmp asma un waith yr awr yn hytrach na dwy waith y dydd cynt; ymladdfa oedd o rŵan. Wedi'i gweld hi ar lawr oedd y cymdogion a'r drws wedi'i gloi. Deirawr ar ôl cyrraedd yr ysbyty roedd hi'n anymwybodol a'r meddygon yn deud wrtha i bod gen i hawl i ofyn iddyn nhw drio'i dadebru hi os oedd y galon yn stopio neu'r anadl yn pallu. Ar ôl i mi ddeud wrthyn nhw am beidio y dywedon nhw na fedren nhw feddwl am ddim creulonach i'w wneud ond nad oedd ganddyn nhw hawl i ddeud hynny cyn clywed fy ateb rhag ofn i hynny ddylanwadu ar fy mhenderfyniad i. Gwallgofrwydd dan gochl hawliau. Nid arnyn nhw roedd y bai. Erbyn bore trannoeth roedd Mam yn lledeistedd yn y gwely, yn edrych o'i chwmpas ac yn penderfynu fod y ddynes yn y gwely gyferbyn wedi marw.

'Naddo,' medda fi.

'Mae hi wedi marw rŵan 'ta,' meddai hithau toc. 'Beth fach, 'yfyd.'

'Naddo.'

'Do. Mae hi newydd godi'i llaw ar y doctor 'na i ddeud wrtho fo 'i bod hi wedi marw a chymrodd o ddim sylw ohoni yli. Prysur ydyn nhw 'te Danial?'

A rhyw ddyddiau felly gawson ni. Mi wellodd y ffwndro ond erbyn iddi gael ei symud i Ysbyty'r Dre roedd y niwmonia wedi dechrau ar ei waith. Roedd hi mewn poen hefyd, y coluddyn mae'n debyg. Er bod y llaw o bwt i bwt yn mynd yn rhy wan i bwyso'r pwmp asma roedd yn dal yn ddigon cryf i bwyso i lawr ar y gwely i helpu'r corff i godi ar ei eistedd i drio lleddfu'r poenau. Pedwar munud o lonyddwch, munud o ysgwyd a chicio'r dillad, codi. Yn yr un drefn, yn yr un amser, drwy'r dydd, ddydd ar ôl dydd. Am wn i nad llaw ar ei thalcen oedd y peth gorau i drio ymestyn y pyliau llonydd. Os oedd hi'n ymddangos ei bod am ddal y nos ro'n i'n mynd adra. Fel arall, ro'n i yno tan berfeddion neu tan y bore, yn darllen pwt ac yn edrych arni bytiau hwy. Yno'n gwylio, pob casineb a chwerwedd wedi mynd. Gwylio hen wreigan yn dioddef ac yn araf ymbaratoi i beidio â bod a methu peidio ag edrych fymryn i'r dyfodol a gweld y corff y dois i ohono fo a'r bysedd aflonydd fu'n crafu ac yn ceimio'n cael eu duo gan wres cyn llosgi. Mi fyddai'n rhaid tynnu'r modrwya yn gynta. Naci, gwylio Mam, meddyliais un noson ryw ddwyawr ar ôl i'w hanadl beidio am ugain eiliad a minnau'n sibrwd 'dos rŵan' mor dyner ag y medrwn i am mai dim ond gwallgofddyn fyddai'n dymuno gweld yr anadl yn dychwelyd. Ond mi ddaeth yn ei hôl am wyth diwrnod arall.

'Chi 'di'r Doctor sydd wedi dŵad i drwsio fy sgidia i?' gofynnodd i mi un gyda'r nos.

Yn Llain Rhent y buo hi wedyn nes i'r corff fynd yn rhy wan i ddatgelu'r meddwl. Ddoist ti â Dic hefo chdi? gofynnodd. Do, atebais, rhag ofn bod deud hynny'n gymwynas. Mi agorodd ei llygaid ac edrach yn rhyfedd arna i. Roedd wedi nabod fy llais, a doedd hwnnw ddim yn ffitio i fyd Llain Rhent.

Eto, ro'n i'n gyndyn o gredu ei bod am orffen fel hyn, heb wneud un peth olaf i synnu rhywun i'w seiliau. Doedd y ffordd y treuliodd ei bywyd ddim yn mynd i ganiatáu hynny siawns. Ro'n i'n iawn hefyd. A'r dwylo di-gnawd oedd wedi fy magu wedi mynd yn rhy wan i'w pwyso ar y gwely i drio'i chodi hun, daeth pang arall o boen i'w hwyneb, ac yn araf cododd y troed. Cododd y goes hithau, a dal i godi a minna'n rhyfeddu, codi nes ei bod yn unionsyth. Arhosodd felly am eiliadau, a dychwel bron yr un mor araf i'w gorffwysfa anniddig ar y gwely.

Dw i ddim yn siŵr iawn oedd hi wedi mynd yn anymwybodol pan godais y noson wedyn a sefyll uwch ei phen a phlygu a rhoi cusan fechan ar ei thalcen.

Dim canu a dim lol. Roedd hynny'n orchymyn pendant ers blynyddoedd. Mi gymris i mai teyrnged oedd ystyr lol, ond mi roddodd Jim air o goffâd digon cymen a chall yn yr amlosgfa, er ei fod yn ddyn diarth. Ac er 'mod i'n gwrando pob gair, ro'n i â'm meddwl ar Elfyn, oherwydd ro'n i'n synnu ac yn rhyfeddu at ei dynerwch a'i garedigrwydd tawel a di-lol drwy'r cynhebrwng. Hynny a thrio cofio prun ai saith 'ta wyth mlynedd oedd ers imi weld Twmi.

Mae bryncyn ychydig llai na'r Foel a'i gopa filltir union i'r gogledd-orllewin o Lain Rhent yn ôl be fesuris i ar y map. Wyddwn i ddim sut un oedd o chwaith nes i mi fynd yno. Ro'n i wedi dŵad â'r potyn hefo fi er nad o'n i'n bwriadu gwneud dim ond chwilio am safle y diwrnod hwnnw. Eiliad gymris i i benderfynu bod y bryncyn yn addas. Roedd hi wedi bod yn chwarae arno prun bynnag. Ella mai ffliwc oedd bod y gwynt yn gry ond nid ffliwc oedd ei fod yn dod heibio i'r mynydd y tu ôl i mi. Hwnnw ydi gwynt y pen yma i'r byd, a chan ei fod o a'r lle a'r amser yn ffitio mor daclus i'w gilydd doedd dim angen ystyried na dal arni. Dychwelais i'r car i nôl y potyn. Claddais ddyrnaid bach o'r llwch dan garreg drom y cefais ychydig o drafferth i'w chodi yn union o dan y copa. Edrychais o 'nghwmpas eto cyn canolbwyntio ar Lain Rhent yn y pellter, yng nghanol y tir llwm. Ond fuodd llwm erioed yn air hyll gen i.

Daliais y potyn i'r ochr fel nad oedd fy nghorff yn rhagfur i'r gwynt. Gwnaeth hwnnw'i waith a mynd â'r llwch i gyd hefo fo dros y tir llwm y tyfodd ohono, a rhoi iddo'r rhyddid yr oedd yr enaid oedd wedi bod ynghlwm wrtho wedi'i ddymuno cymaint ar hyd ei fodolaeth. Dim ond y gwynt a'r llwch a fi. Am wn i nad dyna fyddai'r dymuniad. Ella.

Euthum adra. Doedd dim angen deud wrth Sali bod y gorchwyl wedi'i gyflawni. Daeth Meri o rywle i neidio arna i i'm hawlio eto fyth. Yna roedd car. Roedd Margaret a Gwyndaf wedi derbyn y gwahoddiad brwd i wledd ddathlu. Edrychais allan. Roedd Margaret yn dod tua'r tŷ a Gwyndaf y tu ôl iddi'n dal ei law i gysgodi'r pen rhag y gwynt cyn i'r breichiau bychan godi a gafael am ei wddw.

Draw dros y tonnau bach

Alun Jones

£6.95

ISBN 1 84323 051 8

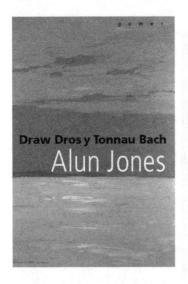

Does gan Emyr fawr o ddewis – aros yn uffern ei gartref gyda rhieni creulon neu fentro ar ei ben ei hunan heb neb. Wedi un gosfa arall, mae'n sleifio o'r tŷ yn y bore bach i fywyd newydd, heb wybod beth sydd o'i flaen – heblaw'r sicrwydd fod unrhyw beth yn well na'r hen fywyd. Ond dyw hi ddim mor hawdd dianc rhag yr atgofion poenus, yn enwedig â'i gorff yn friwiau du-las drosto.

'Dyma'r math o ysgrifennu a barodd i rai ddweud mai hon oedd y nofel orau i'w chyhoeddi yn Gymraeg yn 2001.'

W. J. Edwards

Ac Yna Clywodd Sŵn y Môr.

Alun Jones

£8.99

ISBN 0 85088 801 8

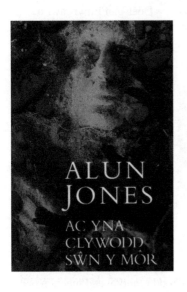

Hon yw un o'r nofelau mwyaf darllenadwy i gael ei chyhoeddi yn Gymraeg: gellid dweud fod nofel dditectif, nofel serch a nofel gymdeithasol i gyd wedi'u plethu'n un ynddi. Oes, mae yma ddyn ifanc yn cael ei gyhuddo o dreisio merch, ac mae yma hefyd haid o blismyn yn ceisio cornelu lleidr gemau, ond cawn hefyd gyfarfod â nifer o gymeriadau sydd fel pe baent wedi tyfu'n naturiol o bridd Pen Llŷn. Ac yn gyfeiliant i'r cyfan clywir swn y môr.

'Saif *Ac Yna Clywodd Sŵn y Môr* ben ac ysgwydd uwchlaw llawer iawn o ryddiaith y chwarter canrif diwethaf'

Martin Davis

Elain

Sonia Edwards

£5.99

ISBN 1 84323 304 5

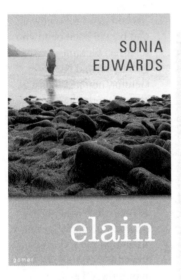

Rhaid i Elain, cyflwynwraig deledu lwyddiannus sydd wedi hen ymgartrefu yng Nghaerdydd, fynd yn ôl i'w phentre genedigol ym Môn i baratoi stori am hen gapten y bad achub lleol. Ond wrth iddi gael ei gorfodi i dwrio yn yr hyn a fu, daw llawer iawn mwy i'r wyneb nag a ddisgwyliai. Mae hi'n well gadael y gorffennol yn y gorffennol weithiau . . . on'd ydy hi?

Dyma nofel afaelgar, garlamus, sy'n delio â themâu oesol fel tyndra rhwng rhieni a phlant, rhwng y Cymry a'r Saeson, a rhwng ddoe a heddiw. Yn ganolbwynt i'r cyfan mae stori garu rymus, ond carwriaeth sy'n rhwym wrth y gorffennol yw honno hefyd, ac fel pob rhan o daith Elain yn ôl i Fôn, mae iddi ei rhwystredigaethau a'i chyfrinachau.

Hogyn Syrcas

Mary Annes Payne

£4.95

ISBN 1 84323 222 7

'Roedd gen i lot o enwau, ond bastad bach oeddwn i fel arfer: Geraint y bastad bach, y bastad bach Geraint, neu jest y bastad bach.'

Duw a ŵyr, mae angen dihangfa ar Geraint, dihangfa rhag alcholiaeth ei fam a difaterwch ei dad, sy'n rhy brysur gyda'r ddynes o'r Wirral i boeni am y teulu. Ac i Geraint, y ddihangfa yw'r syrcas, yn enwedig y Brenin Du, march tywyll ei freuddwydion.

Casglwr

Llion Iwan

£7.99

ISBN 1 84323 353 3

Mae pethau'n edrych yn ddu ar Dafydd. Daeth yn enwog fel gohebydd ar bapur newydd y *Times* yn Llundain, ond llithrodd y cyfan trwy ei ddwylo. Bellach mae 'nôl yng ngogledd Cymru, yn gweithio ar bapur lleol, i fós y mae'n ei gasáu. Mae mewn dyled, ar fin colli ei swydd – a'i gariad, Ac mae'n yfed gormod.

Yna mae Dafydd yn baglu dros stori frawychus sy'n cynnig cyfle iddo ddianc o'r twll y mae ynddo. Nid damwain achosodd farwolaeth sinistr y corff ar y rheilffordd. Ac nid yw'n credu am funud mai lladd ei hunan wnaeth ei ffrind. Rhaid i Dafydd ddatrys y dirgelwch sydd wrth wraidd y stori er mwyn achub ei groen ei hun … ond am ba bris?